KB240304

동시대 문학사
나

동시대 문학사 1

나

펴낸날 2025년 12월 18일

지은이 이광호 강동호 강계숙 심진경 우찬제
기획 우찬제
펴낸이 이광호
주간 이근혜
편집 유하은 김필균 허단 윤소진 조아혜 최은지 김다연
마케팅 이가은 허황 최지애 남미리 맹정현
제작 강병석
펴낸곳 ㈜문학과지성사
등록번호 제1993-000098호
주소 04034 서울 마포구 잔다리로7길 18(서교동 377-20)
전화 02)338-7224
팩스 02)323-4180(편집) / 02)338-7221(영업)
대표메일 moonji@moonji.com
저작권 문의 copyright@moonji.com
홈페이지 www.moonji.com

ⓒ 이광호 강동호 강계숙 심진경 우찬제, 2025. Printed in Seoul, Korea

ISBN 978-89-320-4502-3 04800
ISBN 978-89-320-4501-6(세트)

동시대 문학사

1910   2020

문학과지성사

이광호 | 강동호 | 강계숙 | 심진경 | 우찬제

〈동시대 문학사〉 시리즈를 펴내며

한국 근현대문학은 백 년이 넘는 역사를 축적해왔다. 근대 이후 문학의 역사를 기술하려는 노력은 '문학사의 불가능성'이라는 명제를 피할 수 없이 마주해야 한다. 한국문학의 집적물과 제도적 양상에 역사적 인과성을 부여하는 총체적 문학사는 더 이상 유효하지 않다. 거대한 동일성으로서의 보편적인 진보 이념으로는 개별 텍스트들이 생성하는 비동일적이고 비균질적인 사건들을 탐구할 수 없기 때문이다. 한국문학사는 하나의 일관된 사건이 아니며 여러 층위에서 발생하는 사건들의 '장소들'이다. 문학사는 단일한 이념과 역사적 필연성의 무게를 덜어내고 각각의 시간들을 내포하며 역동성을 드러낼 수 있어야 한다. 이 다층적인 문학사를 재구성하기 위해 이제, 문학사를 횡단하고 분절하면서 작은 계보학의 문학사를 재구축하려 한다. 이 작은 복수의 문학사는 지배적인 역사와는 다른 층위에서 불연속적으로 움직이는 문학사의 동인과 변이의 지점들을 보여줄 수 있을 것이다.

'현대문학사' 대신 '동시대 문학사'라는 개념을 도입하는 이유는 무엇일까? '현대'라는 시간적 구획은 중세와 근대를 넘어선 선조적인 시간대를 의미하지만 '동시대'는 과거적인 것이 잔존하는 채로 '현대적인 것'이 발생하는 비균질한 시간대를 의미한다. '동시대' 안에서는 과거와 미래의 시간이 교차하고 경쟁하며 뒤섞인다. 그곳에서 우리는 '현재가 개입된 과거'와 '과거가 잔존하는 현재'라는 시간의 혼융을 만나게 되며, '동시대'라는 이름 아래 비동시성을 사유할 수 있다. 동일성으로서의 현재와 기원으로서의 과거, 그리고 미래라는 발전의 형상에 의지하지 않고 현시대 속의 틈과 불확실성을 고찰할 수 있다. 그것은 과거적 준거에도 의지하지 않고 미래의 약속에도 속박되지 않는 문학사의 잠재성을 찾아내는 작업이 된다. 이제 문학사적 실천은 '현대' 혹은 '현재'라고 부르는 시간 속에서의 다층적인 동시대성을 성찰하는 자리가 될 것이다. 어떤 기원도 특권화하지 않는 문학사적 실천은 도래할 문학사의 잠재성이다. 이러한 문학사적 수행은 문학사를 '열린 시제'로 쓸 수 있도록 한다. 우리는 이런 새로운 문학사 기획이 문학과지성사 창립 50주년을 맞아 시작된 것에 대해 작은 긍지를 가지며, 그 긍지를 독자 여러분과 나누고자 한다.

〈동시대 문학사〉 기획위원 일동

기획의 말

'나'와 '남' 그리고 '세계'를 변화시킬 수 있을까?

'나'를 찾아 나선 세상의 모든 '나'를 상상하며, '나'를 발견하고 발명하려 했던 문학사의 궤적을 응시한다. '나'의 이미지, 모티프, 테마의 지속과 변화상을 헤아리고 그 다층적이고 역동적인 맥락을 헤아리면서, '나'를 말할 수 있는 (불)가능성을 가늠해보고자 하는 도전적 기획이다. 모든 상상과 글쓰기의 기원인 것 같으면서도 텅 빈 것 같거니 오리무중에 가까운 주제가 바로 '나'이다. '나'의 이야기가 아닌 것이 없고 '나'의 목소리가 곳곳에 배어 있는 듯하지만, 실은 그 어디에도 '나'의 서사나 '나'의 어조는 찾아내기 어렵기 때문이다. 도대체 '나'는, '나'의 이야기는, '나'의 글쓰기는 어디에, 어떻게 존재하는가? 이런 질문 앞에 다섯의 '나'들은 저마다의 방식으로 한국문학사를 들여다보았다. '나'들과 '문학'들 사이의 복합적 함수관계를 가로지르며, '나'들의 문학적 풍경들을 점묘하고 그 문제성을 탐문하고자 했다.

　　우선 이광호의 「'나'는 쓸 수 있는가 ─ '일인칭 하기'의 역사적 몽타주」는 존재론적 주체를 넘어서 수사학적 주체가 탄력적으로 형성될 가능성과 그 다채로운 맥락을 성찰하며, 수사학적 '나'의 풍경을 역동적으로 구성한다. 문학 공간에서 '나의 글쓰기'는 '나'의 주체성을 탐문하는 과정이자, 역설적으로 '나'의 불완전성과 가변성을 발견하는 복합적 수행 도정이다. '나의 이야기'도 그렇지만 특히 '나의 글쓰기'는 수행적 역동성을 통해 동일성의 닫힌 틀을 넘어 타자들에 다각적으로 스며들면서 다양한 가능 세계를 생성한다. 자아의 감옥을 파옥하는 분열적 격렬성은 물론 타자와 더불어 해방의 계기들로 탈주하는 심미적 실험성으로 말미암아 종종 '일인칭 하기'는 위험한 글쓰기의 모험을 수행한다. 위험한 위반을 통해 거듭 다시 태어난다. 경험하는 '나'와 쓰는 '나' 사이의 역동적 방정식과 더불어 '일인칭 하기'의 모험 속에서 한국문학은 잠재적이자 가상적인, 그야말로 '버추얼'한 '나'를 발명해왔다. 그런 일인칭 하기의 문제성을 역사적·정치적·젠더적·문화적·문학적 맥락 등에서 다층적으로 몽타주한다. 가령 일제강점기 염상섭과 백신애는 기행문이나 편지 등의 수사학적 장치에 탈식민적이거나 젠더적인 정치성을 내장한 일인칭 하기를 시도했다. 젠더와 일인칭 하기는 한강과 배수아의 사례를 통해 더욱 상징적으로 전경화된다. 한강의 소설에서 '나'의 목소리의 리듬 자체를 재맥락화하거나 배수아의 소설에서 낯선 여성 주체를 생성하는 일인칭 글쓰기 양상을 주목한다. 최인훈과 이청준을 통해 소설 쓰기와 그 불가능성의 문제를 탐색하는 일인칭 글쓰기의 심미적 수행성을 해찰한 다음, 이상과 김혜순을 중심으로 일인칭 하기의 급진성을 논의한다. '나'의 동일성과 일인칭 진정성 신화를 통렬하게 난타하면서 분열증적 활력으로 혼돈과 생성의 새로운 탈주를 보인 일인칭 하기의 미학과 윤리를 점검한다.

강동호의 「낭만적 무의식—진실한 '나'의 역사적 근원들」은 동시대 문학/문화에 여전히 강하게 살아 있는 낭만적 충동 혹은 낭만적 무의식의 역사적 지속과 변화상을 중층적으로 탐문한 글이다. 부제가 시사하는 것처럼 '진실한 나'에 대한 낭만적 열정은 하나의 역사적 근원을 지닌 것이 아니다. 무의식처럼 저변에 흐르면서 다양한 계기와 주름을 형성하는 낭만적 무의식을 통해 '나'와 '나'의 시학이 변형·생성된다. 끊임없이 변화하고 갈등하면서 복합적으로 균열을 일으키는 시적 주체(들)의 양상과 담론을 성찰한다. 한국 근대문학의 주요한 '기원origin'(들) 중 하나로 낭만주의를 주목하면서 그 낭만적 충동의 역사적 분열과 실패를 동시대성으로 재해석하고 재성찰한다. 과학과 예술, 합리주의와 신비주의 사이에서 탈마법화와 재마법화의 혼란스러운 착종 및 분열의 증후를 드러냈던 이광수, 시의 본질을 주관적 심령의 신비로운 발현으로 이해하면서도 시형의 음률과 호흡 사이 분열을 보였던 김억, '영률(靈律)'이라는 신비스러운 내면의 감응으로부터 시의 근거를 낭만적으로 탐문했던 황석우를 거쳐 김소월의 자유시 담론에 깊은 눈길을 준다. 김소월의 시적 화자 '나'의 성격을 복합적으로 헤아리면서 자유시 담론을 발본적으로 들여다본다. 전통적 '한'으로만 환원되지 않는 시적 화자 '나'의 잉여 의지를 응시하면서 김소월 시의 예외성과 혁명성을 읽어낸다. 서정적 동일성의 근대적 원근법을 역설적으로 전통적 형식의 틀 안에서 구현하는 데 성공한 김소월을 "자신의 가능성을 능동적으로 변주할 수 있는 주체적 계기를 모색한, 내면의 입법자였다"라고 평가한다. 이런저런 현상과 담론의 심연에서 낭만적 무의식과의 대화를 통해 끊임없이 '나'를 찾아가는 과정을 점묘하면서 동시대성 문제와 관련한 의미심장한 질문을 던진다.

　　강계숙의 「한국 여성시의 시작(始作/詩作)을 돌아보다──'탄실이'부터 '비리데기'까지」는 여성시의 시작과 진화 맥락을 성찰한다. 남성 중심의 시단을 거슬러 한국 여성시의 다양한 정념의 주체들이 새로운 자아상을 창조함으로써 일련의 계보를 구축해왔음을 숙고한다. 김명순에서 노천명, 모윤숙, 김남조, 홍윤숙을 거쳐 강은교에 이르기까지 여성 시인이 맞닥뜨린 이중 구속 상태로부터의 탈주 도정을 역동적으로 헤아린다. 김소월의 『진달래꽃』이 상재된 1925년에 『생명의 과실』을 출간한 한국 최초의 여성 시인 김명순과 그녀를 둘러싼 문제적 상황을 주목한다. 여성의 자기표현에 징벌을 가하고 축출하려 했던 조선조 말의 질서가 낳은 근대 여성의 불안 가운데 온전한 한 사람으로서 자기를 주체화하려는 노력을 기울인 이가 김명순이다. 그녀의 개인-주체-되기를 통한 여성 문인의 탄생 사건이 추방과 유폐라는 비극적 귀결로 이어질 수밖에 없었던 문학사적 불화의 풍경을 생생하게 논의한다. 김명순류의 저주받은 여성 시인의 말하기-글쓰기 양상과 그 수용은, 멜로드라마적 숭고의 주체와 성화(聖化)된 자아상을 보여준 모윤숙과 김남조를 거쳐 강은교에 이르면 새로운 단계로 진화한다. 남성의 대상 존재가 되기를 마다하고 남성 시선의 내면화를 예리하게 거스르면서 여성의 주체화가 어떻게 가능할지를 남성적-근대적 주체의 비판을 통해 탐색한 강은교로부터 한국시의 여성시학이 출발한다고 주장한다. "산 자도 죽은 자도 아닌 경계의 존재, 이성적·합리적 세계로부터 이탈하여 근대적 남성성이 자랑하는 명확성과 확실성에 의문부호를 다는 식별 불가능한 존재. 그러한 존재-되기로서의 주체화 선언"을 전경화한다.

　　심진경의 「여성 자아의 탄생과 소멸, 그리고 타자 되기의 미학——'여성-나'의 서사 전략과 정치학」은 한국문학사에서 여성 주체가 어떻게 형성되고 해체되어왔으며 타자로서 혹은 타자 되기를 통해 어떻게 새로운 미학을 열어왔는지 심도 있게 탐문한다. 여성 자아가 끊임없이 변화하고 자신의 목소리를 찾아가는 과정을 서사 전략과 젠더 정치적 맥락에서 다층적으로 분석한다. '여성-나'의 문제에는 내부의 타자로 식민화된 여성의 존재론적 조건이라는 저변에서 되풀이된 여성 혐오와 그 폭력의 역사, 성적·사회적 욕망의 각성을 통한 주체로의 전환 그리고 타자에의 공감과 연대를 통한 공동체적 자아로의 확장 등 매우 다양하고 복합적인 층위와 테마 들이 얽히고설켜 있다. 여성 자아가 역사적으로 구성되는 과정 혹은 여성의 '자기-되기'가 변형·생성되는 과정을 성찰하는 작업은 여성문학사의 유의미한 실천이 될 수 있다. 근대문학 형성기 여성의 삶을 스스로 언어화하려는 정치적 수사학을 펼쳤던 김명순과 나혜석의 시도, 그것을 왜곡하고 배제하려 했던 낙인찍기의 역사, 그 부정적 영향으로 가부장제 분위기 속에서 살아남을 수 있는 방어적인 창작을 해야 했던 1930년대 여성 작가들, 그런 환경에서 어쩔 수 없이 지배적인 언어로 대항적 진실에 다가서기 위해 은폐와 폭로의 이중 전략을 구사해야 했던 문학사적 풍경을 살핀다. 남성 중심적 규범에 저항하는 '불복종 여성'의 초상을 그린 백신애의 「광인수기」를 거쳐 한강의 『채식주의자』에 이르는 경로가 주목에 값한다. 히스테리적 서사 전략으로 여성적 쾌락을 잔존시키며 가부장제와 공모하는 체하면서 그 교란을 수행하려 했던 최정희와 ᄋ정희의 소설을 거쳐, 1990년대 여성문학 대폭발 이후의 다층적 궤적들을 헤아리면서 "여성 정체성을 넘어 다자성의 윤리로" 이행하는 흐름을 읽어낸다. 여성문학이 자기 자신과 맺어온 관계와 그 변화의 자취를 살피면서 '나'와는 완전히 다른 무수한 정체성(들)과 연관된 여성의 '자기 발견' 문제를 깊이 성찰한다.

　　우찬제의 「내가 누구인지 말할 수 없는 나를 위하여— 탈존의 주름」은 왜 나를 찾을 수 없는지, 왜 내가 나임을 입증하거나 말할 수 없는지 변명할 심미적 실마리를 마련하기 위해 복합적 시간 여행을 수행한다. 내가 누구인지 말할 수 없는 '나'들은 탈존의 탈주선에서 늘 생성 중인 역동적 심미성을 가까스로 추구한다. 이상의 유리 거울, 윤동주의 물거울과 구리 거울, 김동리와 오정희의 구리 거울 등 탈존의 풍경을 비추는 거울은 실로 만화경처럼 다양하다. 게다가 그 거울들은 때때로 일그러져 있거나 주름 잡힌 형상임을 성찰한다. 주름은 안과 밖, '나'와 남의 경계를 모호하게 하고 복합적인 관계망을 형성한다. 상상하는 '나'는 그토록 무수한 주름의 교차와 상호작용 속에서 중층적이고 다각적으로 형성된다. 마치 천이 접힐 때마다 다른 형상으로 탈주하듯 상상하는 '나' 또한 다양한 경험과 관계 속에서 부단히 변형되고 혁신된다. 늘 새롭게 자기 존재를 입증하려 하지만, 그 또한 입증하기 어렵다는 사실의 알리바이이기도 하다. 한국의 현대 작가들은 존재의 주름에 갇혀 내가 누구인지 말할 수 없는 사람들을 대신해 온 존재를 기울여 탈존의 계기를 모색하려는 산문적 수고를 아끼지 않았다. 현실과 대결하려는 의지와 이데올로기가 강한 '큰 나'들의 고원과, 비루한 존재의 잔주름을 파고드는 '작은 나'들의 협곡이, 서로 스미고 짜이는 가운데, 그 차이와 반복으로 현대문학사의 어떤 동력을 형성했다. 존재 비용으로 말미암아 고립의 주름 속에서 고통받는 '나'들의 풍경, 그러다 자기 거울에 갇히기도 하고 갇힌 거울 속에서 새로운 탈존의 터를 마련하고자 궁리하기도 하는 정경, 생명의 벼리를 성찰하는 '나'들과 여성의 탈존 지평을 숙고한 '나'들의 초상 그리고 20세기 한국 역사와 현실, 공동체와 대화하며 상호주관성의 지평에서 탈존의 심미적 터전을 마련하려는 모색 등을 살핌으로써 20세기 한국인의 존재론과 역정에 관련한 심층적인 질문들과 마주한다. 이광수의 계몽주의에서 원종국의 포스트휴머니즘에 이르기까지, '나'와 '나'의 말을 위한 혹은 내가 누구인지 말할 수 없는 '너'를 위한 탄력적인 상상력을 헤아린다.

이러한 '나'들의 문학적 풍경은 물론 매우 제한적일 수밖에 없을 터이다. 다섯의 '나'들이 최선을 다해 발견한 문학사적 질서와 맥락이긴 하지만, 그 또한 다른 질서와 맥락을 기다리는 도정의 담론을 넘어서기 어렵다. 근대 초기에는 코기토 철학과 일인칭소설의 출현 맥락에 동심원을 그리면서 '나'에 대한 이성적 성찰 가능성을 논의하기도 했지만, 지금 이 시대에 이르러 사정은 그리 녹록지 않다. 갈수록 진화하는 SNS 기술에 힘입어 '나'를 드러내는 기술은 날로 늘어나고, 그에 따라 '나'를 전시하고 관찰하는 행태가 일상화되고 있으며, 오토픽션이 유행하고 있지만 그렇다고 거기에 과연 '나'가 있을까, 우리는 질문한다. 동시대 문학사와 더불어 '나'는, '나'들은 거듭 여러 부정의 질문 앞에 서게 된다. 고정된 '나'는 결코 존재할 수도 발견될 수도 없는 것 아닐까? '나'라고 확정적으로 말하는 순간 그 '나'는 휘발되고 마는 것 아닐까? 그러니까 '나'는 구체적 상황과 계기 및 관계 속에서 탄력적으로 형성되고 변화하는 것 아닐까? 그럼으로써 '나'와 '남' 그리고 '세계'를 변화시킬 수 있는 것 아닐까? '나'는 결코 닿을 수 없는 불확실하고 모호한 이방인이지만 발견과 발명의 가능성으로 충일한 소용돌이 아닐까?……

　　문학과지성사 창립 50주년을 맞아 펴내는 기획의 일환인 이 작은 책을, 내가 누구인지 정말 궁금한 세상의 '나'들과 나누기로 한다. 어쩌면 더 모르겠다는 반응이 있을 수 있지만 그 또한 '나'에 대한 '나'의 새로운 앎으로 다가가는 의미 있는 변곡점으로 작용하면 좋겠다. 품격 있는 책을 만들어주신 유하은 편집자를 비롯한 문학과지성사 식구들께 기꺼운 감사의 인사를 전한다.

기획위원 우찬제

차례

'나'는 쓸 수 있는가

—'일인칭 하기'의 역사적 몽타주

이광호

1. 일인칭 하기의 실패에 관하여

그럼에도 불구하고 나는 '나'에 대한 이야기를 시작할 수 있을까? 오
랫동안 '나'의 행방은 철학과 문학의 중요한 질문이었다. '나'라는 개
별적 주체성에 대한 관심이 근대적인 인식 체계의 바탕을 이룬다는
것은 널리 알려져 있다. 근대적인 의미의 '나'라는 형상에는 내적 일관
성을 가진 자기동일적인 자아라는 관념이 있다. 하지만 자율적인 '나'
는 '고독한 나'와 함께 경축할 만한 근대적 발명품은 아니다. 견고한
의식 체계 안에서 타자와의 관계를 식제한 '나'라는 인식 주체는 일종
의 환상이다. 완전한 자율적 주체의 표상으로서의 '나'는 나르시시즘
적인 면모를 갖는다. '나'라는 표상은 '너'와 따로 존재할 수 없다. '나'
는 '너'와 '그'와의 관계 속에서만 존재한다. "'나'는 너로 인하여 '나'가
된다. '나'가 되면서 '나'는 '너'라고 말한다."[1] '나'는 이미 '너'와 '그'의 일
부이거나, '너'와 '그'는 '나'의 일부가 된다.

　　내가 '나'에 대해 말한다는 것은 기이한 권리이며 동시에 불안
이다. 나는 스스로 '나'의 삶의 경험과 시간을 표현하고 번역할 수 있
을까? '나'에 대해 말한다는 것은, '나'에 대해 말하면서 동시에 자신을

1.　　마르틴 부버, 『나와 너』, 표재명 옮김, 문예출판사, 2004, p. 21.

설명하려는 '나'를 무대에 '출연'시키는 것을 의미한다. '나'를 전경화하면서 '내 삶'을 말할 때, 진술 주체로서의 '나'의 표상이 도입되면 '나'는 점점 더 설명하기 어려워진다. 자기 자신을 설명하는 것의 불가능성을 예각적으로 사유한 것은 주디스 버틀러이다. '나'를 설명하기 위해 '나'를 서술하고 요약하는 것은 근원적으로 실패할 수 있다. "'나'는 어떻게 그 목소리가 자신이나 특별히 이 이야기를 서술할 '나'가 되었는가를 설명할 수 없을 때 반드시 실패한다."[2] 주체가 자신에 대해 결코 완전하게 설명할 수 없는 이유는 서술될 수 없는 존재의 층위에서 타자들과 연결되어 있기 때문이다.[3] 자신에 대해 설명한다는 것은 "다른 사람을 위해, 다른 사람에게, 심지어 다른 사람**에게 가하는**" "수행의 행위, 대화의 행위, 타자를 위한 타자 앞에서의 행동하기"[4]이다. 근대의 자율적 개인을 대표하는 나르시시스트적인 (남성적) 주체에게서 윤리적 근거를 찾는 것은 타자를 제거하는 '윤리적 폭력'이 될 수 있다. 새로운 주체의 윤리적 실천이 가능하기 위해서는, 완전한 주어로서의 '나I'가 아니라 타동사에 종속된 목적어일 수 있는 다른 '나me'의 불확실성을 인정해야 한다. 다른 방식으로 말하면 주어인 '나'와 술어인 '나'는 일치할 수 없으며, '나'는 많은 경우 사건의 완전한 '당사자'가 아니다. '너'를 제거한 상태에서의 '나'의 실패는 필연적인 것이고, '자기 설명하기'의 불가능성에 대한 인정이야말로 다른 윤리적 실천의 출발점이다.

---

2.   주디스 버틀러, 『윤리적 폭력 비판 ── 자기 자신을 설명하기』, 양효실 옮김, 인간사랑, 2013, p. 116.

3.   "자신에 대해 설명하는 것은 내가 제시하는 '나'가 자신의 형성의 많은 조건들을 제시할 수 없을 뿐 아니라 내레이션에 굴복하는 '나'가 자신의 많은 차원들 ── 말걸기의 사회적 변수들, '나'를 이해가능하게 만드는 규범들, 나의 욕망의 한 가운데서 가능해지는 이질성으로 존속하는 무의식의 서술될 수 없고 말해질 수 없는 차원들 ── 을 구성할 수 없기에, 상당한 희생을 치르고 이루어진다"(같은 책, pp. 231~32).

4.   같은 책, p. 224. 강조는 원문.

　　문학의 공간에서의 '나의 글쓰기'는 '나'라는 주체성을 정립해
가는 과정이면서, 한편으로는 '나'의 불완전성과 가변성을 대면하는
과정이다. '나'를 설명하기 위해서 만들어내어야 하는 '자기 서사'에서
'나'의 형성적인 사회적 역사성과 육체성corporeality은 단일한 서사로
재구성될 수 없다. '나의 글쓰기'의 과정은 주체와 대상이 명확하게 구
분되는 세계가 아니라, 나와 너와 그의 세계가 뒤섞이는 경험이기도
하다. '나'는 글쓰기가 시작되기 전에 완전하게 정립된 것이 아니며,
그 과정 속에서 나는 오히려 수동적인 것이 될 수 있다. 주체가 먼저
선험적으로 구성되어 있는 것이 아니라, 글쓰기의 과정을 통해 글쓰
기의 주체가 형성된다. 그 과정은 글쓰기에서의 '나'의 가능성을 제한
하는 것이 아니라, 동일성의 자아 관념에 붙들려 있는 '나'의 잠재성
을 개방한다. 자아의 감옥에 갇힌 '나'의 언어들을 분열과 생성의 영역
으로 전환하는 글쓰기의 모험으로 나아갈 수 있다. 글쓰기는 일인칭
의 동일성과 자기 서사의 명확성이라는 미망을 넘어서 타자의 세계
로 나아간다. 나의 글쓰기가 타자를 향한, 타자에서 시작된 글쓰기라
는 것을 인정하는 것은 정치적이고 미학적인 층위에서의 어떤 '시작'
이다. '나'는 일인칭 글쓰기 – 말하기의 수행적인 과정을 통해 타자와
의 관계 속에서 '태어난다'.

2. '나의 글쓰기'의 근대적 행방

한국문학사에서 '나의 글쓰기'가 시작된 것은 언제일까? 한국문학에
서 특정한 '문학 장치'의 기원을 규정하는 것은 오류를 무릅쓰는 것이
다. 문학사의 순결한 기원 같은 것은 없다. 문학이라는 이름의 근대적
양식과 제도의 기원이 다중적인 기원을 갖고 있는 것처럼,[5] '나의 글

쓰기'의 발명 역시 다층적인 역사적 계기들이 있다. '지금'이라는 시점
에서의 문학사는 잔존과 변이의 가능성 위에서 탈중심화되어 있다.
침전된 것과 부유하는 것과 부글거리는 것들이 공존하는 '동시대의
문학사' 안에서는, 동일성으로서의 현재와 기원으로서의 과거가 특
권화될 수 없다. 문학사의 불가능성에 대응하는 '작은 문학사들'에 대
한 계보학적 탐구는, '문학들'의 다른 배치를 통해 문학사적 몽타주를
재구성하는 것을 의미한다.

　　근대적 문학 장치로서의 '나의 글쓰기'는 글쓰기 주체와 세계
와의 관계를 직접화하고 자아를 중심으로 세계를 대상화하는 것을
의미했다. 그것은 주체의 시선과 대상 – 세계와의 분리를 전제로 한
것이다. 그 분리와 대상화가 강해지면 대상 세계는 선명하게 재현되
지만, 세계를 단순화할 가능성을 내포한다. 여기서 다른 가능성들이
시작되는데 하나는 대상화하는 주체 자체를 축소시키는 '축소된 주체
에 의한 글쓰기'에 의해 재현 세계의 밀도를 확보하는 방법이고, 다른
하나는 글쓰기의 주체가 주체 자신의 감정과 내면성을 글쓰기의 대
상으로 삼는 경우이다.[6] 근대 이후 일인칭 글쓰기 주체의 기본적인 곤
경은 이런 것이다. '나'라는 표상을 글쓰기의 전면에 내세울 때, '나'의
등장은 대상 세계에 대한 주관적인 왜곡으로 귀결될 수 있다. 다른 한
편으로는 '나' 자체에 대한 집중은 글 쓰는 '나'와 대상화된 '나' 사이의
분열을 피할 수 없게 된다. 경험적 자아와 서술적 자아 사이의 필연적
인 간격이 일인칭 글쓰기의 기본적인 조건이라면, 문제는 그 간격과
어긋남이 역사·사회적인 층위와 긴밀하게 얽혀 있다는 점이다. 한국
문학사의 문제적인 글쓰기의 사례들은 그 왜곡과 분열을 감당하면서

5.　　졸저, 『시선의 문학사』, 문학과지성사, 2015, pp. 53~57.
6.　　신지연, 『글쓰기라는 거울』, 소명출판, 2007, p. 188. 근대 초기의 글쓰기 주체의 재현 방식을
　　　분석하면서 '축소된 주체'라는 개념을 도입한다.

'일인칭 하기'의 다른 잠재성을 시험하고 있다. '일인칭 하기'는 '나의 글쓰기'가 일종의 수행적인 모험의 과정이며, 그 과정 속에서 새로운 주체가 형성된다는 것을 의미한다. 일인칭의 글쓰기는 역사적 과정 중에서 언제나 '실패'를 예비하고 실패에 대해 열려 있었으며, '일인칭 하기'의 모험 속에서 한국문학은 잠재적인 '나'를 발명해왔다.

이런 맥락을 참고한다면 일인칭 글쓰기의 단초는 '한글문학'이라는 근대적 문학 제도 이전으로 거슬러 올라갈 수도 있다. 이를테면 18세기 박지원의 기행문인 『열하일기』는 한문 기행문임에도 불구하고 기행의 주체와 새로운 세계의 발견이라는 측면에서 근대적 '시선주체'의 발명을 보여준다.

> 낮에는 강물을 볼 수 있으니까 위험을 직접 보며 벌벌 떠느라 그 눈이 근심을 불러온다. 그러니 어찌 귀에 들리는 게 있겠는가. 지금 나는 한밤중에 강을 건너느라 눈으로는 위험한 것을 볼 수 없다. 그러니 위험은 오로지 듣는 것에만 쏠리고, 그 바람에 귀는 두려워 떨며 근심을 이기지 못한다.
>
> 나는 이제야 도를 알았다. 명심(冥心)이 있는 사람은 귀와 눈이 마음의 누가 되지 않고, 귀와 눈만을 믿는 자는 보고 듣는 것이 더욱 섬세해져서 갈수록 병이 된다.[7]

당대의 제국 청나라에서의 새로운 문물에 대한 발견을 보여주는 이 기행문에서, 「일야구도하기(一夜九渡河記)」의 문장들은 일인칭 글쓰기의 가능성을 시험한다. '나'라는 신체적 주체에 대한 관심은, 감각하는 존재로서의 '나'에 대한 인식뿐만 아니라, 그 감각의 불완전성을

---

7.   박지원, 『열하일기』 하(下), 고미숙·길진숙·김풍기 옮김, 북드라망, 2013(개정신판), p. 185.

함께 사유하는 데로 나아간다. 밤의 어둠은 강물의 시각적인 공포를 제거하지만 동시에 청각적인 공포를 극대화한다. 감각적인 것은 근심을 불러오기 때문에 외물(外物)에 현혹되어서는 안 된다는 지혜는, '나'의 감각에 대한 대상화라는 맥락에서 의미를 갖는다. 그것은 마치 데카르트가 이성적 존재가 되기 위해서는 감각을 불신해야 한다고 주장한 이성 중심주의를 연상시킨다. 문제적인 것은 '감각'을 글쓰기와 사유의 대상으로 삼는 것 자체의 당대적인 맥락의 급진성이다. 이 것은 '고문(古文)'이라는 지배적인 표상 장치와 담론 체계를 넘어서려는 역동적이고 자유분방한 한문 문체를 통해 가능한 일이었다.

조선 시대에 문학의식을 지배한 것은 공자가 엮었다고 전해지는 『시경』의 해석 문제였다. 주희의 시경론은 '교화론'에 치우친 것이어서 개인의 감정은 문학적 글쓰기와 연결되지 못했다. 허난설헌과 황진이를 비롯한 조선 후기의 여성 문인들에 의해 개인의 감정에 관한 글쓰기가 창안된 것은 혁명적인 일이었다. 그들은 사대부들의 성리학적 세계관과 언어 바깥에서 글쓰기를 시작했기 때문에, 개인의 욕망에 대한 문학적 표현을 발명할 수 있었다. 자신의 감정과 욕망 자체가 시 쓰기의 미학적 동기가 되는 문학은 1920년대 김소월의 시대에 이르러 제도화된다. 이광수가 「문학이란 何오」(1916)에서 정(情)의 문학을 주창했을 때, 중세적인 도덕률에서 벗어난 개인적 감정과 감각의 자율성에 대한 인식은 주목할 만한 것이었다. 하지만 봉건적 도덕질서에서 해방되는 개인과 문학의 자율성이라는 주제는, 문명개화와 민족개조에 문학을 수단화하는 요구와 혼재되었으며, 근대적 개인주의는 식민지 조선의 민족주의적 기획과 불완전한 방식으로 차존된다.

신소설에서 이광수, 김동인에 이르는 한국 근대소설의 문법적 확립에서는 '삼인칭 과거형'의 중요성이 제시되고 그 문체적 정립이 이루어졌다. 상대적으로 이광수의 「어린 벗에게」와 김동인의 「마음이 옅은 자여」에 드러나는 것처럼, 이들 작가에게서 일인칭 글쓰기의 의미 있는 문학적 시도와 긴장이 발견되지 않는다. 이것은 근대 '남성―지식인―작가'들이 '나'를 문학적으로 표상하는 것에 대한 곤경과 무기력을 짐작하게 한다. 식민지 시대 초기의 남성 작가들은 당대 삶의 문제들과 대결하는 방식으로 일인칭 글쓰기를 적극적으로 선택하지 않은 것으로 보인다. '남성―식민지―지식인―나'는 제국주의와 민족 공동체 사이의 모순과 이중으로 식민화된 젠더 시스템을 문제화하지 않고, 계몽적 주체는 '나'라는 표상 안의 균열을 봉합할 수밖에 없게 된다. 서술 주체가 자신의 정치적·문학적 가능성에 대한 자기비판을 수행하지 않고, 타자를 대상화하는 완전한 인식 주체로서의 자신을 상정할 때, 식민지 주체의 자기모순은 해결될 수 없다. 서술 주체는 '제국의 주체'를 자신으로 오인하거나 제국의 '젠더 시스템'을 재생산하는 이데올로기적 통합의 메커니즘 속에 머물게 된다.

3. 기행문과 편지로서의 일인칭 하기 ― 염상섭과 백신애

일인칭 글쓰기의 형식으로서의 근대문학의 일인칭 주인공 소설들은, 초점화자로서의 '나'와 인물로서의 '나'가 동시에 존재한다. '나'는 서술하는 주체이면서 동시에 세계를 경험하는 신체가 있는 주체이다. 일인칭 내포 작가는 세계와 직접적으로 대결할 수밖에 없는 위치에 서게 된다. 일인칭은 이야기를 서술하면서도 그 서사 속에 '자신'의 존재를 드러내고 입증해야 한다. 그 과정에서 일인칭 화자는 대상 세계에 대한 서술과 함께 주체에 대한 자기 감시를 동시에 수행한다. 일인칭 주인공은 자신이 바라본 세계를 서술하면서 자신의 위치에 대한 존재론적인 질문을 제기해야만 한다. 이런 일인칭의 글쓰기 과정에서 내면성이 구성된다. 이 내면성은 이광수·김동인 소설에서 외재적으로 구축된 인물들의 내면성이 아니라, '나'라는 일인칭 '화자 – 주인공'의 서술 과정에서 구성되는 수행적인 내면성이다.[8]

　　한국 근대문학에서 일인칭의 내면성이 구축되는 글쓰기 형식이 '기행문'과 '편지'의 성격을 갖고 있다는 것은 우연이 아니다. 이 두 가지 형식은, 일인칭 주체가 외부를 재현하는 밀도와 자신의 감정과 욕망을 대상화하는 방식에 있어서 가장 유력한 글쓰기에 해당했기 때문이다. 기행의 글쓰기는 근대 이후 외부 세계의 시각적 스펙터클을 관람하는 주체로서의 '나'의 표상을 만들어낸다. 발터 벤야민에 의해 의미화된 '도시 산책자'는 근대문학의 새로운 주체 형성의 가능성을 포함하고 있는 것이었다.[9] 이런 여행가 – 산책자로서의 '나'는 노동이 아닌 무위와 우연한 발견의 행위로서의 '유동하는 응시'를 통해 근대 세계의 스펙터클을 경험하면서 현기증 나는 파노라마적인 시각을 갖게 된다.[10]

　　'식민지 – 남성 – 지식인'으로서의 일인칭의 문법 속에서 의미 있는 소설적 성취에 이른 것은 염상섭의 「만세전」이다. 「만세전」은 일본에서 경성으로 돌아오는 주인공의 여정이 서사의 골격을 이룬다. '동경 – 신호 – 부산 – 김천 – 경성'으로 이어지는 공간 이동과 '나'라는 시선 주체의 움직임이 서사의 동력이 된다. 식민지 조선의 혹독한 현실을 발견하는 '나'는, 그 과정에서 새로운 주체 형성의 가능성을 탐문한다. 식민지 민중이 처한 엄혹한 현실과 아내의 죽음을 목도하면서 '나'는 그 '구더기 들끓는 무덤' 같은 세계를 직시하지만, 식민지 주

8.　　졸저, 같은 책, p. 164.
9.　　발터 벤야민, 『도시의 산책자』, 조형준 옮김, 새물결, 2008, p. 61.
10.　　졸저, 『도시인의 탄생』, 서강대학교출판부, 2010, p. 16.

체와 여성들에 대한 모호하고 이중적인 태도는 식민성의 문제를 정
면으로 마주하지 않는다.

> 내가 조선 사람이기 때문에 한층 더 마음을 놓고 더욱이 체면도 안
> 차리고 저희 마음대로 휘두르며, 서넛씩 몰켜 들어와서 넙적넙적 주
> 는 대로 받아먹고 앉았는가 하는 생각을 할 제, 될 수 있는 대로는 계
> 집애들을 업신여기고 조롱하는 태도를 취하려고, 대가리에 피도 안
> 마른 것이 어느 틈에 술을 배웠느냐는 둥 코밑이 평해진 지가 며칠도
> 못 되었으리라는 둥 하며 놀렸다.[11]

국숫집 일본 여급들은 유학생 남성의 입장에서는 남성적 시선의 대
상이 되지만, 그들이 일본인이라는 이유로 '나'는 그들의 시선에 대해
모멸감과 적대감을 동시에 느낀다. '나'는 제국주의와 젠더 시스템이
라는 이중적인 억압적 구조 사이에서 모순되고 기만적인 위치에 머
문다. '나'의 여행이 진행될수록 식민지인으로서의 자기 확인은 강화
되지만, 식민 본국의 유학생이라는 위치는 주체의 문제를 보다 복잡
한 것으로 만든다. 그것은 '나'가 처한 현실적 곤혹과 내적 모순을 규
정한다. '나'는 식민지 권력 내부에서 일본인 타자와 피식민지 조선인
타자를 동시에 경험하면서, 주체의 자기 인식의 정당성에 대해 반성
적인 위치를 확보한다. 주인공은 자기비판과 자기 감시의 분열을 감
당하면서 관찰자의 위치를 견뎌내야만 한다. 제국과 식민지의 경계
에 서 있는 '나'의 관찰자적 위치의 불완전성과 자기모순은, 식민지의
모순을 주체의 내적 모순으로 드러낸다는 측면에서 의미를 갖는다.
　　'식민지 - 남성 - 지식인'으로서의 일인칭 글쓰기의 어려움을

11.　　염상섭, 「만세전」, 『만세전』(한국문학전집 9), 문학과지성사, 2005, p. 81.

다른 지점에서 돌파했던 것은 식민지 근대의 여성 작가들이었다. 근대 초기 여성 작가에게 '나'의 글쓰기를 밀고 나가는 것은 모성 이데올로기와 인습적인 가족제도에 얽혀 있는 식민지 젠더 시스템과의 투쟁을 의미했다. 여성 지식인들이 "자기 삶을 스스로 이야기하고 글로 남기는 행위 그 자체가 페미니즘의 출발"[12]이라고 할 수 있다. 고백의 형식을 통해 '나'의 삶과 존재를 설명하는 작업은 식민지 가부장제의 억압에 대한 저항이었다. 백신애는 초기 여성 작가들의 산문에서 드러났던 결혼과 연애에 대한 문제의식을 일인칭소설이라는 문법 안에서 구현한다. 「혼명에서」의 경우는 봉건적이고 가부장적 가족 이데올로기 안에서의 여성의 문제를 정면으로 다루면서, 식민지 여성 작가의 일인칭소설이 어떻게 가능할 수 있는가를 보여준다.

> 이 신기한 이 밤의 정적은 마침내 '나'에게 '나'를 가져다주었어요.
>
> 거짓과 갈등과 괴로움에 고달파진 나는 세상의 시끄러움 속에서 혼명(混冥)해져 '나'까지 잊어버리고 내가 남인지, 남이 나인지도 모르고 살아왔던가 봐요.
>
> 나는 나 같은 약한 자인지 지극히 강한 자인지 스스로 구별할 수 없는 인간이기 때문에, 세상의 시끄러움이 참을 수 없게 저주스러웠어요.
>
> 아무 시끄러움이 없는 고요한 가운데서 차근차근 내 모양을 바라보길 원했어요.[13]

자전적인 요소가 강한 이 소설에서 '나'는 가족의 기대 때문에 결혼

---

12.   장영은, 「'배운 여자'의 탄생과 존재 증명의 글쓰기」, 『문학을 부수는 문학들』, 민음사, 2018, p. 71.

13.   백신애, 「혼명에서」, 『혼명에서』(한국문학전집 46), 문학과지성사, 2019, pp. 272~73.

했으나 결국 이혼하고 가족들의 사랑 때문에 오히려 괴로워한다. 봉건적인 가족제도의 인습에 저항하려 하지만 가족들의 관심을 뿌리칠 수 없는 내적 갈등은, 식민지의 '각성한' 여성에게는 필연적인 것이다. 이 갈등 과정에서 만난 'S'라는 존재는 '나'를 격려해주면서 중요한 것은 자신의 의지라는 것을 일깨워준다. 'S'가 남성 연인으로 설정되어 있고 '나'가 그에게 의지하는 측면이 많지만, 소설 말미에 'S'의 갑작스러운 죽음과 대면하게 되어 홀로서기의 다짐은 거의 필사적인 것이 된다. 여기서 '혼명'의 시간은 혼돈스럽고 어두운 시간이기도 하지만, 동시에 바로 자기 자신과 마주해야 하는 자기 응시의 시간, 일인칭의 시간이다.

　　이 소설이 서간체 형식의 고백적인 문체로 되어 있다는 것은, '나의 글쓰기'의 문제적인 사례가 된다. 편지라는 방식의 고백적 문법은 순수한 독백의 형식이 아니다. 편지는 '나'와 '너' 사이의 글쓰기이며, 타자를 향하는 언어이다. 편지는 가장 주관적이고 비밀스러운 전언을 '문자화'를 통해 객관적으로 존재하게 만든다는 측면에서, 내용과 형식 사이의 모순이 존재한다. 편지는 그 문자적인 명확성에도 불구하고 '말'보다 오히려 더 많은 오해와 해석의 가능성을 낳는다.[14] '소설-편지'는 그 메시지와 대상의 관계라는 측면에서 특이성을 갖는데, 형식의 개방성과 모호성을 동시에 보여준다. 편지라는 글쓰기 장치는 형식적으로는 'S'라는 대상을 향한 것이지만, 현실 속의 남성을 '매개자'로 하여, '나' 자신을 향한다. 편지라는 형식은 자신의 존재 위치를 설명하고 자신의 내적 갈등을 표현하려는 일인칭 여성 글쓰기의 가능성에 부합한다. '너'를 향한 편지는 '나'를 향한 편지이기도 하고, 소설이라는 층위에서 '독자'를 향해 개방된다. 편지는 'S'를 향해

14.　게오르그 짐멜, 『짐멜의 모더니티 읽기』, 김덕영·윤미애 옮김, 새물결, 2005, pp. 197~98.

쓴 것이지만 그는 죽은 존재이기 때문에 편지를 받을 수 없는 상황에
있다. 이인칭 'S'에게 하는 말은 대상을 잃어버린 것이 되며, 편지 쓰
기는 그 내용과 형식 모두에서 '미완'으로 남게 된다. 편지 쓰기는 이
인칭 '너'에게 전달되는 데 실패한다는 맥락에서 완결되지 못한다. 'S'
의 죽음은 오히려 이 편지 쓰기의 의미를 더욱 중층적이고 열려 있는
것으로 만든다. 이런 미완의 글쓰기는 여성적인 실존을 글쓰기로 옮
겨놓기 위한 고투라고 볼 수 있다. 여성적인 일인칭 글쓰기로서의 편
지는 '나 – 쓰는 사람'이 "아직 미완성이기 때문에 끝나지 않는다".[15]

4. 젠더와 일인칭 하기 — 한강과 배수아

여성이 '나'의 문제를 생각한다는 것은, '나'를 구성하는 사회적 요인
들의 억압을 드러내고 '나'의 다른 잠재성을 상상하는 문제이다. 관
습적으로 규정된 일인칭의 정체성은 젠더 시스템에 의해 구성된 것
이 아닌가를 의심할 수 있다. 그 과정에서 가부장적 질서에 의해 강제
된 정체성의 권위와 독점성이 무너지는 분열적인 세계가 나타난다.
한강의 최근 장편들이 가지는 세계적인 명성을 거슬러 가보면, 한강
글쓰기의 출발점이 일인칭 글쓰기에 해당한다는 것을 확인할 수 있
다. 시로 먼저 등단한 작가는 시집 『서랍에 저녁을 넣어 두었다』(문학
과지성사, 2013)를 통해 상실과 애도의 순간들을 시적 목소리로 드러
내주었다. 한강의 일인칭 작업은 상처와 사랑에 대한 정밀한 감수성
을 보여준 「여수의 사랑」 등의 단편소설들을 통해 소설의 영역에 진
입한다. 중편 「노랑무늬영원」에까지 이르는 작가의 일인칭소설은 한

---

15.   대리언 리더, 『여자에겐 보내지 않은 편지가 있다』, 김종엽 옮김, 문학동네, 2010, p. 227.

국 소설 미학의 최전선에 자리하게 된다. 「여수의 사랑」에서 '나'와 '자흔'은 고향, 기억, 상처와 애도의 방식에서 끝내 어긋나지만, 그 여성들의 '불가능한' 우정과 연대를 기록하는 '나의 글쓰기'는 어떤 애도의 방식이며, 타인의 세계에 대해 열려 있는 것이다. 「노랑무늬영원」은 여성 일인칭소설의 미학적 정점에 있다. 도로에 뛰어든 개를 피하려던 불의의 자동차 사고로 손을 다친 여성 화가에게 닥친 삶의 불행은, 끔찍한 우연으로 점철된 삶 자체의 악의성을 상기시킨다. 중요한 것은 '나'라는 존재가 어떻게 그 참혹한 삶의 시간에서 '회복'의 모멘텀을 찾아내는가 하는 것이고, 일인칭 글쓰기란 그 탐색의 과정에 해당한다.

> 나와는 닮지 않은 여자의 얼굴을 나는 그렸다. 어머니는 물론 아니며, 내가 아는 누구와도 닮지 않은 여자. 어떤 영원한 여자. 여성 이상의 여성. 세월의 뒤편에서 낡아가는 사람. 그랬다. 어떤 영원한 사람 귀신처럼 어른거리는 사람. 흔적인 사람. 그림자인 사람. 혹은, 오래된 집의 마룻바닥에 스민 누대의 일생들의 자취……
> 그런데 이제야 나는 깨닫는다. 이 여자의 어딘가가 나와 닮았다는 것을. 과거 속의 내가 나를 기다리고 있었다. 이 여자는, 이 년 전의 내 갈망이었다.[16]

한강 문학이 역사적 트라우마에 대한 상상력으로 뻗어가기 이전의 미학적 특장들을 잘 보여주는 이 소설에서, '나 – 예술가'의 그림 그리기는 '나의 글쓰기'에 대한 은유가 될 수 있다. '나'가 그리는 그림은 '나'가 아닌 "어떤 영원한 여자. 여성 이상의 여성"이지만, "나와 닮았

16.　　한강, 「노랑무늬영원」, 『노랑무늬영원』, 문학과지성사, 2018, p. 221.

다". 여기서 '나의 그리기 – 글쓰기'는 생명에 대한 갈망을 가진 '잠재적인 나'와 대면하는 미학적 퍼포먼스이다. 그 시간들은 손을 다친 화자가 그 작업의 불가능 속에서 2년 전의 잊힌 갈망을 되살리며 '나 – 화가'라는 존재를 되찾는 과정이다. 잘린 다리에서 새 다리가 나오는 불도마뱀의 '속명'에 불과한 '노랑무늬영원'의 '영원'이라는 동음이의어로부터 영감을 얻는 것은, 다분히 시적인 발상이다. 잃어버린 갈망과 생명력의 회복이 너무도 간절하다면, 그 간절함을 드러내는 것은 '나'가 마주하고 만들어내는 이미지와 리듬이다. 한강의 일인칭의 글쓰기는 이런 시적인 상상력과 '여성적인 발화'와 접속되어 있다. 마치 환상처럼 불쑥 소설의 본문을 습격하는 잔멸치 떼의 시적 이미지는, 한강 특유의 '시적 산문들'의 미학적 장치이다.

　　한강의 거의 모든 소설은 시적인 은유와 도약과 환상으로 가득하다. 한강의 독창성을 만드는 것은 사건 자체가 아니라 소설이라는 무대에 등장하는 '나'의 목소리의 리듬 자체이다. 한강의 문학에는 전통적 소설의 규범 자체를 넘어서는 강렬한 이미지와 시적인 목소리가 흘러넘친다. 한강의 문학은 사건의 인과적인 전개보다는 이미지와 목소리가 밀고 나가는 언어의 파동으로 구축된다. 장편 『바람이 분다, 가라』의 경우 시작과 끝, 현재와 과거의 경계를 넘나드는 '나'의 기억의 탐색은 우주의 신비와 생의 기원을 둘러싼 압도적인 물리학적 이미지에 가닿는다. 『작별하지 않는다』의 경우, '나'를 비롯한 세 여성의 '말하기'와 '듣기'의 관계가 역사적 진실에 다가가는 중요한 소설의 추동력이다. 그의 삼인칭 소설에서도 예기치 않게 등장하는 환상과 비명 같은 목소리들은 '일인칭 습격'이라고 할 만한 미학적인 충격으로 소설의 육체를 뒤흔든다. 주인공의 남편이라는 위치에서 관찰자 시점으로 진행되는 「채식주의자」에 등장하는 주인공 여성의 비명 같은 말, 삼인칭 시점으로 진행되는 『희랍어 시간』에 등장하는 '몸

속에 말이 없는' 여성의 시적 언어, 시점이 바뀌면서 진행되는 『소년
이 온다』에 등장하는 이미 '죽은 일인칭들'의 말들이 있는 것이다.

한강과 함께 1993년에 등단한 배수아의 작업 역시 여성 일인
칭 글쓰기의 독창적인 지점에 자리한다. 첫 창작집 『푸른 사과가 있
는 국도』는 낯선 감수성과 문체로 여성 일인칭 글쓰기의 예외적인 사
례를 만든다. '나'라는 여성적 존재에게 삶의 시간은 성숙의 지표가 아
니라 불길하고 불안한 세계 안으로의 진입을 의미한다. '성장'은 처음
부터 존재하지 않았던 시간이다. 「푸른 사과가 있는 국도」는 이십대
중반 백화점 점원인 '나'의 불안한 '입사(入社)'의 시기를 다룬다. 남자
친구와 함께 간 여행에서 본 '푸른 사과를 파는 여인'의 이미지는 이
시기를 지배한다. '무표정하고 건조한 눈동자'를 가진 '푸른 사과를 파
는 여인'의 낯설고 황량한 이미지는 "언젠가는 나도 저렇게 늙고 초라
해져서 먼지투성이 국도에서 사과를 팔게 되리라는"[17] 예감과 연관되
어 있다. 생은 어떤 성장도 감동도 없을 것이며, '나'는 성년이 되어 사
회에 온전하게 편입되지 못할 것이다.

어떤 성장도 위로도 없는 무의미한 세계 속의 여성 존재를 다
루는 배수아 초기 소설의 한 정점에 이른 것은 『철수』이다. '계약직
임시 직원'인 '여성-나'의 지독한 빈곤과 고립의 문제는 사회적 '차이'
와 생의 도식의 문제로 부각된다. '나'의 남자친구인 '철수'는 그의 부
대에 면회 갔을 때 또 다른 철수 때문에 곤혹을 치를 만큼 흔한 이름
이다. 소설의 후반부는 식은 닭요리를 들고 철수를 찾아다녀야 하는
'나'의 짧고 험난한 여로를 다룬다. 철수는 그렇게 무성의하지도 드라
마틱하지도 않은, 또 어느 정도는 '모범생'인 남자아이다. '나'는 "나는
너와 너의 어머니의 그런 도식이 싫어"[18]라는 그 말을 '마침내' 내뱉고

17.　　배수아, 「푸른 사과가 있는 국도」, 『푸른 사과가 있는 국도』, 문학동네, 2021(개정판), p. 23.

는, 철수의 닭을 군인들의 변소에 버린다. 소설의 공간에는 어떤 저항과 희망도 존재하지 않는다. 지독하게 비루한 시간의 기억과 그 비루함이 야기하는 환각의 순간들이 교차할 뿐이다. '철수'의 공간이 그 도식의 공간이라면, '나' 역시 그 공간의 바깥에 있는 것이 아니다. 철수는 '거울 속의 또 다른 나'이니까. 철수는 당신들의 세계에 속해 있는 것이면서 동시에 '나'의 거울 속에서 나타나 '닭의 시체'를 건네는 존재이다. 소설은 '오래오래 살아남는 불감(不感)'의 시간들 사이에서 환각을 등장시킨다.

> 날 태워봐. 기름을 바르고 내 몸에 불붙여봐. 마녀처럼 날 화형시켜봐. 쓰레기 봉지로 날 포장해서 소각로 속으로 집어던져봐. 나는 다이옥신이 되어 너의 폐 속으로 들어간다. 내 얼굴을 면도칼로 가볍게 긋고 스며나오는 피를 빨아봐. 고양이처럼 그 맛을 즐겨봐. 그래서 나는 피투성이가 되고 싶어. 내 안에 있는 나는 무엇인지,[19]

이 작품 속에 출몰하는 환각은 소설의 배경인 1988년과 같은 특정한 시간대의 기억이 아니라 좀더 밑바닥에 가라앉아 있는 '멀고 먼 기억'에 대한 상기(想起)이다. 이것은 생의 도식과 불행에 대한 뼈아픈 원형성(原型性)을 사유하는 시간이다. 그 시간은 생의 모멸적인 반복성과 '기억보다 오래 살아남는 시간'의 악마적인 완강함을 환기시킨다. 이 끝 모를 불감과 모욕의 시간들은 "이 세상에 태어나 한 번도 감동을 느낀 적이 없는 늑대소녀의 눈동자를"[20] 가진 '나' 혹은 이 소설의 함축적인 화자가 응시한 시간들이다. 대상에 대한 어떤 감동도, 타인

18.　　배수아, 『철수』, 작가정신, 2012(개정판), p. 79.
19.　　같은 책, p. 104.
20.　　같은 책, p. 39.

과의 어떤 친밀한 교류도 기대하지 않고, 깊은 시간에 대한 싸늘한 관찰자가 됨으로써 낯선 여성 주체를 만들어내는 일인칭의 글쓰기가 여기에 있다.

5. 소설 쓰기와 그 불가능성의 탐구 ─ 최인훈과 이청준

특정한 시대적 사건을 기원으로 하는 문학사 인식은 남성 중심적 문학 시스템에서 반복되어온 것이다. 가령 '4·19세대'를 규정하는 논리와 개념들은 개별 텍스트에 나타나는 '현대성'의 문제에 대한 분석을 통해서만 구체화될 수 있다. 그 과정을 누락하면 문학사의 세대론은 특정한 문학 세대와 그룹에 특권적인 지위를 부여하는 미망에 빠지게 된다.

　　4·19를 전후하여 한국 현대 시의 다른 층위를 만들어낸 김수영의 '설움'이라는 정서 역시 일인칭 글쓰기라는 층위에서 맥락화할 수 있다. 개인적 경험의 세계가 적극적으로 도입된 그의 시에서 소시민적 삶의 체험은 풍경이 아니라 일종의 '사건'이고, 거기에 다른 윤리적 긴장과 감각의 정치학이 도입된다. 자기혐오 혹은 자기모멸의 언어는 김수영의 시에는 풍부한 사회적 맥락을 포함한다. 김수영의 시 쓰기는 서정시의 일인칭 고백의 화법을 다른 정치적 층위로 바꾸어 놓는다. 소시민적 울분과 설움 그리고 지독한 자기 감시의 시선은 실존의 무력감과 피로를 응시하면서 시적 주체의 정치적 한계를 돌파하려는 시도를 보여준다. 4·19 이후의 「그 방을 생각하며」에서 "혁명은 안되고 나는 방만 바꾸어버렸다"[21]라는 자기 고백이나, 「어느날 고

21.　　김수영, 『거대한 뿌리』, 민음사, 1995. 이하 김수영의 시는 모두 이 책에서 인용.

궁을 나오면서」에서 "왜 나는 조그마한 일에만 분개하는가"와 같은 자기비판은 정치적 자기 감시의 언어에 해당한다. 이 언어들은 「사랑의 변주곡」에 이르러서는 "이제 가시밭, 넝쿨장미의 기나긴 가시 가지/까지도 사랑이다"라고 선언하는 다른 사랑의 잠재성을 시험한다. 김수영의 시들은 '나의 글쓰기'의 정치학을 드러내고 있지만, 「성(性)」과 「죄와 벌」에서처럼 자기모멸의 언어들 속에서 여성은 여전히 '타자'로서 대상화된다. 자기 감시의 태도가 여성에 대한 타자화라는 젠더 의식에 머물러 있다는 측면에서, 그의 일인칭 글쓰기는 남성 중심적인 시선이라는 한계에 연루되어 있다.

한국문학 공간의 남성 소설가들에게 일인칭 글쓰기는 일반화된 것이 아니며, 적지 않은 경우 '삼인칭 과거형' 글쓰기라는 근대문학의 제도적 규율 안에 있었다. 이를테면 자전적인 요소가 강한 박태원의 「소설가 구보씨의 일일」과 이를 이어받은 최인훈의 동명의 연작소설이 '그 ─ 구보'의 시점으로 진행되고, 최인훈의 등단작 「그레이 구락부 전말기」 역시 삼인칭으로 진행되고 있다. 근대 이후의 한국문학장에서 남성 일인칭 글쓰기는 여성 일인칭 글쓰기만큼 강력한 미학적·정치적 동기를 갖지 못했다. 여성적인 글쓰기만큼의 자기 증명을 치열하게 해야 할 문학적 이유가 상대적으로 강력하지 않았을 것이다. 한국문학의 장에서 남성 일인칭 글쓰기가 강렬한 미학적 퍼포먼스를 보여주는 사례가 상대적으로 드문 것은, '남성 나르시시즘'이라는 메커니즘으로부터 자유로운 주체 설정의 어려움 때문이다. '나'를 안다고 믿는 나르시시스트적인 주체는 결국 타자에 대한 공포를 바탕으로 타자의 제거를 통해 주체화를 이루는 사태에 직면한다. 여성을 타자화하거나 이념과 주체를 동일화하는 방식을 넘어서기 위해서는 '자기 해체'의 모험이 동반되어야 한다.[22]

최인훈과 이청준은 인식 주체의 불완전성과 소설 쓰기의 불가능성을 메타적인 방식으로 드러낸다는 측면에서 문제적이다. 그들에게 인식 주체의 소설 쓰기는 자기 정당화의 요구로 귀결되지 않는다. 현실을 전면적으로 인식하는 것의 실패 속에서, 이미 현실의 일부인 자신에 대한 반성적인 성찰을 끝까지 밀고 나감으로써 다른 글쓰기 주체를 만들어낸다. 문학적 글쓰기의 한계와 무기력을 정직하게 대면하는 '나의 글쓰기'는 소설 쓰기 자체를 소설에 대한 질문으로 만든다.

　　최인훈은 독창적인 방식으로 한국문학사의 일인칭 서사를 만들어내었다. 「총독의 소리」 연작은 한국의 재식민화를 획책하는 '조선총독부지하부 소속 유령해적방송'으로 설정되어 있다. 소설 전체가 총독의 연설로 구성된 이 소설은, 한국문학사에서 가장 대담한 '허구적인' 일인칭 담화의 사례를 보여준다. 제국주의자의 휘황한 웅변조의 목소리는 '신식민지적인 현실'을 환기시키고, 일인칭의 목소리라는 문학적 장치는 예사롭지 않은 징치성을 가진다. 총독의 연설 자체가 소설의 본문을 이루는 과감한 설정은, 소설 장르의 시점을 둘러싼 규범을 일거에 넘어선다. 내면성을 가진 인물과 그 인물이 처한 장소가 완전히 제거된 채, 목소리만 전면화된 소설 쓰기의 가능성을 극단적으로 몰고 간다. 식민지 시대의 정치 상황과 제국의 언어를 그대로 차용하는 이 소설은 제국의 목소리를 '복화술'처럼 대변한다. 제국의 언어를 '전유'하여 제국의 이데올로기를 비판하는 것은, 제국주의적 주체

22.　한편, 여성 일인칭소설은 이탈의 욕망과 불안으로부터 새로운 여성 일인칭 글쓰기의
　　선구적인 미학화를 보여준 오정희 이후, 1990년대에 이르러 새로운 단계에 진입한다. 최윤의
　　「회색 눈사람」(1992)의 경우, 일인칭 여성 주인공인 '나'의 주변부적인 위치는, 운동권
　　주류의 주체화 과정에서 거리를 두게 만들고 다른 후일담 공간을 열어놓는다. 신경숙의
　　『외딴방』(1999) 역시 남성 주체화된 '노동소설'이 개인의 내면성의 문제를 삭제하는 것에
　　비해, '고백'의 형식을 빌린 일인칭의 내면적 기록이 어떻게 노동의 물질적 현실과 만나는가를
　　보여준다. 공식화되지 않았던 역사의 뒷면에서, 주류 역사에 흔적도 이름도 새기지 못하는
　　개인의 존재 양식을 드러내는 소설 작업은 일인칭 글쓰기의 의미 있는 사례를 만들어낸다.

의 목소리를 둘러싼 맥락을 뒤집는 것이다. 연설의 허위를 스스로 드러내게 만드는 '재전유'를 통해 풍자적인 서술 방식의 한 정점을 보여준다. 방송이 종료되고 등장하는 시인의 언어는, 부조리한 세계에 대한 분열증적인 자동 기술의 언어들을 보여주는데, 총독의 명료하고 일관된 이데올로기적 언설과 정확하게 대비된다.

　　최인훈의 역작 『화두』는 자전적 에세이 형식의 장대한 일인칭 소설이며, 자기의식과 경험을 세계사적 지평 위에서 사유하는 메타픽션이다. 소설은 긴 시간 소설을 쓰지 못했던 '나'가 '화두'라는 소설을 쓰기까지의 과정을 그린다. 소설 쓰기의 불가능성으로부터 소설 쓰기에 대한 메타적인 픽션으로 나아가면서 역사의 거대한 벽화를 그려낸다. 『화두』에서 글쓰기 주체의 무력감 혹은 자기의식의 균열이 문제적인 것은, 소설 쓰기의 불가능성에 연결되기 때문이다. '나'가 중학 시절에 경험한 '자아비판회 사건'은 주체의 인식 가능성에 대한 회의와 '나'의 절필로 이어진다. '나'가 절필을 끝낼 수 있었던 것은 소련이 붕괴된 후 러시아 여행에서 접한 '조명희 관련 문건'을 접했기 때문이다. 관념으로서의 사회주의가 아닌, 붕괴 이후의 소련을 직접적으로 여행하는 여행기로서의 글쓰기는, '자신의 주인 되기'의 문제에 대한 반성적 사유를 불러온다. 통합적인 주체화를 가능하게 하는 이념과의 동일시는 불가능하며, 주체의 균열과 불안을 피할 수 없다. 문제적인 것은 그것이 인식 주체의 균열을 마주한 '나의 글쓰기'를 통해 소설 쓰기의 불가능성이라는 문제를 감당하고 있다는 것이다.[23]

23.　"인식론적 접근의 폐기를 통한 '주체'의 발견이라는 논리는 『화두』 쓰기에서 반복된다. '나'의 글쓰기는 지금까지 욕망해왔던 투명한 인식주체라는 것이 본원적으로 부재함을 체험함으로써 그것에 대한 강박증적인 기다림과 결별할 때 가능해진다. 이러한 전환은 『화두』의 형식적인 실패로 이어진다. 『화두』가 실패한 지점은 다른 부분이 아니라 '소설'을 제시하지 못했다는 것이다. 그러나 이러한 공백이야말로 소설의 불가능성이라는 『화두』의 사유를 적절히 표상하는 유일한 형식이다"(최원빈, 「최인훈 『화두』 연구——주체와 글쓰기의 관계를 중심으로」,

이 입장에서 말하면 어떤 시대도 자신의 총량을 내면화한 인간 개체
를 기대할 수 없거나, 어떤 인간 개체도 자기가 사는 시대의 총체에
대해서 물질적이고 기계적인 의미에서 일체화되지 못한다. 그러나
좌와 우, 어느 한쪽으로 기운 주물呪物 숭배에 빠지지 않자면 이 길밖
에 없다.[24]

시대의 총체성과 결합된 완전무결하고 투명한 인식 주체라는 것이
본원적으로 불가능하다는 성찰은, 소설 쓰기의 다른 잠재성과 만나
게 된다. '나'의 글쓰기는 완전한 인식의 결여로서의 글쓰기로 이행되
는 과정에서 메타적인 소설 쓰기라는 방식으로 구현된다. 이런 글쓰
기를 '자기의식의 고고학'이라고 부를 수 있다. 고고학은 동일성이 지
배하는 공식적인 역사의 뒷면을 발굴하는 작업이다. 공식적인 역사
는 지배적인 의미화에서 어긋나 있는 행위와 담화를 배제하는 구조
에 기초한다. 자기의식의 고고학은 개인이 경험하는 설명되지 않는
작은 역사를 시대의 지층에서 발굴한다. 이것은 일종의 '무의식적 역
사 서술'에 해당한다.

　　이청준의 소설 쓰기는 관찰자적인 시점에서 타자의 내적 진실
을 탐구하는 방식으로 진행된다. 관찰자로서의 '나'가 타자의 내면을
탐색하는 과정 자체가 서사의 골격이 되며, 이때 글쓰기는 소설 쓰
기의 (불)가능성을 사유하는 과정이 된다. 「병신과 머저리」는 환부와
증상에 대한 병리학적 탐구를 보여주는 소설이다. 형은 자신의 심리
적 외상과 마주하는 방식으로 소설 쓰기를 선택하며, '나 – 동생'은 형

국민대학교 석사학위논문, 2021, p. 87).

24.　최인훈, 『화두』 2(최인훈 전집 15), 문학과지성사, 2008, p. 348.

의 소설을 훔쳐 읽으면서 형의 상처를 대리 체험한다. 형이 자신의 상처의 근원을 향해 소설 쓰기를 하다가 멈추는 동안, '나'는 그림을 그리지 못한다. '나'는 형의 소설의 결말에 스스로 개입하고, 형은 다시 그 소설을 고쳐 쓰면서 자신의 결말을 만든다. 자신의 환부를 알고 있는 자의 죄의식과 환부조차 없는 자의 나약함 사이에서 '병신과 머저리'라는 명명이 가능해진다. 이 소설이 '나─동생'의 관점에서 진행되고 형의 소설이 액자소설의 구조를 갖는다는 것은, '환부조차 없는' '나'의 자기 성찰이라는 맥락에서 의미화될 수 있다. 액자소설이라는 메타적인 방식은 소설 쓰기 자체에 대한 질문의 방식으로 도입된다.

중편 「소문의 벽」 역시 이런 질문과 연관되어 있다. 이 소설은 '박준'이라는 작가에 대한 '나'의 관찰자적인 시점으로 진행된다. '나'와 박준은 모두 '언어'에 관한 일을 하는 사람이고, '자기 진술'을 업으로 삼고 있는 사람이다. 모종의 정신적인 질병을 앓고 있는 '나'의 관심은 자기 이야기를 하지 않으려는 '진술 공포증'의 문제이다. 소설은 박준의 진술 공포증의 기원을 찾아가는 탐색의 구조를 갖고 있다. 이 탐색의 과정에는 박준이 쓴 세 편의 소설이 액자소설적인 구조로 들어가 있다. 액자소설들은 박준의 정신적 억압에 대한 기원을 밝혀줄 일종의 징후적인 정신분석 텍스트인 동시에, 소설 쓰기의 근원적 성격을 둘러싼 질문이 포함되어 있다. 이청준의 소설가 소설은 서술 주체의 자의식을 따라가는 것이 아니라, 그것을 반성적으로 대상화하고 독자와 함께 제3의 장소를 열어놓는다. 이청준의 일인칭 글쓰기는 '나'의 내면성의 특권을 주장하는 방식이 아니라, 타자에 대한 탐구를 통해 소설 쓰기의 불가능성을 소설 쓰기에 대한 하나의 질문법으로 만든다. 박준의 소설 속에 등장하는 전짓불 뒤의 신문관은 진술 자체에 대한 공포의 근원적인 요인이다. "작가란 괴로운 일이지만 그 정체가 보이지 않는 전짓불의 공포를 견디면서도 끝끝내 자기의 진술

을 계속해나갈 수밖에 다른 도리가 없는 운명을 짊어진 사람"[25]이라
는 규정은, 글쓰기의 불가능성에 대해 질문하는 소설 쓰기라는 이청
준의 중층적인 문제의식을 보여준다.

6. 일인칭 하기의 급진성—— 이상과 김혜순

근대적 서정시의 기본 원리를 자아와 세계의 동일화, 혹은 자기동일
적인 시적 자아의 정립으로 설명하지만, '시 쓰기'라는 수행적 층위에
서 말하면 시적 자아에 대한 회의와 해체의 작업 역시 동시에 진행되
었다. 어떤 시 쓰기에는 시적 자아의 내적 아이러니와 자기 분열을 포
착하는 시적 퍼포먼스가 벌어진다. 시적 주체의 분열증적인 활력은
서정시의 '일인칭 진정성'의 신화를 충격한다. 일인칭 자아의 신비와
권위를 지워버리는 사리에서, '나'라는 주체는 다만 그 첨예한 개별성
만으로 겨우 존재하며, 이미 타자의 세계가 그 안에 틈입한다. 여기서
시적 자아의 권력을 정지시키는 작업이 깃고 있는 미학-윤리의 문맥
을 생각할 수 있다. 시를 쓰는 주체는 자아의 지배를 받고 있는 것이
아니라, 자기를 통해서 어떤 이방의 언어를 말하는 존재, 자신의 몸을
통해서 무언가가 말해지는 존재가 된다. 시 쓰는 '나'가 주체의 권력을
내려놓으면 시적 자아의 권위와 독점성이 무너지는 분열적인 세계가
나타날 수 있다. '나의 글쓰기'를 둘러싼 문학적 작업, 특히 시 쓰기는
자아의 동일성과 주체의 지배가 격렬하게 무너지는 자리가 된다.
　　모리스 블랑쇼의 문맥을 빌리면, 글쓰기는 주체라는 권력 부
재 속에서 이루어지며, 자아가 힘을 쓰지 못하는 '수동성'의 자리이다.

25.　　이청준, 「소문의 벽」, 『소문의 벽』(이청준 전집 4), 문학과지성사, 2011, pp. 250~51.

'나'라고 말할 수 있는 힘을 앗아가는 것이 시 쓰기의 한 출발이 될 수 있다. "내가 나를 이름하는 것은, 마치 나의 장례의 노래를 부르는 것과도 같다. 나는 나로부터 분리되어, 더 이상 나의 현전, 나의 현실이 아니라, 객관적인 비인칭의 현전, 나를 넘어서는 나의 이름의 현전"[26]이 된다. 서술하는 목소리는 주체를 표현하는 것이 아니라 누구의 목소리도 아닌 '익명적이고' '중성적인' 것이 된다. 그 목소리는 주체의 외부에서 다가오며 주체는 더 이상 언어의 지배자가 될 수 없다. 이런 글쓰기는 '주체를 밀어낸다'는 측면에서 다른 정치적·윤리적 실천에 접근한다.

　　타자에 대한 응답으로서의 시 쓰기는 시적 자아의 관념에 붙들려 있는 '나'의 잠재성을 개방하는 사건이다. 자아의 감옥에 갇힌 '나'의 언어들의 클리셰를 넘어서, 혼돈과 생성의 시간으로 '나'를 옮겨놓은 시 쓰기이다. 시를 쓴다는 것은 주체의 부재, '나'가 없는 곳으로 나아가는 행위에 가깝다. 시적인 것은 '나' 아닌 것에서 시작되고 '나' 아닌 것에 의해 가능해진다. 그것은 다른 존재와 언어에 대한 '응답'이며, '받아쓰기'와 유사하다. 시 쓰기가 "대신 말하기를 시도하면, 청자가 시에 개입하는" 대화적 사건이 발생한다.[27] '나'라는 화자는 더 이상 단일한 인격일 수 없으며 유동하는 복수의 '나―화자'가 된다. 내가 '나'라고 말할 수 없는 어떤 순간을 향해 '나'에게서 멀어지는 것. 한국문학에서 그 강렬한 사례가 이미 시인 이상에게서 시작되었다는

26.　　모리스 블랑쇼, 『카프카에서 카프카로』, 이달승 옮김, 그린비, 2013, pp. 44~45.

27.　　김혜순, 「여성시와 유령 화자」, 『여성, 시하다』, 문학과지성사, 2017, p. 189. 김혜순은 전통적인 서정시와는 다른 여성―시 쓰기의 수행성을 '유령 화자'로 표현한다. "유령 화자는 주체 위치를 끊임없이 유동하게 하는 화자의 위치 선점을 위해 유용한 화자이다. (……) 그 자리에 서면 여성화자는 하나가 아니다. 화자는 여럿이다. 복수의 화자는 타자의 목소리와 구별 없이 함께 발성할 수 있다. 유령 화자는 기존의 시 문법을 해체하여 새로운 서정시의 문법을 구축한다"(pp. 190~91).

것은 이미 알려진 사실이다.

　　이상의 일인칭소설 「날개」는 그 전기적 요소에도 불구하고 자기동일화의 메커니즘에서 벗어나 있다. 자기 반영적인 글쓰기는 일종의 자기 대상화의 성격을 띠게 된다. 소설의 프롤로그에서 "나는 위트와 패러독스를 바둑 포석처럼 늘어놓소. 가증할 상식의 병이오"라고 이 소설의 언어적 장치들을 먼저 설명한다. 이런 자기 반영적 글쓰기는 위트와 패러독스라는 언어적 방식으로만 자기의식을 드러낼 수 있는 상황을 암시한다. '나 - 서술자'는 소설의 본문이 현실의 객관적 재현이 아니라 현실에 대한 인공적 언어의 구축물이라는 것을 표나게 드러낸다. '나 - 서술자'에게 현실은 확정적인 실체가 아니라 다면적이고 모호한 어떤 것이다. "연애 기법에 마저 서먹서먹해진, 지성의 극치를 흘깃 좀 들여다본 일이 있는 말하자면 일종의 정신분일자 말이오"[28]라고 스스로를 분석하는 것은, 자기 존재를 단일한 인격으로서 설명하는 것의 어려움을 드러낸다. '나 - 정신분열자'로서의 글쓰기가 보다 더 급진적으로 이행된 것이 그의 시들이다. 이상의 시들은 시적 주체의 익명화와 자기분열의 세계로의 이행이다.

　　　내가결석한나의꿈. 내위조가등장하지않는내거울. 무능이라도좋은나
　　　의고독의갈망자다. 나는드디어거울속의나에게자살을권유하기로결
　　　심하였다. 나는그에게시야도없는들창을가리키었다. 그들창은자살만
　　　을위한들창이다. 그러나내가자살하지아니하면그가자살할수없음을
　　　그는내게가르친다. 거울속의나는불사조에가깝다.[29]

28.　　이상, 「날개」, 『날개』(한국문학전집 16), 문학과지성사, 2005, p. 268.

29.　　『문학과지성사 한국문학선집 1900~2000_시』, 최동호·신범순·정과리·이광호 엮음,
　　　　문학과지성사, 2007, p. 182.

시적 주체의 자기동일성이 무너지는 장면을 극적으로 보여주는 것이 '거울' 이미지이다. 정신분석의 영역에서 거울은 주체가 상상적으로 통일적이라는 믿음을 주는 매개가 된다. '나'가 '나'라는 존재로 고유성과 동일성을 확보하기 위해서는 '나'와 맞서는 대립적인 존재가 있어야 하고, 그 '부정의 부정'을 통해 '나'는 거울 속의 '나'를 통일된 존재로 '오인'할 수 있게 된다. 역설적으로 거울은 주체가 타자의 시선을 통해서만 자기 존재의 동일성을 보장받고 승인받을 수 있다는 것을 보여준다. 이상의 시에는 거울이 이런 자기동일성을 '오인'하기 위한 '변증법적 장치'로서 등장하지 않는다. 거울은 주체와 대상과의 관계가 상대적이고 불확정적인 것이라는 점을 드러내는 불길한 이미지다. 거울 속의 '나'는 주체이자 대상이며, 거울은 주체의 분리와 분열을 대면하게 만든다. 거울이라는 객체 속에서 동일적 주체를 발견하지 못하고, 거울은 주체라고 믿는 것 속에서 객체와 타자를 발견하는 계기가 된다. 이 시에서 거울 속의 '나'와의 불화와 분리는 더욱 증폭되어 서로 적대적인 관계가 된다.

　　동일성의 환상을 거부하고 주체의 분리와 분열을 밀고 나가는 이상의 글쓰기는, '식민지 – 지식인 – 남성 – 나'의 자기분열을 주체의 익명화와 탈인격화라는 방식으로 드러내는 전위적인 글쓰기이다. 그것은 주체 중심의 근대적인 시선과 인식 체계를 재전유하는 방식으로 초월적인 주체의 자기동일성으로부터 탈주하는 자리이다. 식민지 상징 질서의 유기체적인 전체라는 환상에 대해 이상의 '나의 글쓰기'는 탈인격적인 이질성과 비연속적이고 파편화된 개별성의 '반미학'을 연출한다. 동일성으로서의 '나 – 주체'와 대상화된 타자 – 객체라는 이분법을 규정하는 '근대 – 제국'의 시선과 이데올로기적 환상은 여기서 무너진다. 이런 글쓰기는, 식민지 젠더 시스템을 정면으로 문제화하는 것은 아니지만, 식민지 이데올로기와 모더니티의 파열의 지점을 드러내는 문제적인 텍스트이다.

　　여성적인 글쓰기는 식민지 시대의 고투에서 확인되는 것처럼 오랜 역사적 축적을 가지고 있다. '나'의 글쓰기라는 영역에서 말한다면 1980년대 이후 최승자와 김혜순의 시는 한국문학사의 화법 자체의 형질 변화를 촉구하는 사건이다.[30] 한국문학장 안의 젠더 시스템을 파열시키는 작업은 '여류 문학'의 이데올로기적 틀을 돌파하는 시 쓰기의 잠재성을 전면적으로 드러낸다. 여성 시인들의 '나의 글쓰기'는, 가부장적 질서 안에서 '나'를 규정하는 '정체성의 폭력'에 대항하면서, 새로운 여성 주체의 재구성으로 이행되어야 했다. 여성 주체의 또 다른 잠재성이 실현되기 위해서는, 어떤 특수한 '삶 – 언어'의 국면에서 구성되는 수행적인 여성 주체의 재등장이 필요하다. 최승자가 "일찌기 나는 아무 것도 아니었다./마른 빵에 핀 곰팡이/벽에다 누고 또 눈 지린 오줌 자국/아직도 구더기에 뒤덮인 천년 전에 죽은 시체"[31]라고 선언할 때, '나'에 대한 격렬한 부정은 가부장적 상징 질서 안에서의 '나 – 여성'에 대한 전면적인 부정이다. 이 격렬한 자기 부정의 언어는 아름답거나 매끄럽거나 부드러울 수 없다. 일인칭 글쓰기의 유구한 화법인 '고백'의 형식을 재전유하는 것은, 서정시적 규범을 무너뜨리는 격렬한 자기 파괴의 에너지가 된다.

　　최승자의 강렬한 시 쓰기가 더 나아가지 못한 어떤 지점을 가로지르며 한국 현대 시의 '나의 글쓰기'를 끊임없이 갱신해온 것은 김

30.　　최승자·김혜순과 동세대인 황지우의 초기 시는 이상 이후 가장 급진적인 자기 해체적인 시 쓰기를 보여준다. 시가 될 수 있는 세계와 시가 될 수 없는 세계의 차별을 지우는 시 쓰기를 밀고 나간다. 몽타주, 콜라주, 패러디, 다큐멘터리, 시각적 활자 구성 등 방법론을 차용하면서 신문 기사, 해외 토픽, 광고 문안 등 모든 사소한 현실의 정보와 기록들은 시적인 것의 질료가 된다. 황지우의 '나'는 분열증적이거나 복수의 언어로 출현하는데, 예측할 수 없는 언어들의 교차를 통한 시적인 것의 돌발적인 출현이 시의 미학적·정치적 폭발력을 만들어낸다.

31.　　최승자, 「일찌기 나는」, 『이 시대의 사랑』, 문학과지성사, 1981.

혜순이다. 김혜순의 시는 '나'를 구성하는 시공간과 억압적 상징 질서
들을 전위적인 상상력으로 돌파한다. 그곳에서 한국문학은 전혀 대
면한 적이 없는 '나'의 이미지들을 지속적으로 만날 수 있다.

> 밤마다 잠들려 하면
> 나는 아이 하나 껴안는다
> 아직도 태어나지 않은 아이
> 얼굴도 이름도 지어지기 전의 나
> 그 아이를 깨우지 않으려 나는 조용히 말한다
> 지난해에 든 감기가 아직도 낫지 않아요
> 나는 그 아이에게 들어간다
> 태어날 때부터 지금까지 한 발자국도 크지 않은 아이
> 새파란 아이
> 아직도 '내'가 아닌 아이
> 황인종도 아니고 맏딸도 아니고 더구나 김혜순도 아닌 아이
> 지구를 박차고 솟아올라
> 아직도 젊은 별, 푸른 불꽃 그 자체인 아이
> 우리 엄마 뱃속에서 아직도 눈 못 뜬 아이
> 나 죽어도 살아 있을 그 아이
>
> ──「내가 모든 등장인물인 그런 소설 3」 부분[32]

이 시의 제목은 "내가 모든 등장인물인 그런 소설 3"이다. 시를 단일
한 자아가 등장하는 고백적인 장르로, 소설을 여러 인물들이 등장하
는 대화적인 장르로 구분하는 문학적 관습과 이론이 존재한다. 문학

---

32.   김혜순, 『불쌍한 사랑 기계』, 문학과지성사, 1997.

장르를 둘러싼 이런 장치들은 근대 이후의 제도화된 문학 규범에 속
한다. 하지만 '나의 글쓰기'의 파괴력이라는 측면에서 이런 장르적인
규범은 무의미하다. 한 인물의 내적 의식만을 추적하는 소설이 가능
하고 '내가 모든 등장인물인 그런 소설'로서의 시 쓰기도 가능하다.
'나'가 모든 등장인물이 된다는 것은 '나'의 몸과 시간 속에 들어 있는
복수의 존재들을 불러내는 작업이며, 단일한 인격과 목소리로 발화
하는 서정시의 문법을 전복하는 것이다. 이 시에서 내가 밤마다 껴안
는 '아이'는 이전의 '나'이면서 "아직도 '내'가 아닌 아이"이고, "김혜순
도 아닌 아이", '나 죽어도 살아 있을 아이'이다. 이 아이의 시간은 단
지 '나'의 과거가 아니다. '아이'의 시간은 '황인종' '맏딸' 같은 사회적
규정들 이전의 시간이며, '태어남 – 죽음' 바깥의 시간 속에 있다. 이
시의 후반부에서 '나'를 껴안는 것은 "너무도 늙어 여전히 어린 아기
인 그 노인"이다. '나의 글쓰기'의 끝 간 데에는 이런 '바깥'의 상상력이
라는 지점이 있다. '나'라는 문학적 주체는 언어와 제도 이전의 아이의
몸과 시간의 리듬 안에 '들어간다'. 그 아이는 '나의 글쓰기'를 통해 껴
안게 된 '나 – 바깥'의 시간이다. 한국문학 속의 '나의 글쓰기' 안에는
"아직도 태어나지 않은 아이"가 있다. '일인칭 하기'는 역사와 언어 바
깥의 저 무서운 아이를 만날 수 있다.[33] '나'는 이미 언제나, 아이와 노
인과 시체를 껴안고 있는 존재이다.

　　한국문학에서의 '나'를 둘러싼 퍼포먼스들은 근대 이후의 주체

33.　"인간의 유아기라는 경험은 인간적인 것과 언어적인 것 사이의 경계 바로 그것이다. 경험이란,
　　인간이 항상 말하는 자인 것은 아니라는 사실, 다시 말해 그가 한때는 어린 아이였고 또 (어떤
　　의미에서는) 언제든 어린 아이처럼 될 수 있다는 사실에서 성립하는 것이다. [······] 유아기를
　　가진다는 점에서, 그리고 언제나 이미 말하는 자일 수는 없다는 점에서, 인간은 이 통일적인
　　언어를 분열시킬 수밖에 없고 이를 통해 말을 하기 위해 스스로를 언어의 주체로서 구성하여
　　나라고 말을 해야만 하는 존재로 정립한다"(조르조 아감벤, 『유아기와 역사』, 조효원 옮김,
　　새물결, 2010, pp. 98~101).

의 프로젝트가 어떻게 전개되었는가를 보여준다. '나'를 둘러싼 감각과 식별 체계는 단순히 미학적 문제가 아니라 정치적이고 사회역사적인 구성물이다. '나'의 글쓰기가 문학에서의 주체화 과정을 보여준다고 할 때, 그 주체화가 근대 이후의 지배 이데올로기와 맺는 관련이 문제가 된다. 지배체제로부터 '호명된' 주체화와 남성 중심적인 나르시시즘적 주체화 모두를 의문에 붙일 때만이 '나'의 퍼포먼스는 해방의 가능성을 두드릴 수 있다. '나'에 대해 모두 알고 있다고 믿는 '나'는 이미 무지한 육체이다. '말하는—쓰는 나'의 불확실성을 인정하지 않는 언어는 이데올로기적 호명 방식에서 벗어나기 어렵다. 그것은 '나'를 둘러싼 필연성과 인과관계를 우발적이고 우연한 '나'의 존재론으로 전환하는 것이기도 하다. 기원의 부재로서의 '나'는 우연이고 공백이며, 그럴 때 '나와 세계'의 불안정하고 무질서한 잠재성이 열린다. 체제 안에 고정된 '나'에서 벗어나려면, 그 체제 자체가 불안정한 것으로 드러나야 한다. 그런 격렬한 내적 유격전 속에서 '일인칭 하기'는 '나'의 '우발적인 존재론'에 다가간다. '나'의 비결정성은 '세계'의 비결정성이고, 그것이 '나'와 '세계'를 타자와의 관계 속에서 변화시킬 수 있는 조건이다. 문제는 '나'로 돌아가는 것이 아니라, '나'를 미지의 이방인으로 만드는 것이다. 그 미지의 '아이—노인'을 지금 껴안고, 그렇다면 '나'는, '너'는.

낭만적 무의식

—진실한 '나'의 역사적 근원들

강동호

역사는 텍스트가 아니고, 주류 서사 등의 그 어떤 방식의 서사도 아니다. 그러나 역사는 '부재하는 원인absent cause'으로서, 텍스트적 형식 외에는 접근 불가능하다. 우리가 역사에, 실재 그 자체the Real itself에 접근하기 위해서는 필연적으로 그것의 선행적 텍스트화, 정치적 무의식 속에서의 서사화를 통과할 수밖에 없다.

— 프레드릭 제임슨, 『정치적 무의식』에서[1]

1. 프롤로그—'진실한 나'에 대한 낭만적 열정

2018년 9월, 한국의 한 청년이 유엔 총회장의 연단에 섰다. "오늘날의 젊은 세대를 위한 뜻깊은 자리"에 초대된 것을 영광이라 밝히며 시작된 BTS의 리더 RM의 연설은 회고와 고백이 담긴, 짧지만 분명한 자신의 이야기를 전 세계 청년들에게 전달했다. 상상력이 풍부했던 어린 시절의 추억, 타인의 시선으로 자신을 억눌러야 했던 청소년기의 고통을 거쳐, 그의 이야기는 마침내 음악을 통해 '있는 그대로의 나'

---

1.   Fredric Jameson, *The Political Unconscious-Narrative as a Socially Symbolic Act*, Cornell University Press, 1981, p. 35.

를 받아들이고 사랑하게 된 현재의 자신에까지 도달하는 여정으로 전개된다. '내면의 목소리에 귀 기울이고, 나를 사랑하라'로 요약될 수 있는 그의 연설이 당시 전 세계 수많은 청년들에게 공감을 얻은 것은, 단지 그 발화의 주인공이 세계적인 케이팝 그룹의 리더여서만은 아닐 것이다. "진정한 사랑은 자기 자신을 사랑하는 데서 출발한다"[2]는 그의 진솔하면서도 낭만적인 메시지가 일으킨 세계적 반향은, '진실한 나'를 발견하고 표현할 수 있어야 한다는 동시대의 문화적 열망과 그의 메시지가 폭넓게 공명하고 있음을 보여준다.

　　이처럼 '진실한 나'를 추구하는 열정이 동시대의 문화적 생산과 소비의 장 전체를 가로지르는 유력한 정동 가운데 하나임을 확인하는 것은 어렵지 않다. MBTI와 같은 자기 성격 유형 검사의 열풍, 인스타그램 등의 SNS 플랫폼을 통한 자기 연출과 전시의 일상화, 나답게 살기를 강조하는 제목을 내세운 자기계발서들의 폭발적 인기 등은 오늘날 우리 사회가 '나'를 탐색하고 표현해야 한다는 욕망으로 그 어느 때보다 충만해 있음을 웅변하는 것 같다.

　　누군가는 '나'를 둘러싼 현재의 분위기가 새삼스러운 특징이 아니라고 여길지도 모른다. 자기 자신에 대한 집요한 관심은 인간의 보편적이고도 근원적인 욕망 가운데 하나로 간주될 수 있기 때문이다. 이러한 주장에 이견을 달기는 어려워 보인다. 그러나 '나'의 중요성을 거듭 확인하고 존중하는 차원을 넘어, 그것이 문화적 실천의 중심을 차지하는 흐름, 나아가 '진실성' 또는 '진정성'이라는 가치와 이념하에 '나'에게 부여되는 정당화의 체계가 시대를 초월한 보편적 현상은 아니라는 견해 또한 만만치 않다.

2.　　https://www.unicef.org/press-releases/we-have-learned-love-ourselves-so-now-i-urge-you-speak-yourself.

　　푸코가 말년에 집중적으로 탐구했던 것도 바로 이러한 '자기 이해'의 역사적 전환, 즉 '나'를 둘러싼 실천의 계보학적 변천사였다. 오늘날 당연하게 여겨지는 '내면의 진실', 이른바 진정한 '나'를 발견하고 표현해야 한다는 규범적 감각은, 고대 그리스의 윤리적 실천에서는 좀처럼 찾아볼 수 없는 태도 가운데 하나였다. 고대 그리스인들에게 중요한 것은 '나'의 진실이 아니라, '나'를 조율하고 단련함으로써 더 나은 삶을 도모하는 일종의 윤리적 수련의 테크닉이었다. 푸코에 따르면, '내 안에 무엇이 있는가'를 고백하고 해명하려는 내면의 진실이 실천의 핵심으로 부상하고, 그에 따라 '자기 해석herméneutique de soi'의 기획이 가능해진 시기는 기독교의 등장 이후이다. 이 새로운 실천 속에서 '나'는 진리를 드러내야 할 장소이자, 고백과 해석을 통해 자기 자신을 확증받아야 하는 존재로 재구성되었다는 것이다.[3]

　　서구 지성사가들은 기독교에 의해 촉발된 내면성의 전환 이후 또 한 차례의 결정적 혁명을 통해 현대적 내면성의 진정한 기원이 정립되었다고 진단한다. 그것은 바로 18세기 무렵 유럽 전역을 휩쓴 낭만주의 혁명이다. 노발리스, 슐레겔, 루소, 베토벤, 오스카 와일드 등으로 이어지는 예술사적 흐름은, 근대 계몽주의에 대한 비판과 저항의 분위기 속에서 삶의 진실을 외부의 질서나 객관적 규범이 아니라, 오직 자기 자신 안에 깃든 실존적 정념, 그리고 고유한 언어 속에 내

3.　　이와 같은 역사적 전환과 관련해 찰스 테일러는 초대 교회의 교부이자 자서전적 글쓰기의 기원으로 자주 호명되는 『고백록』의 저자 아우구스티누스에 주목한다. "밖으로 나가지 마라. 그대 자신 속으로 돌아가라. 인간의 내면에 진리께서 거하신다(Noli foras ire, in teipsum redi. In interiore homine habitat veritas)"(아우구스티누스, 『참된 종교』, 성염 옮김, 분도출판사, 2011, p. 167)라는 구절에서 드러나듯, '내면으로의 전환'은 근대 휴머니즘의 인식론적·도덕적 기원을 예비한 사건이었다. 테일러가 "반성적인 내면성을 도입해 이를 서구 사상 전통에 물려준 사람이 아우구스티누스라는 것은 거의 과장이 아니다"(찰스 테일러, 『자아의 원천들』, 권기돈·하주영 옮김, 새물결, 2015, p. 270)라고 평했듯, 그는 근대적 자기 이해의 토대를 닦은 사상가이자 진리의 거처를 인간 내면으로 이양시킨 핵심 인물 가운데 하나였다.

재한 것으로 재정의했다. 이사야 벌린이 낭만주의를 "서구 세계의 삶과 사유를 변모시킨 가장 거대한 최근의 운동"[4]이라 평가한 것은, 이러한 변화가 인간의 실존 구조와 정념의 형식 자체에 심대한 전환을 야기했기 때문이다. 그에 따르면, 자아의 고유한 내면성과 진정성을 중심으로 단행된 전례 없는 정신사적 혁명은 다음과 같은 세부 강령들을 수반한 문화적 대전환이었다. 객관적 진리·조화로운 질서·보편적 이성이라는 계몽주의의 고전적 신념에 대한 급진적 반란, 무한에의 열망과 타협 없는 이상주의, 예술의 자율성과 아름다움에 대한 순교적 헌신의 정당화. 그런 의미에서 루소가 『고백록』 「제1권」에서 "나는 전례 없는 기획에 착수하였다. 그것은 자연의 온전한 진실 속에 있는 한 인간을 제시하는 것이며, 그 인간은 다름 아닌 나 자신이다"라고 선언했을 때, 그는 단지 개인적 삶을 회고한 것이 아니라 자기 자신이라는 존재의 고유한 진실에 도달하고자 하는 근대적 욕망의 이정표를 제시했던 것이다.

　　어쩌면 RM의 연설에서 반복적으로 등장하는 "자기 자신에게 진실해지기" "진짜 나를 찾기" "진실한 나에 대해 말하기"와 같은 루소적 키워드들, 그리고 오늘날에도 끊임없이 변주되는 자기 정체성을 향한 문화적 열망과 실천은, 우리가 여전히 낭만주의의 광범위한 영향권 안에 놓여 있음을 시사하는지도 모른다. 물론 지금의 시대를 낭만주의의 시대라 규정할 수는 없다. 스스로를 낭만주의자라 자처하는 이는 거의 없으며, 그 이름이 오늘날에도 여전히 실효성을 지니는지에 대해서는 의문도 제기될 수 있다. 실제로 낭만주의가 하나의 사조이자 이념적 운동으로서 19세기 말에 이르러 퇴조했다는 것은 지성사와 예술사에서는 거의 통설로 받아들여진다.

4.　　이사야 벌린, 『낭만주의의 뿌리』, 석기용 옮김, 필로소픽, 2021, p. 35.

   그러나 자신을 낭만주의자라 규정하는 일과, 동시대의 문화에서 강고하게 살아 있는 낭만적 충동의 역사적 변천을 탐구하고, 그것의 변화 양상을 조명하는 것은 전혀 별개의 사안이다. 같은 맥락에서 피터 게이 역시 낭만주의라는 이름은 역사 속에서 희미해졌을지언정, 그 정신은 여전히 오늘날 예술과 문화 전반에 산포되어 있다고 강조한다. 그에게 낭만주의란 단일하고도 고정된 사조나 시대적 양식이 아니라, 시대마다 다양한 모습으로 반복되어 출현하는 강렬한 열정의 복수적 계보이다. '나'를 중심으로 이러한 열망은 시대의 양식과 매체를 달리하며 끊임없이 갱신되어왔고, 오늘날에도 우리의 일상을 포함해, 무엇보다 예술을 관통하는 자기 인식과 감정 표현의 충동의 중심에 해당한다는 것이다. 감정의 진실성, 고유한 체험의 표현, 자아의 자기 서사화는 여전히 현대 예술과 문화의 핵심 동인으로 기능하며, 낭만주의는 특정한 시대나 양식에 귀속되지 않고, 삶을 예술로 전환하려는 모든 시도 속에서 반복적으로, 그러나 결코 동일하지 않은 방식으로 구현된다. 이른바 우리가 확인해야 하는 것은 낭만주의가 아니라 낭만주의'들'의 놀라울 정도로 긴 생명력이다.[5]

   서구 근대에 낭만주의가 끼친 막대한 영향에 동의할 수 있다면, 이러한 낭만주의적 자기 감각이 한국 근대문학이 형성되던 시기에도 예외 없이 깊은 흔적을 남겼다고 추측하는 것은 자연스러워 보인다. 하지만 이와 별개로, 한국 근대문학의 주요한 '기원origin' 중 하나로 낭만주의를 살펴보는 것은 그리 쉽지 않은 문제이다. 서구와는 전혀 다른 문화적 조건과 정치적 환경 속에서 태동되어야만 했던 한국 근대문학에 있어 개인의 자유, 내면적 진실, 아름다움에 대한 헌신, 예술의 자율성 등을 표방하는 낭만주의와의 만남은 다소 지연되

---

5.   Peter Gay, *Why the Romantics Matter*, Yale University Press, 2015, p. 17.

거나, 심지어는 지양되어야 할 것으로 여겨졌기 때문이다. 통상 한국
문학사에서 '낭만주의'라는 이름이 본격적으로 헤게모니를 구가하던
시기가 다소 뒤늦은 1920년대 초중반으로 특정되는 것도 그와 무관
하지 않다.

그러나 사조로서의 낭만주의와 '낭만주의적인 것들romantics'
을 구별해본다면, 상황은 조금 달라진다. 당시 일본을 경유해 서구 근
대와 접촉하고 학습해나가던 이들, 다시 말해 한국 근대문학의 토대
를 세운 작가와 시인 들의 사유와 글쓰기 실천으로부터 낭만주의적
인 것과 접촉했던 흔적을 찾기란 그리 어려운 일이 아니기 때문이다.
문명개화에 대한 지향, 정치적 계몽, 민족의식의 고양을 이뤄야 한다
는 근대 초의 시대적 요청이 전면화되었던 시기였기에, 이와 같은 낭
만주의와의 만남은 서구적 근대의 이념을 학습하던 당대 지식인들의
사유와 실천 속에서 은밀하고 자연스럽게, 그러나 한편으로는 혼란
스럽고 무질서한 방식으로 이루어졌다. 일부의 경우를 제외하고, 그
들은 자신이 낭만주의가 뿌려놓은 열정의 바이러스에 감염되어 있
었다는 사실조차 인지하지 못했다. 스스로를 낭만주의자라고 일컫지
않았다는 점에서, 그들은 오늘날의 현대인들과 비슷한 태도를 공유
하는 것처럼 비칠 수 있다. 그러나 그 이유는 전혀 다르다. 오늘날의
현대인들에게 낭만적 열정이 굳이 의식할 필요 없는 자연스러운 삶
의 한 양식으로 자리 잡았다면, 그들은 자신의 삶과 세계관을 견인하
는 새로운 형태의 내면적 충동을 정확히 분별하지 못했고, 그것을 정
당화할 수 있는 정확한 이름을 특정하지 않았다.

그러나 반복하지만, 스스로를 낭만주의자로 자처하는 것과 낭
만적 충동에 사로잡혀 세상을 바라보는 일은 분명 별개의 문제이다.
상황이 그러했기에, 낭만주의는 한국 근대문학사에서 어떤 뚜렷한
계보학적 '기원' 대신, 벤야민적인 의미에서의 역사적 '근원Ursprung'에

더 가까울 수 있다. 벤야민은 이렇게 근원을 정의한다. "근원Ursprung
은 전적으로 역사적인 범주이지만 성립Entstehung과는 아무런 공통점
도 없다. 근원은 '이미 발생된 어떤 것의 생성'을 가리키는 것이 아니
라 '생성과 소멸에서 발생하고 솟아나는 것'을 가리킨다. 〔……〕 근원
적인 것의 리듬은 오직 이중적인 통찰에만 열려 있다. 그 리듬은 한
편으로 복구로서, 회복으로서 인식되고자 하며, 바로 이 점에서 그것
은 다른 한편으로 미완으로서, 미결로서 인식되고자 한다."[6] 한국 근
대문학의 역사에서 낭만주의가 근원으로 인식될 수 있다는 것은, 그
것이 선형적 시간관의 실증주의적 기원Entstehung이 아니라, 수많은
내적 분열과 긴장, 심지어는 전향에 비견될 수 있을 법한 자기모순의
형식으로 생성과 소멸의 움직임을 거듭했음을 함축한다. 그런 의미
에서 문학이라는 이름으로 '진실한 나'를 지향하고, 그에 부합하는 사
상적·이념적 내용과 언어적 표현 형식을 모색해왔던 근대문학의 역
사를 낭만주의라는 틀로 다시 바라보는 작업은, 문학이라는 자기 테
크놀로지의 가능성을 시험해왔던 지난 시기의 수많은 분열과 실패의
국면들, 그리고 그것이 만들어낸 미완과 미결의 풍경들을 다시 포착
하려는 시도이기도 하다. 동시에 그것은 과거의 역사적 분열과 실패
를 동시대의 문화적 현실 이면에 도사리고 있는 균열과 연결하는 일
이기도 할 것이다.[7]

---

6.   발터 벤야민, 『독일 비애극의 원천』, 조만영 옮김, 새물결, 2008, p. 38. 벤야민의
      'Ursprung'은 한국어로 '근원' 또는 '원천'으로 번역된다. 이 글에서는 연대기적 기점으로서의
      기원origin과 구별되는 의미를 보다 강조하기 위해 근원이라는 번역어를 채택한다.

7.   아감벤은 벤야민의 근원과 동시대성을 이렇게 연결 짓는다. "사실 동시대성은 현재를
      무엇보다 의고적인 것이라고 지적하면서 스스로를 그 현재에 등록한다. 그리고 가장
      근대적이고 최근의 것들 속에서 의고성의 지표나 서명을 지각하는 자만이 동시대인일 수
      있다. 의고적이라는 말은 **아르케**, 다시 말해서 근원과 가깝다는 것을 뜻한다. 그러나 근원은
      그저 연대기적 과거에만 위치하는 것은 아니다. 그것은 역사적 생성과 동시대적이며, 쉬지
      않고 그것에 작동한다"(조르조 아감벤, 「동시대인이란 무엇인가?」, 『장치란 무엇인가?』, 양창렬

2. 근대의 마법―이광수의 과학

그가 자신이 신봉하지 않는 과학에 대해 말하게 되었을 때 혼란은 더
욱 심해졌다. 그는 과학을 믿지 않는다고 말했다. 과학을 믿든가, 믿
지 않든가 하는 것은 전적으로 인간의 자유이기 때문이라고 했다. 과
학이란 다른 모든 신앙과 마찬가지로 하나의 신앙인데, 다만 다른 어
떤 신앙보다도 형편없고 우매하며, '과학'이라는 단어 자체는 어리석
기 짝이 없는 사실주의의 표현이다.[8]

한국 근대소설의 진정한 효시로 평가되는 이광수는, 낭만주의가 한
국문학에 착근하는 과도기에 발생한 중층적이고도 혼란스러운 분열
의 양상을 가장 흥미롭게 보여주는 징후적 인물 가운데 하나이다. 분
명 그를 낭만주의와 연결 짓는 작업은 누군가에게는 다소 이질적으
로 들릴지도 모른다. 우리에게 익히 알려진 이광수는 낭만주의를 본
격적으로 표방한 후배 세대 문인들을 신랄하게 비난했던 인물, 다시
말해 낭만주의에 대해 그 누구보다 적대적인 인물 가운데 하나였기
때문이다. 이를테면 「문사와 수양」(1921)에서 그는 『창조』『폐허』계
열의 문인들이 제창한 새로운 예술관의 폐해를 노골적으로 개탄했던
것으로 유명하다. 당시 그가 사실상 겨냥했던 것은 '예술의 핵심은 예
술가 개인의 자유'라는 주장과 '예술을 위한 예술'로 집약될 수 있는,
새로운 세대가 표방한 낭만주의적 예술관이었다. "'데카당스'의 망국
정조에 침륜하는 이가 많은"[9] 문단의 현실에 대한 우려를 거듭하다
가, 마침내 그가 조선 예술이 지향할 방향으로 "Arts for life's sake(인

옮김, 난장, 2010, p. 83).

8.   토마스 만, 『마의 산』 하, 홍성광 옮김, 을유문화사, 2008, p. 678.

9.   이광수, 「문사와 수양」(『창조』 8호, 1921. 1), 『이광수 전집』 16, 삼중당, 1963, p. 25.

생을 위한 예술)"[10]을 제시했던 것도 그 때문이다.

　　인생과 예술의 우위를 둘러싼 논쟁은 이광수의 시대에서부터 오늘에 이르기까지, 형태만 달리할 뿐 반복되어온 익숙한 진영론적 대립 구도의 초기적 버전이라 할 수 있다. 진영주의자의 관점에서, 이광수는 이러한 구도 속에서 주저 없이 인생의 손을 들어준 인물이었고, 실제로 이러한 태도는 초기부터 말년에 이르기까지 흔들림 없이 일관되게 유지되어왔다. 그러나 도덕주의자이자 계몽주의적 입장을 대변했던 그의 외적 일관성과 달리, 그 이면에는 계몽에 대한 근대적 의지와 삶을 향한 낭만적 열정 사이에서 갈등하고 흔들리는 균열적 내면이 엿보이기도 한다.

　　이를테면 이광수를 당대의 지식인이자 문사로서 주목하게 한 『무정』(1917)과 초기 단편들(「어린 벗에게」「윤광호」 등)의 서사에는, 그 자신이 의식한 것보다 훨씬 깊게 낭만주의적 충동에 매혹되고 그 것에 흔들렸던 이광수의 얼굴이 드러나기도 한다. 특히 『무정』의 주인공이자 이광수의 분신적 자아라 할 수 있는 이형식은 이러한 흔들리는 인물의 대명사라고 부르기에 부족함이 없다. 영채와 선형을 둘러싼 선택 앞에서 내내 갈팡질팡하는 형식은 현대인의 관점에서는 고뇌하는 햄릿형 인간이라기보다 무책임, 궤변, 자기기만 등으로 점철된, 지나치게 유약한 내면의 소유자처럼 보일 공산이 크다. 하지만 후대의 해석이 공고하게 증명했듯, 형식의 선택이 오랜 내적 갈등을 통과하지 않을 수 없었던 것은 그가 보기보다 중대한 선택의 기로에, 다시 말해 전통과 근대라는 결정적 분기점에 서 있었기 때문이다.

　　주지하듯 이형식을 통해 이광수는 근대로의 길을 확고하게 다지려 했으며, 그것을 정당화하는 여러 논리들을 모색하는 과정에서

10.　　같은 글, p. 19.

『무정』의 서사와 이형식의 내면을 전방위적인 사상적 실험실로 활용했다. 자신이 진정으로 욕망하는 것이 무엇인지를 끈질기게 되묻는 형식의 내적 고백, 기독교의 천지창조에 비견되는 형식의 자아 각성 장면, 해방된 자신의 새로운 자아를 '속사람'으로 비유하는 수사, 진실하고 경건한 참사랑에 대한 종교적이고도 이상주의적인 신념, 과학과 예술을 통해 민족을 구하겠다는 미래적 비전 등은 『무정』의 서사가 계몽주의라는 단일한 이름으로 쉽게 요약될 수 없음을 방증하는 다채로운 요소들이다. 특히 삼랑진 수해 이후 마련된 자선 음악회에서 모든 인물이 감격의 눈물을 흘리며 각성하는 대단원은, 근대에 대한 이광수의 신념이 낭만주의적 정열과 결코 무관하지 않음을 암시한다.

물론 이 모든 것을 근대를 향한 전통(유교적 세계)과의 싸움에서 얻게 된 의도치 않은 전리품으로 간주할 수도 있다. 어쨌든 그의 목표는 근대적 계몽의 프로젝트여야만 했고, 내면의 실험실에서 시도했던 모든 작업들 가운데 향후 자신이 지속해야 할 과제를 선별하지 않을 수 없었다. 『무정』 이후 점진적으로 강화되는 이광수의 도덕주의적이고 일면 보수적인 경향성은, 그가 '개인'이나 '예술'과 같은 불확실한 가치보다 '민족' '도덕' '과학'이라는 보다 확고한 기표들에 경도될 것임을 이미 예고하고 있었다.

그중에서도 '과학'에 대한 이광수의 남다른 기대는 그의 계몽주의적인 단면을 강조하기 위해 자주 인용되는 특징이다. 잘 알려져 있듯, 청년 이광수는 조선의 근대를 이끌 핵심 동력으로 과학을 상정하고 그것에 깊이 매료되어 있었으며, "현대의 문명은 과학의 문명, 현대 교육의 진수는 과학, 따라서 현대 생활의 기초는 과학, 그 중에도 자연과학"[11]이라고 확신했었다. '유교에서 과학으로의 이행'이라는 그의 명료한 신념은 『무정』에서도 예외 없이 표출되는 것 같다. 특히 삼랑진에서의 각성 이후 "조선 사람에게 무엇보다 먼저 과학(科學)을 주어야 하겠어요. 지식을 주어야 하겠어요"[12]라고 선언하는 장면은 『무정』이 표방하는 근대주의의 최전선에 과학이 서 있다는 그의 계몽주의적 신념을 집약적으로 드러내는 것처럼 보인다.

그런데 이러한 야심찬 선언의 서술적 흐름을 조금만 면밀히 들여다보면, 상황은 예상보다 혼란스럽고 모순적이다. "전문으로는 생물학(生物學)을 연구"하겠다는 형식의 결심에 대해 서술자이자 저자 자신인 이광수가 이렇게 논평하고 있기 때문이다. "그러나 듣는 사람 중에는 생물학의 뜻을 아는 자가 없었다. 이렇게 말하는 형식도 물론 생물학이란 참뜻은 알지 못하였다. 〔……〕 생물학이 무엇인지도 모르면서 새 문명을 건설하겠다고 자담하는 그네의 신세도 불쌍하고 그네를 믿는 시대도 불쌍하다"(p. 466). 유체이탈 화법을 방불케 하는 이 괴이한 서술자의 개입과 자기 부정을 어떻게 이해할 수 있을까. 사실상 『무정』 도처에서 발견되는 이러한 형태의 발화는 저자가 전통적 이야기의 관습에 여전히 기대고 있었으며, 서술자의 직접적 개입을 터부시하는 픽션의 근대적 규약을 충분히 내면화하지 못했음을 드러내준다. 그러나 그러한 형식의 분열 속에서 드러나는 내용상의 자기 분열적 징후는 분명 쉽게 간과할 수 없는 의미심장함이 있다.

이광수는 과학이라는 계몽의 언어를 통해 자신의 미래를 정의하고자 했지만 과학에 대한 무지 속에서, 아니 어쩌면 그 무지 덕분에 과학을 일종의 구원의 서사로 상상해야만 했던 것일지도 모른다. 이른바 과학은 그에게 진리를 탐구하는 방법이면서 동시에, 자신의 존재에 의미를 부여하는 신념 체계, 즉 종교의 대체물처럼 느껴지기

11.   이광수, 「신생활론」, 『이광수 전집』 17, 삼중당, 1963, p. 541.

12.   이광수, 『무정』(한국문학전집 19), 문학과지성사, 2005, p. 461. 이하 인용 출처는 본문 내 괄호 안에 표기.

도 한다. 이를테면 그가 "다아윈의 진화론이 마땅히 성경을 대신할 것이라고 생각"하고 "진화론의 문귀를 염불 모양으로 외우고 술이나 취하면 목청껏 외쳤"[13]다는 회고는, 그에게 있어 과학이 종교를 대체하는 것을 넘어, 근대라는 '이데올로기의 숭고한 대상'(지젝)으로 숭배되고 신앙화되는 것은 아닌지, 다시 말해 근대 합리주의로 포괄될 수 없는 별개의 충동이 작동하고 있었던 것은 아닌지를 의심케 한다. 그가 진정으로 바란 것은 과학 자체였을까, 아니면 종교로서의 과학이었을까. 어쩌면 『무정』의 대단원은, 이광수의 과학주의가 계몽주의적 신념의 외피를 두르고 있음에도 실은 과학에 대한 낭만적 열망에 의해 추동되어 있음을 무의식적으로 실토한, 일종의 프로이트적 실언일지도 모른다.

　『무정』에서 드러난 계몽주의적 신념과 낭만주의적 열망의 혼란스러운 중첩 양상은 그의 두번째 장편소설 『개척자』(1918)에서 더욱 노골적으로 표출된다. 귀국 후 실험에 몰두하며 세상과 단절된 삶을 택한 화학자 김성재는 표면적으로 근대 지식인의 전형처럼 보이고, 자연스럽게 그의 실험실은 근대 이성이 위력을 발휘하는 폐쇄적 공간을 상징하는 듯하다. 그러나 다른 한편으로, 그곳은 과학을 신봉하는 신도들의 의식이 집행되는 근대의 신전이기도 했다. "이 일을 위하여서 세상에 태어났다. 그러니까, 이 일을 위하여서 세상에 살아야 하겠다"[14]며 과학을 일종의 숙명적 소명으로 받아들이는 성재의 독백은 낭만주의적 자기 정당화의 언어와 뚜렷하게 구별되지 않는다. 실제로 『개척자』의 서사는 이후 그의 실험이 점차 집착의 양상으로 변질되며, 모든 재산을 탕진하고 누이동생 성순의 삶까지 통제하

13.　　　이광수, 「그의 자서전」, 『이광수 전집』 6, 삼중당, 1971, p. 422.
14.　　　이광수, 「개척자」, 『이광수 전집』 1, 삼중당, 1962, p. 331. 이하 인용 출처는 본문 내 괄호
　　　　　안에 표기.

려는 지경에 이르는 과정을 통해, 과학을 문명의 기초로 간주했던 이광수의 근대 기획이 어떻게 파산할 수 있는지를 인상적으로 보여준다. 과학의 본질조차 모른 채 과학을 외치던 형식의 알려지지 않은 이면처럼, 『개척자』의 김성재는 과학을 신비화하고 절대화하는 인물이 이르게 될 결말을 예고하는 파국의 거울이다.

　　한편 소설 후반부를 실질적으로 이끌어가는 인물은 오빠 성재가 아니라, 그의 누이 성순이다. 그녀는 이광수의 근대적 비전이 과학 이외의 또 다른 경로, 다시 말해 예술의 낭만적 열정을 통해 대리보충되어야 함을 알려주는 인물이기도 하다. 성재의 반대와 가난이라는 현실적 제약에도 불구하고, 화가 민은식에 대한 사랑을 끝까지 관철시키려는 성순의 집념은, 오빠의 과학에 대한 맹신과는 전혀 다른 형태의 근대적 신앙을 체현한다. 그녀가 끝내 '죽음'을 선택함으로써 자신의 사랑을 철회하지 않는다는 내러티브는 단순한 통속적 비극을 넘어, 과학적 이성으로는 도달할 수 없는 세계의 진실이 존재한다는 사실을 증명하는 것 같다. 그런 의미에서 "죽음! 죽음!"(p. 466)이라는 성순의 외침은 단순한 절망의 표현이 아니다. 그것은 오히려 『무정』의 형식이 삼랑진에서 선언했던 "과학! 과학!"이라는 말과 기묘하게 공명하며, 과학적 계몽이 아닌 사랑을 향한 낭만적 헌신을 통해 '광명한 새 세계'로 진입하려는 또 다른 이상주의를, 근대 과학과 병치되면서도 결코 그에 종속되지 않는 독자적 세계의 가능성을 증언하고 있다. 성순의 죽음을 계기로 주변 인물들이 화해하고, 새로운 세계의 가능성을 엿보는 장면으로 마무리되는 『개척자』의 결말은 자신의 감정에 대한 투철한 헌신이 근대의 또 다른 윤리적 축으로 작동하고 있음을 드러낸다. 성순의 죽음을 불사한 사랑은 근대적 이성이 탈마법화 disenchantment한 세계, 다시 말해 그 어떤 신비도 영혼의 깊이도 존재하지 않는 차가운 실험실의 세계를 재마법화re-enchantment하는 근대 낭만주의의 마술적 힘을 구현한다.

　　그렇다면 우리는 다시 묻지 않을 수 없다. 이광수가 진정으로 목표로 했던 근대란 정확히 무엇이었을까. 그것은 과학인가, 예술인가, 아니면 종교인가. 칸트가 '아름다움'을 통해 진리와 도덕을 매개하려 했듯, 이광수에게 예술, 나아가 문학은 과학과 종교를 연결하는 다리 같은 것이었을까. 물론 이러한 내적 모순과 분열, 그리고 일관성의 결여는 근대에 대한 이광수의 부족한 이해에서 비롯된 결과로 볼 수도 있다. 그러나 동시에, 이러한 균열은 근대를 급속히 수용하는 과정에서 당대 지식인들이 불가피하게 마주한 긴장, 즉 근대성 내부에 잠재된 계몽주의와 낭만주의 사이의 복잡한 착종 관계를 드러내는 징후로도 읽힐 수 있다.

　　이와 관련하여 찰스 테일러는, 종교에서 과학으로의 이행으로 요약되는 근대의 출현을 단순한 세계관의 교체로 보지 않는다. 그의 분석에 따르면, 근대에 이루어진 과학 혁명이 성공했던 것은 "과학이 사람들에게 더 설득력 있는 도덕적·영적 자기 이해의 이야기를 제공했기 때문"이며, 그 변화 이후에야 과학은 "그 선택의 정당화를 '증명'이라는 이름으로 요구받게 된 것이다".[15] 요컨대 근대인이 과학에 매혹된 이유는 세계를 합리적으로 설명하는 능력 때문만이 아니라, 과학이 자기 삶에 대해 더 충만하고, 더 진실하며, 더 성숙한 도덕적 서사를 제공했기 때문이라는 것이다. 과학은 객관적 진리의 체계로 기능하면서 동시에, 근대적 자기 이해를 실존적으로 정당화하는 실존적 윤리 담론으로도 받아들여졌던 셈이다.[16]

15.　　Charles Taylor, *A Secular Age*, Harvard University Press, 2007, p. 366.
16.　　낭만주의 시대 서구에서는 '생명'이라는 단어에 주목하고, 그 속에 어떤 신비한 힘이 내재한다는 시각이 자연과학과 미학 모두에서 공통적으로 나타났다. 이에 대한 연구로는 Denise Gigante의 *Life: Organic Form and Romanticism*(Yale University Press, 2009)을 들 수 있다. 한편 이러한 유기체론과 생명 담론이 근대 한국문학에 끼친 영향을 분석한 연구로는

    같은 맥락에서 『무정』과 『개척자』에 나타나는 과학에 대한 맹목에 가까운 신념과 그 신비화는, 과학이 진리의 지위를 획득할 수 있다는 계몽주의적 확신과 더불어, 과학이 오히려 삶의 도덕적 의미를 구성해주는 일종의 신앙의 형식으로 작동하고 있었음을 보여준다. 이때 과학은 단지 종교를 대체하는 것이 아니라, 그 자체가 종교의 형식으로 고양된 낭만주의적 열정의 대상이 되었던 것이다. 이처럼 과학이 이성적 탐구의 방법에 국한되지 않고, 진리에 대한 절대적 헌신과 자아의 근원적 정당화를 가능케 하는 일종의 '믿음'의 체계로 작동했다는 점은, 막스 베버가 근대의 합리성 속에 내포되어 있다고 지적한 '비합리적 합리주의irrational rationalism'의 전형적 양상을 반영한다.

    이러한 맥락에서 보자면, 이광수의 문학적 사유는 양립할 수 없는 것들 사이에서 분열되어 있었다고 묘사될 수 있을지도 모른다. 그러나 그러한 분열은, 다시 말해 과학과 예술, 합리주의와 신비주의, 탈마법화와 재마법화의 혼란스러운 착종은 단지 근대에 대한 이해 부족이 초래한 일시적 현상이 아니었을 수도 있다. 어쩌면 그것은 근대라는 시대가 불러온 가치 질서의 전면적 재편과 그에 따른 세계관의 급격한 변동 속에서 필연적으로 잉태되어야만 했던 근대성 자체의 내적 긴장의 징후였는지도 모르기 때문이다. 예술이든 도덕이든 민족이든 과학이든, 세계의 질서를 하나의 원리로 파악하려는 모든 기획의 기저에는, 자신의 존재를 정당화하고 해명하며 설득하려는 서사, 즉 자기 자신을 향한 '믿음의 이야기'가 필요했고, 그러한 이야기로부터 '나'의 존재 이유를 끌어내려는 열망이 도사리고 있었다. 독일 낭만주의의 원천으로 지목되는 슐레겔은 이렇게 말한 바 있다. "아

이철호의 『영혼의 계보——20세기 한국문학사와 생명담론』(창비, 2013)이 있다.

이러니는 역설의 형식이다. 역설은 훌륭한 동시에 위대한 모든 것이
다."[17] 우리가 아직도 이광수를 한국 근대문학의 위대한 건설자 가운
데 하나로 평가하는 이유는 근대적 자아가 직면할 수밖에 없는 역사
적 아이러니를, (하지만 정작 그의 의도와 무관하게) 그가 분열로서 정
직하게 체현하고 있었다는 아이러니한 사실 때문인지도 모른다.

3. 영혼의 리듬——김억과 자유시

한편, 한국문학의 근대적 토대가 구축되는 과정에서 이루어진 낭만
주의와의 적극적인 교섭은, 장르적으로는 근대 시가 모색되고 상상
되는 시기에 더욱 두드러지게 나타나는 현상이었다. 특히 '나'라는 테
마, 즉 '진실한 나'에 대한 탐색을 중심으로 진행된 시의 혁명적 변화
에 주목해본다면, 1910년대에 이르러 '나'에 대한 전례 없는 감각과
표현의 움직임이 포착된다는 사실을 도처에서 확인할 수 있다.

　　이와 관련하여 동경 유학생들이 발행한 잡지 『학지광』 등의
매체에서는, 기존의 시가적 전통을 계승한 개화기 창가나 육당의 신
체시 등에서는 좀처럼 발견되지 않던 내면의 낭만적 드라마가 서서
히 모습을 드러내기 시작한다. 가령 현상윤의 「요게 무어야」(1914)에
서는 "소리업시 자취업시 티미러오르는 요내가슴!"에 직면한 화자가
등장한다. "끝업고 얼굴업는 요게 무어라고" 밝혀달라며 자신의 "심
령"에게 격정적으로 호소하는 시의 화자는, 그 무엇으로도 정의 내
릴 수 없는 내면적 충동을 가진 비밀스러운 존재로 자기 자신을 규정

17.　　프리드리히 슐레겔, 「비판적 단상」, 필립 라쿠-라바르트·장-뤽 낭시, 『문학적 절대——독일
　　　　낭만주의 문학 이론』, 홍사현 옮김, 그린비, 2015, p. 128.

한다. 그런가 하면, 근대 자유시의 효시 중 하나로 평가받는 김여제의 「만만파파식적을 울음」(1916)에서는 "모순 당착 갈등에 찬 이가슴" 속에서 터져 나오는 "정령의 이는 불"과 "뛰노는 물결"같이 통제될 수 없는 주관적 파토스의 이미지들이, "만인의 가슴을 흔들든 져날"을 예비하는 미래적 동인으로 고양된다.

오늘날의 관점에서 보자면, 이 당시의 시적 실천들은 현대 시에 요구되는 여러 기준치에 미달하는 것처럼 보일 수 있지만, 이 시기에 이르러 유례없는 변화의 조짐이 형성되는 것은 분명하다. 전통적 가치와 이념 체계, 그리고 율격적 형식에 의해 규율되던 기존의 시가들이 '외부'의 형식적 질서에 근거하고 있었다면, 이 시기 새롭게 등장한 시들에서는 표현의 중심이 '나의 내면'으로 이행하는 분위기가 명확히 포착되기 때문이다. 이는 '내부로의 전환'이라 명명할 수 있는 시의 중대한 변화를 예고하는 조짐이자, 근대적 시 형식을 통해 '진실한 나'를 발견하고 표현하려는 탐색이 부상하는 결정적인 순간이기도 했다.

이처럼 1910년대에 접어들면, 당대의 청년들로부터 '시'라는 장르를 과거와는 다른 시각으로 재규정하려는 시도가 본격화된다. 서구 근대 문명의 수용, 언문일치의 도입, 새로운 문학 전문 매체의 등장과 같은 외적 조건에 힘입어, 시가적 전통은 점차 느슨해지기 시작했고, 그에 따라 시는 더 이상 조율된 음악적 형식에 기대는 집단적 노래 장르가 아니라, 근대적 개인의 감정과 사유를 발화하는 개성적 언어 형식으로 이해되기 시작했다. 이와 같은 전환은 무엇보다 '운율'에 대한 변화된 인식에서 뚜렷하게 감지되었다. '시가(詩歌)'에서 '시'라는 문자 텍스트로의 변환은, 운문으로서 시를 구속해왔던 '노래에 대한 강박'으로부터의 해방이야말로 근대적 시 형식의 기틀을 마련하는 핵심적 조건이라는 인식이 확산되었음을 보여준다.

이러한 단면을 가장 선명히 드러내는 것이 1910년대 후반에 등장한 '자유시'라는 개념이다. 일반적으로 자유시는 정형시에 대립하는 형식으로 이해되며, 오늘날에도 문학 교육 현장에서 널리 사용되는 용어이다. 국립국어원 표준국어대사전에 따르면 자유시는 "정하여진 형식이나 운율에 구애받지 아니하고 자유로운 형식으로 이루어진 시"를 뜻하지만, 이러한 명료한 사전적 정의는 이 개념에 내포된 역사성과 이념적 맥락을 온전히 담아내지 못한다. 이와 관련하여 자유시가 시 하부의 세부 장르적 분류 기호로 활용되기 어렵다는 사실은 우연이 아니다. 한시나 시조 등 고전 시가의 계열을 계승한 예외적 사례를 제외하면, 오늘날 창작되는 시들 가운데 자유시에 해당하지 않는 사례는 거의 없다. 결국 자유시라는 용어는 비평적으로나 교육적으로 유의미한 분류 기준을 제공하지 못하며, 사실상 무용한 개념이라는 것은 시를 연구하거나 교육하는 사람들 사이에서는 그다지 심오한 비밀도 아니다.

그러나 이제 막 조선 시의 새로운 이념과 방향을 제시해야 했던 시기에는 사정이 전혀 달랐다. "제군이여! 우리 시단은 적어도 자유시로부터 발족치 않으면 아니되겠습니다"[18]라는 황석우의 선언은, 당시 자유시라는 이름에 투사되었던 근대적 열망과 미적 이상이 얼마나 각별했는지를 단적으로 보여준다. 프랑스 상징주의를 매개로 유입된 'vers libre'의 축자적 번역어인 '자유시'는 단순한 율격 해방을 넘어, 시를 매개로 새로운 세계를 기획하고자 했던 한 시대의 미학적 근대화 프로젝트를 상징하는 개념이었다. 조선의 새로운 시는 이제 정형화된 율격이나 관습적 비유의 세계가 아니라, 개인의 내면과 감정, 그리고 영혼의 진실을 자유롭게 표현하는 장르가 되어야 한다는

18.　　황석우, 「조선시단의 발족점과 자유시」, 『매일신보』 1919년 11월 10일 자.

주장은, '자유'라는 단어가 단순히 리듬의 해방을 뜻하는 것을 넘어, 전근대적 문화 전반으로부터의 이념적 해방까지 포괄해야 한다는 요구를 담고 있었다. 이와 같은 미적 해방의 의지는 계몽주의적 흐름과의 공존 속에서, 개인의 아름다운 내면과 예술의 신비를 적극적으로 옹호하는 또 하나의 근대성, 즉 낭만주의적 열망의 형태로 나타났다.

　　최초의 자유시가 무엇이었는가를 둘러싼 논의와 관련해서는 여전히 다양한 의견이 존재하지만, '자유시'라는 이름과 그에 상응하는 이념적 기획을 분명히 제시했던 사상적 리더들을 특정하는 일은 비교적 어렵지 않다. 그 가운데 김억은 가장 선도적이면서도 독보적인 영향력을 행사했던 인물로서, 한국 근대 시의 탄생을 견인한 핵심 이론가 중 하나였다. 주목할 것은, 그가 조선 시의 새로운 미래를 설계하는 과정에서 서구 낭만주의자들이 자주 사용했던 수사적 어휘들을 자유자재로 구사했다는 점이다. 가령 그의 초기 시론 중 하나인 「예술적 생활」의 "개인의 중심적 생활을 예술적 되게 하여라. 그러면 사회적 생활도 예술적 되리라"[19]는 테제는, '예술로서 세계를 미학화하라'는 독일 초기 낭만주의 강령의 한국적 번안으로 간주되기에 손색이 없다.

　　김억의 시론이 일관되게 '내면'과 '영혼'이라는 어휘 주변을 맴도는 이유도 바로 여기에 있다. 그는 자유시를 "재래의 시형과 규정을 무시하고 자유자재로 사상의 미운(微韻)을 잡으려 하는 〔……〕 모든 제약, 유형적 율격을 바리고 미묘한 언어의 음악으로 직접, 시인의 내부생명(內部生命)을 표현하려 하는 산문시"(「프랑스 시단」)로 정

19.　　김억, 「예술적 생활」, 『학지광』 6호, 1915, p. 62. 이하 이 글에서 주로 언급되는 김억의 글들은 다음과 같다. 「요구와 회한」(『학지광』 10호, 1916. 9), 「쯰란슨 詩壇」(『태서문예신보』 1918년 12월 14일 자), 「시형의 음률과 호흡」(『태서문예신보』 1919년 1월 13일 자), 「근대문예(8)」(『개벽』 21호, 1922. 3), 「시단의 일년」(『개벽』 42호, 1923. 12), 「격조시형론소고」(『동아일보』 1930년 1월 16일~30일 연재). 인용 시 필자가 현대어로 수정.

의한다. 여기서 중점적으로 부각되는 "내부생명"이라는 개념은, 시인
이 자신의 진실한 내면을 표현하기 위해 기존의 시 형식과 과감히 결
별해야 했음을 내포하고 있었다. 더욱이 김억은 시의 본질을 주관적
감정의 신비로운 발현으로 이해했다는 점에서도 분명히 낭만주의적
이었다. 그는 시를 "정신 또는 심령의 산물"이라 부르며, "시인 자기의
주관에 맡길 때 비로소 시가의 미와 음률이 생기게 된다"(「시형의 음
률과 호흡」)고 주장했다. 자유시의 율격을 '호흡률'이라 명명한 것 또
한, 시의 형식적 기반을 이성적 질서가 아닌 "과학적 방법으로는 인
생의 알 수 없는 영적 방면"(「근대문예(8)」) 위에 두려는 그의 태도를
가감 없이 보여준다. 한편 그는 시인을 예외적이고 신비로운 존재로
고양시키는 데에도 주저함이 없었다. "시가의 깊은 성당에는 시인 자
신 외에는 그 누구도 들어갈 수 없다"(「시단의 일년」)고 선언한 그는,
시를 오직 "시인의 영(靈)"을 통해서만 열리는 세계로 상정했으며, 그
영혼은 "자신의 영이며, 따라서 무한"(「프랑스 시단」)하다고 믿었다.
이러한 예술관은 낭만주의가 낳은 예술가에 대한 신비주의적 신앙,
즉 '예술을 위한 예술'이라는 테제의 영향 없이는 이해되기 어렵다.

　　한편, 김억만큼 지속적으로 시학적 탐구를 전개한 것은 아니
었지만, 황석우 역시 초기 자유시의 이론적 토대를 제시한 주요 인사
중 한 명이었다. 당대의 아나키스트들과 활발히 교류했던 그는 (비록
뚜렷한 이념 언어로 정식화되지는 않았으나) 예술의 자유에 대한 낭만
주의적 믿음이 정치적 해방의 사상과 맞닿을 수 있다는 비전을 최초
로 암시한 인물이기도 하다. 김억이 '호흡률'이라는 개념을 통해 전통
시가와의 단절 위에 새로운 리듬 형식을 모색했던 것과 마찬가지로,
황석우는 '영률(靈律)'이라는 용어를 통해 시적 리듬의 근거를 시인의
개성, 감정, 심정 그리고 내면의 운동 속에서 정당화하고자 했다(「조
선시단의 발족점과 자유시」). 그는 시를 "참 인격의 호흡, 그 맥의 고

동"[20]이라 명명하며, 시적 음악성과 리듬을 하나의 '내적 진동'이자 시인의 고유한 존재 방식에서 비롯되는 것으로 상정했다. 이러한 '영혼의 리듬'이라는 신비주의적 어휘는 예술의 진정한 근거를 외부의 규범이 아니라 내면의 고유한 감응에서 찾고자 했던 낭만주의적 사유의 전형을 보여준다.

현대인들에게는 대단히 익숙하면서도, 한편으로는 시대착오적으로 비쳐지는 이러한 예술에 대한 신념은, 당시로서는 분명 파격적인 것이었다. 그런 의미에서 김억과 황석우가 주창한 자유시의 이념은 단지 서구 시학을 번역하거나 소개한 데 그치지 않았으며, 형식적 해방이나 기법적 실험의 차원에만 머무는 것도 아니었다. 그것은 궁극적으로 '시란 무엇인가'라는 근본적인 질문에 대해 새로운 근대적 해답을 모색하려는 기획이었고, 근대적 자아와 예술을 중심으로 세계를 과거와는 전혀 다른 원리 속에서 파악하려는 대담한 시도였다. 그들의 언어 속에서 근대 시는 더 이상 전통적 정형이나 외부 규범에 의해 정의되는 대상이 아니었으며, 시적 가치의 기준 역시 외재적 형식이나 관습적 비평의 권위에 놓여 있지 않았다. 시의 본질은 오직 시인의 진실한 내면, 보다 정확히 말하자면 개성과 감정, 심정이라는 이름으로 불리는 영혼의 심연 속에서 발견되어야 했다. 시를 "우리 각자의 영혼의 표상"[21]이라 부르고, 각자의 '시혼(詩魂)'으로부터 시의 정당성을 이끌어내려 했던 김소월의 「시혼」은, 이러한 언어가 당대의 젊은이들에게 얼마나 강렬한 인상을 남겼는지를 증언한다.

다시 말해 자유시 담론은, 시인의 개성과 감정이 예술화되는 과정을 통해 문학적 진실과 정당성이 발생한다고 믿는 일종의 근원

---

20.   황석우, 「시화」, 『매일신보』 1919년 9월 22일 자.
21.   김소월, 「시혼」, 『김소월 전집』, 김용직 편저, 서울대학교출판부, 2001, p. 496. 이하
       김소월의 작품 인용 시 필자가 현대어로 수정.

적 미학화 프로젝트였다. 이성보다 정념을, 규율보다 상상을, 보편보다 개성을 우위에 두는 세계관 속에서, 자유시 담론은 '나'의 자율적 내면과 미학적 영혼의 절대성을 옹호하는 하나의 시적 형이상학으로 평가될 수 있다.

한편 여기서 언급된 '형이상학'이라는 단어는 당시의 자유시를 견인하는 이념적 원리들이 경험적 현실에서 구체적으로 확인되지 않는 성격의 것이라는 점을 시사한다. 그들은 눈에 보이지 않는 것(시인의 신성한 내면, 창조적 영혼, 그리고 그것을 반영하는 모든 질서와 억압으로부터 해방된 내적인 리듬)을 상상했고 추앙했다. 그러나 그것이 문제가 되지는 않았는데, 도리어 보이지 않는 것이 핵심이고 예술의 본질이라는 생각이 그들의 내면을 지배했기 때문이다. 낭만주의적 세계관에서 진실한 것이 눈에 보이지 않는다는 명제는 지극히 당연한 상식에 속했던 것이다.

그런데 다른 각도에서 볼 때, 그들이 제시한 드높은 낭만적 이상과 실제 현실 사이에 모종의 괴리와 간극이 내포되어 있었던 것도 간과할 수 없는 사실이었다. 그들이 도모하던 시와 시인의 신비화는, 예술과 도덕 사이에서 발생할 수 있는 긴장과 충돌을 해명하고 수습해야만 했다. 그들은 개인의 자유라는 가치가 무질서나 방종과 혼동되기 쉽다는 사실을 모르지 않았고, 예술가가 누릴 수 있는 무한한 자유라는 비전이 자칫 도덕과 선이라는 인류적 가치에 대한 훼손처럼 읽힐 수 있다는 우려를 도외시하지 않았다. 보들레르와 베를렌을 소개하는 가운데, 김억이 그들의 시와 삶에서 그려지는 "파격과 일탈"과 "데카당적 정조"를 도덕적 타락과 구분하고, 그 이면에 존재하는 "선과 진실을 보려 하는 참 심정의 기록"(「요구와 회한」)을 강조한 것도, 당시로서 충분히 예상될 수 있는 오해를 불식시키기 위해서였다. 문학과 예술이 자신 외에는 그 어떤 것도 섬기지 않는다고 주장하기에는, 아직 충분히 때가 무르익지 않았던 것이라 할 수도 있다.

　　그러나 그보다 더 부담스러운 본질적 간극은 다른 데 있었다. 이를테면 이들의 형이상학적 자유시론과 실제 자유시 창작 사이에는 분명 무시할 수 없는 괴리가 있었다. 이론과 실재 사이의 차이는 특히 '진실한 내면의 자유'라는 이름으로 전통 시가의 형식을 부정하는 이론적 흐름이 일정한 영향력을 획득하고, 그것이 당대 젊은 시인들의 창작을 이끄는 미학적 기조로 자리 잡아갈 무렵에 더욱 선명하게 인식되기 시작했다. 이들의 새로운 시적 실험은 신선하고 창의적이었지만, 동시에 무질서하고 나이브했다. 새로움이 선사하는 충격은 그 시효가 그리 길지 않았으며, 마치 미몽에서 깨어나듯 사람들은 자유시라는 이념과 형식 자체의 정당성을 다시금 회의의 대상으로 간주하기 시작했다. 불안 요소는 자유시라는 이념의 원리 자체에도 내재되어 있었다. 자유시가 전통 시가에 대한 반발 속에서 스스로의 정당성을 입증할 수 있었다는 사실은, 그만큼 자유시의 정당성이 전통이라는 타자에 의존하고 있었음을 뜻했다. 그들은 자유를 기치로 내걸며 전통 시가의 억압을 적으로 규정했지만, 모든 전쟁이 그러하듯, 자신들의 전투가 승기를 잡아갈 무렵, 전쟁을 그만둘 것인지 새로운 적을 다시 찾을 것인지를 되물어야만 했다.

　　김억이 다시 시험대에 서는 것도 바로 그 순간이다. 자유시가 감상적이고, 퇴폐적이며, 다른 한편으로는 병리적인 내면을 표현하는 데 집착한다는 불만과 비난의 분위기가 퍼져가고 있었던 것이다. 보다 결정적인 전환은, 형식으로부터의 자유를 극단적으로 시험하며 운문의 질서로부터도 이탈하려는 경향이 본격화되던 1920년대 중반 무렵이었다. 이 시기, 자유시에 대한 산발적인 문제 제기는 점차 하나의 분명하고도 공고한 세력을 구축하기 시작했다. 만일 시인이 예술에서 전적인 자유를 구가할 수 있다면, 그 자유가 초래할 수 있는 형식적 혼란으로부터 시라는 장르의 근원적 정당성을 어떻게 정립할 수 있는가라는 물음이 싹트기 시작했고, 나아가 운문 장르로서 시가 노래를 과연 떠날 수 있는지에 대한 의문에 대해, 무엇보다 김억은 논란의 원인을 제공한 당사자로서 대답해야만 했다. 아버지를 살해했다는 사실을 뒤늦게 자각한 오이디푸스처럼, 김억 역시 자신이 의도치 않게 시 장르의 본질이자 토대인 리듬을 파괴한 것은 아닌지 자문해야만 했던 셈이다.

　　잘 알려진 것처럼 김억은 외연상 기존까지 자신이 고수하던 입장을 포기했거나 자기 부정, 아니면 최소한 방향 선회로 묘사될 수 있을 행보를 보인다. 어떤 면에서는 더 이상 자신이 싸워야 할 적을 찾지 못했기에, 과거의 자신을 적으로 삼았던 것인지도 모른다. 김억뿐만이 아니었다. 최초의 진정한 자유시 중 하나로 거론되는 「불놀이」(1919)의 저자 주요한 역시 그러한 자기 부정의 행렬에 동참한 인물 중 하나였다. 「노래를 지으시려는 이에게」(『조선문단』 1~3호, 1924)에서 그는 한시, 시조, 민요 등의 전통적 노랫가락 속에서 민족적 정서와 사상을 추출해야 하고, 조선어의 고유한 아름다움을 발견해야 한다고 역설하며, 노래로서의 시가의 가능성을 다시 적극적으로 호출한다. 한편 이 무렵 『조선문단』을 중심으로 이광수, 최남선 등이 이끌어간 국민문학론은 전통의 부활, 민족의 신성성을 내세우는 가운데 개인의 자유와 내면에 비판적 일격을 가하고, 결과적으로는 광의의 반-자유시 운동이라 부를 수 있는 분명한 흐름을 구성해나갔다.

　　놀랍게도 김억은 이 흐름에 합류하는 것을 넘어, 그 진영의 선봉에 서 있는 것처럼 보였다. 이후 그가 제안한 민요시론, 격조시형론 등은 자유시라는 근대적 실험에 대한 일종의 안티테제이자, 과거 자신이 개척한 경로에 대한 비판을 내포하고 있었다. 「격조시형론소고」에서 그는 "자유시형의 가장 무서운 위험은 산문과 혼동되기 쉬운 것"이며, "자유시의 내재율이란 이런 곳에 적지 아니한 불안을 느끼"게 한다고 고백한다. 이러한 토로는 단지 당대의 미학적 논쟁 지형뿐만 아니라, 한때 자신이 추구했던 예술적 자유의 이상을 겨냥하고 있었다. 그 불안을 잠재우기 위해 김억은 (에리히 프롬식으로 묘사하면) 자유로부터의 도피를 선택한 것처럼도 보였다. 그는 '조선심' '민족혼' '조선적 전통' 등 공동체적 정서와 문화적 원형에 호소하며, 정형시의 토대를 다시 구축하려 애썼다. 개인의 신성한 내면이라는 이상이 다시 민족이라는 초월적 기표로 이양되는 순간이자, 한국 시사에서 가장 미스터리하면서도 논쟁적인 장면 중 하나가 펼쳐지는 순간이었다.

물론 김억의 선택을 변절, 전향, 혹은 자기 부정이라고 단정지을 수 있을지는 불확실하다. 자유시가 구가하던 무책임한 자유에 일정한 제약을 가해야 한다는 내적 동기, 즉 형식과 질서에 대한 의지가 김억의 초기 리듬론에도 이미 내재해 있었다는 해석 또한 만만치 않다. 이른바 그의 행보는 단순한 방향 선회라기보다, 처음부터 잠재되어 있던 보수적 경향이 점차 전면화된 결과였을 수도 있다. 다른 한편으로는, 이제 막 근대문학을 학습하고, 그것을 조선어로 번안하며 실험해 나가던 이들에게 이론과 실천에 있어서의 일관성을 기대하는 것이 지나치고도 가혹한 요구라고 생각할 수도 있다.

그러나 당대 그가 보였던 일탈적 행보에 대한 후대의 평가는 일반적으로 큰 이견이 없는 것이 사실이다. '국민문학'으로 대변되는 전통 부활의 움직임은 전반적으로 부정적인 평가를 받아왔으며, 특히 김억의 '적지 않은 궤도의 이탈'[22]에 대해서는 시대착오적이고 반동적인 결론이라는 비판이 꾸준히 제기되어왔다. 이러한 평가는 자

---

22.   김용직, 『한국근대시사』 上, 학연사, 1986, p. 314.

유시와 전통 시가 사이에서 발생한 급격한 단절의 공백을 그가 끝내 감당하지 못했다는 진단으로도 이어진다. 실제로 이 시기 김억이 전개한 시학적 사유는, 문학사 연구자를 제외하고는 거의 회자되지 않는, 동시대적 실효성을 상실한 주장으로 남아 있을 뿐이다.

　　그러나 그가 보여주었던 내적 분열의 역사적 의미와 그 안에 내포된 동시대적 메시지는 여전히 숙고할 가치가 있다. 김억의 방향 선회를 견인하는 근거에 민족이 있었다는 것은 그런 의미에서 의미심장하다. 그의 내적 분열은 단지 시학적 입장의 충돌에 그치지 않고, 근대적 개인의 내면을 사상적이면서도 미학적으로 어떻게 정당화할 것인가라는, 보다 근본적인 난제를 우리 앞에 제기한다. 그것은 '개인', 다시 말해 그 어떤 외적 질서로부터도 구속받지 않는 진실한 '나'라는 개념이 정립되는 과정이 적지 않은 역사적 질곡과 이념적 혼란을 겪어야만 했다는 사실까지도 함축한다. 그리고 그것은 '나'의 자유와 진정성에 대한 미학적·이념적 토대가 위기에 봉착했을 때, '민족'과 '전통'에 대한 미학화, 신성화가 손쉽고도 가장 강력한 자원으로 호출될 수 있다는 점을 시사한다.

　　표면적으로 보기에 김억이 통과한 이러한 분열과 혼란은 낭만주의적 자아관이 충분히 착근되지 못했던, 일종의 결핍과 결여의 흔적처럼 보일 수 있다. 그러나 조금 더 넓은 관점에서 보자면 김억의 방향 선회, 일종의 퇴행이자 후퇴로 보일 수 있을 그의 행로에 일관성이 없었다고 말하기는 어렵다. 근대 낭만주의의 역사적 기원을 형성한 주요 사상가들에게서, 지금의 시각으로는 보수적으로 보이는 민족에 기반한 공동체론이 제안되었다는 것은 우연이 아니다. 노발리스의 중세 유럽 국가론, 슐레겔의 세계단일 정부론, 실러의 시적 국가론 등은 고대 그리스 신화나 중세 기독교 국가에서 새로운 독일 정신의 기원과 이념을 발견하고, 그로부터 개인의 자유와 민족의

총체성을 동시에 거머쥐려 한 대표적 사례들이다. 낭만주의가 개인
의 발견이라는 자유주의적 흐름의 시원이자 동시에 절대적이고 신성
한 민족과 국가에 대한 상상의 원천이었다는 양면성은 근대적 개인
을 모색하는 당대인들이 직면해야 하는 질곡을 일찍부터 예고하고
있었다.[23] 그들이 진정으로 지향하는 시간은 과거일까 미래일까. 미래
를 향하던 기차의 실질적 종착지가 과거였던 것일까, 아니면 과거 속
에서 미래를 발견하려 했던 것일까. 단언할 수 없지만, 과거와 미래
가 중첩되는 양상은 근대에 대한 낭만적 열정이 포착되는 곳이라면,
빈번하게 나타나는 현상이기도 했다. 낭만주의의 절정으로 평가되
던 바그너의 개혁적이고도 진보적인 음악이, 그 누구보다 개인의 격
정적 심정을 파격적으로 노래하는 동시에, 과거를 향한 병적 숭배(니
체)에 몰두하고 있었다는 것, 전위적 아방가르드의 시초를 보여주는
'미래의 음악'(베를리오즈)이자 나치즘의 미학적 전신으로 동시에 추
앙되었다는 것은 단순한 우연이 아니다. 토마스 만은 바그너 음악의
본질을 서로 적대적으로 보이는 것의 대립[24]에 있다고 정확히 간파했
는데, 이것은 근대의 낭만주의적 열정이 지닌 이중성에도 그대로 적
용될 수 있다. 과거와 미래, 진보와 퇴행이 명확히 구분되지 않는다는
것. 이것은 근대 낭만주의가 오늘날까지 우리에게 전해주는 여전히
유효한, 가장 동시대적인 메시지 가운데 하나일 것이다.

23.　이에 대해 프레드릭 바이저는 낭만주의로부터 하나의 단일한 면모를 발견할 수 없다고
　　　판단하고 이러한 결정 불가능성의 면모에 대해 다음과 같이 지적한다. "초기 낭만주의는
　　　자유주의와 보수주의 사이의 중도에 머물고자 했다. 한마디로 그것은 극단적인 자유주의나
　　　보수주의를 피하려는 싸움이었음을 가리킨다. 따라서 초기 낭만주의는 모든 사회적 유대를
　　　파괴할 수 있을 개인적 자유를 주장했으며, 다른 한편으로는 개인의 자유를 억압할 수
　　　있을지도 모를 공동체를 강조했다"(Frederick Beiser, *Enlightenment, Revolution, and
　　　Romanticism — The Genesis of Modern German Political Thought*, Harvard University
　　　Press, p. 223).
24.　토마스 만, 『바그너와 우리 시대 — 에세이·관찰·편지』, 안인희 옮김, 포노, 2022, p. 121.

4. 예술의 신전 — 동인지 시대의 낭만

진정으로 아름다운 것들은 아무 데에도 쓸모가 없는 것들뿐이다. 유
용한 것들은 모두 추하다. 왜냐하면 그것은 무엇인가 필요의 표현이
기 때문이며, 인간의 필요라는 것은 그 가련한 본능과 마찬가지로 역
겹고 혐오스럽기 때문이다. 한 채의 집 안에서 가장 유용한 장소는 화
장실이 아닌가.

— 테오필 고티에, 『모팽 양』에서[25]

앞서 언급했듯, 일반적으로 한국문학사에서 '낭만주의'라는 이름이 본
격적인 사조로 자리 잡은 시기는 1920년대로 평가되어왔다. 계몽주
의와 도덕주의의 틈새에 잠재되어 있던 낭만적 열정은, 1919년 3·1운
동 전후의 동인지 시대를 기점으로 뚜렷한 형태로 분출되기 시작했
다는 것이 널리 통용되는 역사적 서술인 것이다. 당대 새로운 세대 청
년들이 표방하는 문학과 예술, 나아가 자아와 삶에 대한 태도를 간략
하게나마 일별해보면, 이러한 평가에 이견을 제기하기란 쉽지 않다.
『창조』『폐허』『장미촌』『백조』『영대』 등으로 대표되는 동인지들이
내세운 신념은, 분명 과거와는 확연히 결을 달리하는 단절의 감각을
담지하고 있었다.

　　잘 알려진 것처럼, 이러한 현상은 3·1운동 실패 이후 사회 전
반에 팽배했던 정치적 패배감과 무관하지 않았다. 물론 3·1운동의 좌
절이 곧바로 이와 같은 내면으로의 낭만적 자기 회귀를 야기했는지
에 대해서는 해석이 분분하다. 그러나 3·1운동을 통해 분출되었던 민
족주의적 열망이 소진되고, 곧이어 시작된 일제의 문화통치라는 새

25.　　테오필 고티에, 『모팽 양』, 권유현 옮김, 열림원, 2020, p. 585.

로운 식민 통치 전략이 이러한 내향적 분위기를 확산시킬 수 있는 문
화적 조건과 심리적 명분을 제공했다는 점만은 부정할 수 없다. 정치
적 이상주의의 공백이 예술적 내면화로 전이되는 구도는 이후에도
반복되는 한국문학사의 패턴 가운데 하나이다.[26] 카프 해산 이후의 전
향소설, 4·19와 5·16쿠데타 이후 나타난 허무주의, 1990년대 이후
본격화된 문학의 내향화 현상 등은 시대마다 방식은 달랐지만, 결국
이념의 몰락 이후 문학이 자기 내면성으로 퇴각하는 유사한 내러티
브 구조를 공유하고 있었다.

　　최남선과 이광수로 대표되던 2인 중심 문단 체제와 첨예하게
대립하는 듯 보였던 이들 청년 문인들의 세계관은, 선배 세대가 끝내
벗어나지 못했던 '조선 민족'과 '근대적 이성'에 대한 강박으로부터 한
결 자유로워진 듯한 인상을 준다. 그들은 근대를 향해 나아가던 조선
을 "황량한 폐허"로 규정하면서, "우리 민족이나 타민족이나" 모두 자
신을 억압하는 "우리의 적"[27]으로 명명하는 과감한 언설을 구사하기
시작했다. 자신들이 몸담고 있는 현실을 '무너진 세계'라 부르는 데도
주저함이 없었고, 경제적 부와 정치 권력 같은 세속적 가치에서는 삶
의 진정한 의미를 발견할 수 없다고 토로했다. 낡은 이념과 질서에 대
한 혐오, 기성의 모든 규범에 대한 전방위적 불신이 이들을 이끄는
핵심 감정이었다. 현실이 거짓된 가치로 오염되어 있다면, 그로부터
이탈해 참된 삶을 모색할 수 있는 유일한 장소는 오직 자기 자신의
내면일 수밖에 없었다. 그들은 "캄캄한 내 밀실"(박종화, 「밀실로 돌아
가다」)로 되돌아가자고 거듭 노래했고, "나의 내부의 밑없는, 그 동굴
속으로/끝도 모르고/끝도 모르고/나는 거꾸러지련다"(이상화, 「말세

26.　3·1운동 이후 동인지 그룹에서 확산되었던 낭만주의적 분위기에 대한 최근 연구로는
　　　권보드래, 『3월 1일의 밤——폭력의 세기에 꾸는 평화의 꿈』, 돌베개, 2019, pp. 481~516.
27.　오상순, 「시대고와 그 희생」, 『폐허』 창간호, 1920, p. 54.

의 희탄」)라며 비장한 언어로 자기 심연으로의 몰입을 과장되게 연출
하기도 했다. 이러한 내면으로의 침잠은 일견 도피처럼 보일 수도 있
었지만, 그들의 입장에서는 허위와 기만으로 가득한 현실로부터 벗
어나 '진실한 나'의 무너진 거처를 내면의 아름다움에서 복구하려는
진지한 시도이기도 했다.

　　특징적인 것은, 그들이 자신의 내면을 단지 심미화하는 데 그
치지 않고, 그것을 신성화하고 종교화하려 했다는 사실이다. 당시 그
들의 글 도처에서 발견되는 종교적 어휘는, 이들이 '예술을 위한 예술'
이라는 테제에 깊이 의존하고 있었으며, 비록 초보적인 형태이긴 했
지만 이들의 문학론이 예술의 종교화라는 교의에 맞닿아 있음을 보
여준다. "인심(人心)에는 측지할 수 없는 심(深)이 있나니 기저에 신이
존재하시는 고(故)라"[28]는 오상순의 인식이나, 『백조』의 전신이자 최
초의 시 동인지였던 『장미촌』의 시적 이상이 "신과 인간과의 경하(慶
賀)로운 화혼의 향연"[29]으로 비유되었다는 사실은, 이들이 인간 내면
의 심연 속에 잠재한 신성성을 언어화하고자 노력했음을 방증한다.
그런 의미에서 그들이 성역화하고자 했던 것은 예술 그 자체이기도
했지만, 보다 정확하게 말하면 결국 예술가로서의 자기 자신이었다.
그것은 자기도취이자 자기 구원에 가까운 자아를 향한 신격화의 시
도였고, 그러한 점에서 이들의 낭만주의는 자기 자신을 숭배할 수 있
는 종교로서의 예술을 꿈꾸었던 것이라 할 수 있다.

　　그들이 과연 근대 낭만주의를 진정으로 이해하고 있었는지에
대해서는 평가가 엇갈릴 수 있을 것이다. 그러나 하나의 유사한 세계
관을 공유하는 군집(동인)을 형성했고, 무엇보다 그것을 적극적으로

28.　　오상순, 「종교와 예술」, 『폐허』 2호, 1921; p. 4.
29.　　황석우, 『장미촌』 창간호 표지, 1921. 5.

의식하고 있었다는 점에서, 그들은 최초의 낭만주의 '자'라고 불리기에 손색이 없었다. 그들이 본격적으로 구축해나간 지식인·예술가 네트워크 내부에는 이전과는 확연히 구별되는 어떤 이질적 분위기가 감돌고 있었고, 이러한 낭만주의적 분위기는 당대 청년들 사이에서 유행하던 최신 문화 트렌드와도 긴밀히 호흡하고 있었다. 문인, 기자, 학생을 가리지 않고 그들의 일상은 술과 예술이 함께 하는 도취의 연속이었으며,[30] 그러한 삶의 방식은 단순한 방종이나 일탈이 아니라 예술적 '순례'로 독려되기도 했다.[31] 그런가 하면 오스카 와일드의 후예를 자처하듯 그들은 기괴한 패션과 언행을 통해 아름다움에 대한 열정으로 스스로를 치장했고, 이들이 연출한 낭비와 물질적 탕진은 보들레르의 댄디즘이 그러하듯, 정신적 영웅주의이자 일종의 역설적인 형태의 결벽주의로 자임되었다.

　　낭만주의적 열정이 가장 격렬하게 분출되는 장은 단연 '연애'였다. 1910년대 후반부터 유행한 번안소설과 춘원의 연애 이야기를 통해 확산되기 시작한 '진정한 사랑'에 대한 갈망은, 사실상 이들에 의해 더욱 낭만적으로 급진화되었다. 나도향의 「환희」(『동아일보』 1922년 11월 21일~1923년 3월 21일, 총 117회 연재)처럼 이루지 못한 사랑 때문에 생을 포기하는 젊은이의 일화는 순수하고 아름다운 이야기로 독자들의 호응을 이끌었고, 정사(情死)는 점차 픽션 속 허구가 아니라 실제 현실의 일화로 비화되기 시작했다. 당시 매체들은 죽음

30.　　김기진은 『폐허』 시절 이후로 문인을 비롯한 예술가 집단이 술을 가까이하는 문화적
　　　　아비투스가 형성되었다고 회고한다. 김기진, 『김팔봉문학전집 II ― 회고와 기록』,
　　　　문학과지성사, 1988, pp. 89~91.

31.　　박영희는 이렇게 회고한다. "그때 기생집에 놀러가는 것을 우리는 순례라고 이름하였다.
　　　　그것은 인생을 순례한다는 뜻이니, 미녀와 정담을 속삭이려는 반면에 인생생활의 암흑면을
　　　　찾아보자는 진리의 탐구자로 자차하려고도 하였다"(「초창기의 문단측면사(3)」, 『현대문학』
　　　　1959년 12월호, p. 191).

으로 자신의 순결한 사랑의 진정성을 증명하려 했던 청춘 남녀의 비극을 심심치 않게 보도했고, 일부 신문에는 급속히 확산되고 있던 연애지상주의가 "근대개인주의"의 "타락"에서 출현하는 "'데카단'적 퇴폐적 인생관"[32]이라 경고하는 사설을 게재하기도 했다. 당시 문학에 편만해 있는 낭만주의의 현실적 폐해에 대해 이광수가 "인생의 불완전 즉 추(醜)를 당연한 것처럼, 본성인 것처럼 그리는"[33] 사악한 견해("邪見")라고 일갈한 것도 무리가 아니었다.

　　　이러한 이유로 문학사에서 1920년대의 낭만주의는 대체로 '퇴폐적'이고 병적인 분위기가 만연했던 시대로 평가되어왔다. 허무주의와 패배주의에 깊이 침윤된 채, 현실을 외면하거나 그로부터 도피하려는 태도, 즉 일종의 왜곡되고 비뚤어진 낭만주의의 변형으로 간주되곤 했던 것이다. 종종 "한국적 낭만주의"[34]라는 이름으로 불리기도 했던 이러한 흐름은, 일본 낭만파를 매개로 유입된 결과이며, 그 도입이 지나치게 급속하게 이루어진 탓에 내면화나 토착화의 과정을 충분히 거치지 못한 미숙한 사조로 규정되었다. 물론 이에 대한 반론도 만만치 않았다. 『창조』의 리더 중 한 사람이었던 김동인은, 젊은 세대 문인들을 '예술에 병든 존재'로 진단하는 일각의 비난에 대해, 도리어 그들이야말로 병든 자들이며, 자신들이 이해받기 위해서는 "그런 이들은 죽어 없어지기를 바랄 뿐"[35]이라고 노골적인 원한 감정을 드러내기도 했다.

　　　'퇴폐적 낭만주의'라는 이름 아래 비판되기도 했던 당시의 풍경은, 그 평가의 전제가 되는 '데카당'이라는 낱말 속에 내포된 부정

32.　「현대혼인문제와 연애 외의 요소(3)」, 『동아일보』 1922년 3월 10일 자.

33.　이광수, 「조선문단의 현상과 장래」, 『동아일보』 1925년 1월 1일 자.

34.　오세영, 「민요시파와 한국낭만주의」, 『한국낭만주의시연구』, 일지사, 1980, p. 153.

35.　김동인, 「글동산의 거둠」, 『창조』 7호, 1920. 3, p. 67.

적 혐의들을 괄호로 묶는다면, 실상 생생한 시대적 사실에 가까웠다. 그들이 보여준 자기도취는 종종 혼란스럽고, 패배주의적이었으며, 그들의 자아 숭배는 성장기의 청년들이 흔히 통과하는 폐쇄적 나르시시즘의 면모를 띠기도 했다. 그들이 구사하는 언어와 창작 활동에 어떤 체계와 일관성이 있었던 것도 아니다. "폐허라는 순문예잡지를 경영하는 자들 간에는 분쟁"[36]이 발생했다는 세간의 소문에 염상섭이 민감하게 반응했다는 사실이 암시하듯, 비록 '동인'이라는 이름하에 동일한 세계관의 공유를 표방했지만, 그들은 쉽게 분열했고, 결과적으로 이상적 공동체는 오래 지속되지 못했다.

　　한마디로 그들은 무질서하게 난립했고, 다시 무질서하게 분열했다. 당시 창간된 동인지들이 하나같이 2년 이상 지속되지 못한 것은, 단지 검열과 경제난 때문만은 아니었다. 오히려 강고한 자의식을 지닌 이들이 모여 있었기에, 갈등과 분열이 관계의 필연적 종착점이 되고 말았다고 보는 편이 옳을지도 모른다. 그러나 그들이 분열했다는 사실만으로, 그들이 내세웠던 예술에 대한 순교, 스스로에 도취된 영웅주의적 자아관에 아무런 원리도 없었다고 단정할 수는 없다. 앞서 살펴본 이광수와 김억의 경우, 낭만주의적 분열이 내재적으로 의도치 않게 드러난 근대성의 징후라고 할 수 있다면, 이들의 사유에 함축된 역사적 예외성은 그 분열을 현실과 예술을 이해하는 외재적 구조로 투사시켰다는 사실에서 찾을 수 있다. 요컨대 낭만주의자들의 눈으로 볼 때 세상은 본래 분열되어 있었다. 만약 이들의 혼란스러운 인식에 일정한 세계관의 형식을 부여할 수 있다면, 그것은 '현상과 실재' '현실과 이상' '진실과 허위' 사이의 이분법적 대립 구조일 것이다. 이들에게 세속적 현실은 인습과 허위가 지배하는 추악한 세계였

36.　염상섭, 「저수하(樗樹下)에서」, 『폐허』 2호, 1921. 1, p. 56.

으며, 진정으로 가치 있고 이상적인 삶은 현실의 바깥, 다른 시공간에 존재해야만 했다. 예술의 아름다움은 '나'를 그러한 폐허와 같은 현실의 바깥으로 인도해줄 수 있는, 일종의 근대적 구원의 종교였다.

물론 그들이 건설한 예술의 신전에 기대했던 것처럼 많은 신도들이 모였던 것은 아니다. 예술로 종교를 대체하는 것은 언뜻 매력적으로 들렸을지 모르지만, 실행에 옮기기에는 부담스럽고 억지스러운 교리였다. 무엇보다 무수히 많은 신념들의 분파들로 나뉘는 종교의 역사는 문학과 예술에 있어서도 예외가 아니었다. 동인지 시대는 분열로서 오래가지 못했고, 낭만주의가 특수한 문학사적 시기를 조명하는 용어로 활용될 수 있는 것도 잠시뿐이었다. 결과적으로 한국 근대문학사에서 낭만주의의 시대는 일찍 그 막을 내렸다. 그러나 그것이 끝은 아니었다. 1920년대 초 건립된 예술의 신전에서 사람들은 하나둘 흩어져 갔지만, 정작 그 씨앗은 전혀 다른 자리에 뿌려졌고 예상치 못한 방식으로 싹을 틔우기 시작했기 때문이다.

5. 서정적 원근법의 마술 — 김소월의 인공 자연

김소월은 이러한 당대의 낭만적 분위기 속에서 대단히 이례적인 자리에 서 있던 존재이기도 했다. 김억의 제자로서 그는 『창조』 『영대』의 동인으로 이름을 올렸지만, 동인지 시대의 문화적 최전선에서 활동하거나 그들과 활발히 교류했던 인물은 아니었다. 그가 남긴 유일한 시론인 「시혼」을 읽어보면, "우리 각자의 영혼의 표상"을 시의 본질(시혼)로 사유하고, 세계에 드리워진 "음영",[37] 즉 삶의 비애와 고통

---

37.   김소월, 「시혼」, 『김소월 전집』, pp. 495~501.

을 중시했다는 점에서, 그가 개인의 내면적 개성을 신봉했던 당대의 예술적 미의 이상을 일정 부분 공유하고 있었음을 알 수 있다. 그러나 그렇다고 해서 그가 동시대의 젊은 시인들처럼 죽음이나 인간의 고통을 억지스럽게 찬미하거나 불행을 자처했던 것은 아니다. "음영 없는 물체가 어디 있겠습니까. 나는 존재에는 반드시 음영이 따른다고 합니다"는 말에서 암시되듯, 김소월은 삶에 필연적으로 개입될 수밖에 없는 근원적 고독과 비애를 다만 시인으로서 응시하고 있었을 뿐이었다. 그런가 하면 김소월은 자신의 스승 김억을 비롯한 당대의 시적 유산을 능숙하게 흡수하면서도, 누구보다도 분명하고도 독자적인 시 세계를 구축해낸 시인이었다. "조선정조의 진실한 이해자"이자 "조선감정의 진실한 재현자"[38]라는 김동인의 평가는 당시의 관점에서도 그의 시적 재능이 대단히 특출났으며, 무엇보다 그가 조선어를 자유자재로 활용하였던 예외적인 인물이었음을 증언한다.

　　낭만주의자로서의 김소월을 묘사하는 일은 그리 어렵지 않다. 사랑하는 대상과의 이별 속에서 고뇌하는 고독한 자아, 만남의 불가능성을 전면화하는 단절적 세계 인식, 그리고 자연으로의 회귀와 같은 특징들은 그의 시를 이루는 핵심 정서이자, 낭만주의 시의 전형적 테마에 해당한다. 그의 삶의 궤적 또한 이러한 낭만주의적 형상을 더욱 공고히 하기에 부족함이 없었다. 가난하지는 않았지만 정신적으로 불우했던 유년 시절, 원치 않은 결혼과 불륜, 실패한 연애로 인한 심리적 방황, 말년의 경제적 곤궁에 이르기까지, 그의 삶은 몰이해와 소외, 고통스러운 고독으로 점철되어 있었다. 무엇보다 만 32세의 젊은 나이에 세상을 떠났다는 이력은, 그를 '비운의 천재 시인'이라는

38.　　김동인, 「소설가의 시인평: 내가 본 시인(三)──김소월군을 논함」, 『조선일보』 1929년 12월 12일 자.

낭만주의적 예술가 형상의 전형으로 위치시키기에 충분했다.

　　반면, 그의 시에 드리워진 낭만주의적 뉘앙스가 과연 근대적인 것인가에 대해서는 쉽게 평가하기 어렵고, 이는 오늘날까지도 이어지는 논쟁의 원천 중 하나이기도 했다. 이를테면 김소월의 시에 관습적으로 따라붙는 '전통적'이라는 수식어는 어떤 이들에게는 환호의 근거였지만, 근대를 지향하던 이들에게는 비판의 주된 표적이었다. 오늘날 그가 대중적으로 누리고 있는 확고한 위상을 고려하면, 그를 둘러싼 극명한 평가는 다소 의아하게 느껴질 수도 있다. 그러나 근대주의자의 시각에서 본다면, 그것은 전혀 이상한 일이 아니었다. 가령 그의 시를 관통하는 애수와 비애, 감상적 정조와 같은 센티멘털리즘적 면모는 언제나 평가 절하의 주요 요인 중 하나였다. 관련하여 모더니스트 김기림은 그의 시적 화자를 "슬픈 망향가를 부르는 못난이 '니그로'"[39]라고 멸시했고, 김현 또한 김소월의 정서를 "모든 사태를 여성 특유의 탄식으로 바꿔버리는 한국적 패배주의"[40]라고 비판했다. 지금 관점에서는 정치적으로 올바르지 못한 비난을 이들이 서슴지 않았던 것은, 그의 시 전반을 관통하고 있는 감정 편향주의와 수동적 태도가, 전통에 대한 복고주의적 태도 또는 반근대적 세계관의 발로로 여겨졌기 때문일 것이다.

　　본래 전통과 근대는 자주 뒤섞이고 혼용되지만, 적어도 김소월이라는 전투의 무대 위에서 전통주의자와 근대주의자들은 명확하게 자신의 진영을 알아볼 수 있었다. 숱한 비판 가운데, 소월의 시에서 드러나는 "생에 대한 깊은 허무주의"를 문제 삼는 김우창의 지적은 이 글의 맥락에서 한층 의미심장하다. 그는 김소월을 횔덜린, 릴케

39.　　김기림, 「감상에의 반역」, 『김기림 전집 2—시론』, 심설당, 1988, p. 110.

40.　　김현, 「여성주의의 승리」, 『현대문학』 1969년 10월호, p. 65.

같은 대표적인 독일 낭만주의 시인들과 비교선상에 올리는 가운데, 슬픔에 함몰된 소월의 시 세계를 통해 "한국의 낭만주의가 결하고 있는 것"이 다름 아닌 사물의 본질을 꿰뚫어 보려는 "형이상학적 충동"[41]이라고 분석한다. 다시 말해, 전통적인 '한'의 정서에 투항한 그를 진정한 의미에서의 낭만주의적 비전을 갖춘 인물로 평가하기는 어렵다는 뜻이다. 송욱은 나름 진솔하게 씌어진 것처럼 읽히는 소월의 시론 「시혼」까지도 "결국 영원불변인 시혼의 존재를 구실로 삼아 작품의 평가나 비평을 '거의' 거부하다"[42]시피 한 것으로 간주하고, 이를 낭만주의자들이 흔히 구사하는 일종의 자기기만적 알리바이로 의심한다.

김소월의 시에 등장하는 화자 '나'가 처한 상황과 그에 대한 태도를 보면, 이들의 비판에 일말의 진실이 없다고 할 수는 없다. 최소한 그의 시에서 드러나는 화자는 능동적으로 반항하기보다는 수동적으로 순응하는 인물에 가깝고, 당면한 현실에 적극적으로 대처하기보다, 자신을 관통하는 체념적 정서에 오래 머무는 쪽을 택한다. 그의 시적 소재들 역시 근대 문명이라는 것과는 별다른 접점을 갖지 않는 주변부에서 채집되었으며, 그의 시는 (그것을 '민요시'라 부를 수 있을지는 차치하더라도) 전통적 노랫가락의 율격에 기대고 있다는 것처럼 들린다. 동양적 신비주의에 깊이 매몰되었던 서정주가 김소월의 진정한 후계자를 자처했던 일은 그런 의미에서 전혀 납득하기 어려운 일도 아니다.[43]

그러나 김소월의 시적 화자 '나'의 능동적 역할에 주목한다면, 그의 시를 반근대적이라고 단정하는 주장에 여전히 이견을 제기할 수 있다. 비록 서정주가 김소월의 '나'를 자연과 혼연일체가 된 존재,

---

41. 김우창, 「한국시와 형이상」, 『궁핍한 시대의 시인』, 민음사, 1977, pp. 42~43.
42. 송욱, 『시학평전』, 일조각, 1963, p. 140.
43. 서정주, 「김소월 시론」, 『시창작법』, 선문사, 1949, p. 127.

급기야 '무아(無我)'의 상태에 도달한 동양적 전통의 전범으로 규정하며, 그를 서구적 근대의 반대편에 위치시켰지만, 그것은 어쩌면 김소월의 실제 얼굴이라기보다 자기 자신에 대한 욕망이 과도하게 투영된 미당의 자화상이었을 수도 있다.

김소월 특유의 서정적 풍경이 구축되는 과정에서, 그의 '나'는 우리에게 알려진 것 이상으로 중요한 역할을 수행한다. 이를테면 김소월이 단순히 자연과 하나가 되는 존재가 아닐 수도 있음을 보여주는 것은, 그의 시적 화자 '나'와 자연 사이에 형성되어 있는 일종의 해소 불가능한 '거리감'이다. 「산유화」의 "산에/피는 꽃은/저만치 혼자서 피어 있네"라는 구절에서 '저만치'에 주목했던 김동리의 지적처럼(「청산과의 거리」, 『문학과 인간』), 김소월은 자연물에 대해 노래할 때에도 '나'를 중심으로 대상과 주체 사이의 거리를 측정하는 시선을 개입시키며, 그 거리에 남다른 의미('혼자서')를 부여하는 주관적 의미화의 역량을 발휘한다. 누군가는 되물을지도 모른다. 「산유화」에 '나'는 전혀 등장하지 않는 것이 아닌가.[44] 그것은 부인할 수 없는 사실이다. 그러나 가라타니 고진이 『일본근대문학의 기원』에서 주장했듯, 자연이 '풍경'으로 전환되기 위해서는 무의미했던 외부 풍경을 의미심장한 것으로 변모하게 만드는 내면의 탄생, 그리고 그 내면에 대한 망각이라는 전도의 과정이 필요하다. 즉, 근대적 풍경 이미지의 리얼리티가 성립하기 위해서는 '나'의 적극적 개입이 전제되지만, 역설적으로 그것이 잊히고 지워지는 순간에야 비로소 풍경은 자연 그대로의 모습으로 드러난다.[45] 김소월의 서정적 자연 풍경은 그것을 가능하게 한 '나'가 눈에 보이지 않을 때 비로소 더욱 자연처럼 느껴지는, 일

---

44.   그 누구보다 섬세한 시 분석가인 황현산은 김소월의 "자연 풍경에는 개인적 구도가 없"으며, "사실상 시선이라고 불러야 할 것이 없다"고 평가했던 것도 그와 맥락이 닿아 있다. 이에 대해서는 황현산, 「소월의 자연」, 『잘 표현된 불행』, 문예중앙, 2012, pp. 248~51.

종의 인공 자연이다. 이러한 면모를 잘 드러내는 것이 다음 시 「개여울」이다.

> 당신은 무슨 일로
> 그리 합니까?
> 홀로이 개여울에 주저앉아서
>
> 파릇한 풀포기가
> 돋아나오고
> 잔물은 봄바람에 헤적일 때에
>
> 가도 아주 가지는
> 않노라시던
> 그러한 약속이 있었겠지요
>
> 날마다 개여울에
> 나와 앉아서
> 하염없이 무엇을 생각합니다
>
> 가도 아주 가지는
> 않노라심은
> 굳이 잊지 말라는 부탁인지요

— 「개여울」 전문

---

45.   이러한 전도의 논리에 대한 이론적 탐구로는 가라타니 고진, 「풍경의 발견」, 『일본근대문학의 기원』, 박유하 옮김, 도서출판b, 2010, pp. 17~48.

이 시는 만물이 소생하는 봄의 "개여울에 주저앉아" 홀로 있는 외로운 "당신"을 풍경처럼 묘사하고 있다. 7·5조의 규칙적 음률이라는 재래의 형식 아래에서 전개되는 이 시는, 소월 특유의 이별의 정황과 그에 따른 서정적 애환을 피력하는 것처럼 보인다. 지극히 낯익고 자연스러워서, 한편으로는 평범해 보이기까지 하는 시의 풍경에 특별한 비밀 같은 것은 애당초 존재하지 않는 것처럼 읽히는 것도 무리가 아니다. 이 시가 이별한 화자 '나'의 애절한 심정을 표현하는 대중가요 가사로도 널리 사랑받은 것은 어찌 보면 당연할 수 있다.

그런데 이 텍스트의 실질적인 주인공이 누구인가를 살펴보면, 상황은 조금 달라질 수 있다. 이와 관련해 주목할 점은, 이 시에서 이별하는 주체가 '나'가 아니라 '당신'으로 설정되어 있다는 사실이다. 다시 말해, 여기서 풍경화되는 것은 '나'의 내면이 아니라 '당신'이며, 이로부터 예상보다 훨씬 대담한 내면적 드라마가 전개된다는 점이 중요하다. 그렇다면 어떤 일이 발생하고 있는가. 우선 이 시의 발화자는 홀로 외롭게 있는 '당신'에 대해 의문을 표하고(1연), '당신'을 주변의 평화로운 봄 풍경과 대조시키는 가운데 혼자 있는 당신의 외로움을 더욱 배가시킨다(2연). 이어지는 3연에서는, '당신'이 개여울에 머물도록 만든 어떤 '약속'이 과거에 "있었겠지요"라고 조심스럽게 추측하며 상상의 나래를 펼치고, 4연에 이르면 "날마다"라는 반복성과 규칙성을 통해, 이러한 추측을 은밀하고도 자연스럽게 기정사실로 굳어지게 만든다. 그리고 마침내 5연의 "굳이 잊지 말라는 부탁인지요"라는 종결부에 이르면, 급기야 '나'와 '당신'의 목소리는 중첩되고 구별 불가능하게 되며, 나를 떠나간 존재의 마지막 발화는 '약속'에서 '부탁'으로 재의미화될 가능성을 얻는다.

여기서 우리가 특기할 것은, 「개여울」 역시 「산유화」처럼 '나'가 모습을 드러내지 않는다는 사실이다. 그러나 눈에 보이지 않는다고 해서 존재하지 않는 것은 아니다. '나'는 개여울의 풍경이라는 시적 캔버스 위에 직접 등장하지 않지만, 실은 그 안에서 상상의 드라마를 구축하는 실질적인 주인공이다. 마치 서양의 근대 풍경화에서 화가가 자신을 드러내지 않은 채 소실점을 투사함으로써 세계를 하나의 이미지로 재편하듯,[46] 「개여울」의 숨겨진 '나' 역시 자신을 은폐한 채 '당신'에게 서정적 원근법의 소실점을 부여하고, 이를 통해 눈앞의 세계에 대한 대담한 해석과 재구성을 시도한다. 더욱 의미심장한 것은, '나'가 직접 모습을 드러내지 않았기에 이러한 모든 과정이 지극히 자연스럽게 받아들여지며, 그 결과 이 시에서 전개되는 이별의 정황이 누구의 것인지에 대한 수많은 오해가 양산되었다는 점이다.

시적 캔버스를 주재하는 보이지 않는 '나'가 구사하는 전도의 내러티브는 생각보다 극적이면서도 능동적인 측면이 있다. 가령 나의 상상 속에서 '당신'은 떠난 누군가의 '약속'에 얽매여 있다가, '부탁'을 받는 존재로 달바꿈된다(사실은 상상이다). 이별과 상실이라는 주어진 조건은 동일하지만, 그것에 대처할 수 있는 주체의 선택이 더 넓어지기 때문이다. 떠나간 '님'과 당신 사이의 권력관계로 치환해보자면, 주체의 처지에 변화가 발생한 것이다. 약속에 얽매여 있던 과거의 수동적 타자에서, 님의 부탁을 들어줄 것인지 말지를 선택할 수 있는 현재의 능동적 주체로의 변화가 바로 그것이다. 상호 텍스트적인 견지에서 보았을 때, 시집 『진달래꽃』의 첫 시로 배치된 「먼 후일」

---

46.   에르빈 파노프스키는 『상징형식으로서의 원근법』에서 서양 회화의 깊이를 창출하는 원근법이 일종의 상징형식에 해당한다고 말하며 그것이 자연적인 것이 아니라 근대에 출현한 인공적 산물이라고 주장한다. 원근법은 르네상스 시대에 브루넬레스키에 의해, 3차원의 세계를 2차원의 화면에 담는 유력한 방법의 하나로 개발된 근대적 발명품 중 하나인 것이다. 기하학에 입각한 시각 공간의 합리화라고 할 만한 이 원근법 체계는 '보는 주체'를 시각장의 중심에 위치시키고 시선을 소실점vanishing point에 집중시킴으로써 성립된다. 이에 대해서는 에르빈 파노프스키, 『상징형식으로서의 원근법』, 심철민 옮김, 도서출판b, 2014.

의 "오늘도 어제도 아니 잊고/먼 훗날 그때에 '잊었노라'"라는 구절에 담긴 시간적·심리적 이율배반은, 「개여울」 속 떠난 님에게 가하는 익살스러운 후일담적 복수처럼 느껴지기도 한다.

　　유사한 의미에서 「진달래꽃」의 화자가 보여주는 이상한 태도, 흔히 역설과 애이불비라고도 불리는 괴이한 태도에는 전통적 '한'으로 환원되지 않는 잉여 의지가 관찰되기도 한다. 이 화자는 이별과 상실이라는 상황, 다시 말해 이상적 세계와의 근본적 단절이라는 불가역적 조건을 내면화하면서도, 동시에 님이 나를 버리고 떠나려는 미래의 순간을 가정하고, 패배가 예정된 싸움 속에서 그 패배를 지연시킬 수 있는 원리를 집요하게 탐색하려는 '나'의 적극적 의지를 드러낸다.[47] 김소월의 의지라는 표현은 분명 낯설게 들릴 것이다. 현실의 세속적 언어의 차원으로 볼 때, 그는 언제나 패배하는 자, 버림받는 자, 그리하여 소외되는 수동적인 입장에 가까웠다. 그러나 자신이 구축한 서정적 풍경의 내면적 세계 속에서 그는 단지 감정에 매몰되어 한탄하는 데 그치는 존재가 아니었다. 그는 단순히 패배하는 자가 아니라, 서정적 원근법의 마술을 구사하여 세계를 적극적으로 풍경화하고, 그로부터 자신의 가능성을 능동적으로 변주할 수 있는 주체적 계기를 모색한, 내면의 입법자였다. 이른 나이에 세상을 뜬 김소월을 향해 "소월이는 순정의 사람이 아니외다. 어디까지든지 이지가 감정보다 승한 총명한 사람이외다"[48]라고 새삼 강조했던 김억의 회고에는, 우리에게 알려진 것 이상의 중대한 진실이 담겨 있다.

　　그런 의미에서 김소월의 진정한 후계자 중 하나로 거론될 만

47.　이러한 해석하에 「진달래꽃」에 나타난 근대적 주체와 세계관에 대한 대표적인 해석으로는 정과리, 「「진달래꽃」이 근대시인 까닭 혹은 몰이해의 늪에서 꺼낸 한국시의 특이점」, 「'한국적 서정'이라는 환(幻)을 좇아서──내가 사랑한 시인들·세번째」, 문학과지성사, 2020.

48.　김억, 「김소월의 추억」, 「박문」 8~9호, 1939. 6~7.

한 백석의 "산골로 가는 것은 세상한테 진 것이 아니다/세상 같은 건 더러워 버리는 것이다"(「나와 나타샤와 흰 당나귀」)라는 구절은 김소월에게도 헌정될 수 있는 자기 지시적 에피그램으로 읽힐 만하다. 일종의 정신 승리처럼 보일 수도 있는 이러한 태도는 현실로부터 패퇴한 주체가 그 변경 불가능한 현실에 대처할 수 있는 서정적 전술과 낭만적 비전이 무엇인지를 설명해준다. 소월이 자연으로 간 것은, 세상에 졌기 때문이 아니라 더러워서 버린 것이다. 아니, 소월이 간 곳은 자연이 아니었다. 그는 자연으로 도피한 것이 아니라, 시적 풍경화의 캔버스 바깥으로 진출함으로써, 세상에 패배한 '나'를 구원할 수 있는 자연을 발견하는 데 성공한다. 김소월의 시가 어떤 예외성과 혁명성을 지닌다고 말할 수 있다면, 그것은 그가 몇몇 대표적인 작품을 통해 서정적 동일성의 근대적 원근법을, 역설적으로 전통적 형식의 틀 안에서 구현하는 데 성공했기 때문이다. 또한 그가 성공한 것은 자신에 대한 구원에 국한되지 않았다. 그는 근대와 전통을 모두 구하는 데 성공했고, 바로 같은 이유에서 김소월은 근대 서정시라는 장르 자체의 한국적 토대를 제시한, 전통주의자이자 모더니스트라는 예외적 형상으로 자리매김할 수 있었다.

6. 에필로그— 억압된 것의 회귀

문학사적 상식에 따르면, 한국 근현대문학을 관통하는 두 개의 중심축은 리얼리즘과 모더니즘이다. 문학과 현실, 예술과 정치의 관계를 둘러싼 상반된 입장을 지닌 두 진영은, 1920년대 중반 이후로 다양한 이름들로 불리며, 한국 사회가 직면한 시대적 과제와 현실에 따라 문학의 헤게모니를 둘러싼 적대적 공생을 이어왔다. 반면 하나의 사

조이자 세력으로서의 낭만주의는 이른 시기에 요절했고, 그 이후로
도 잘 나타나지 않았으며, 설령 잠깐 세력을 형성하는 조짐이 보이더
라도 리얼리즘과 모더니즘 사이의 패권 경쟁 속에서 철저히 외면받
는 것처럼 보였다. 우리가 낭만주의를 특정 시대의 산물로만 한정한
다면, 그것은 확실히 이미 그 역할을 다한 과거의 유산에 불과할 것
이다. 그러나 사조로서의 낭만주의가 단명한 것과 달리, '낭만적인 것'
이라고 부를 수 있는 예술적 충동과 미학적 이상주의는 그보다 오래,
어쩌면 지금까지도 생존해 있는 것인지도 모른다. 비록 낭만주의라
는 이름이 거론되지 않더라도, '진실한 나'에 대한 열망, 감정의 절대
성과 예술의 자율성에 대한 믿음, 그리고 현실을 넘어선 세계에 대한
상상적 비전이라는 낭만주의의 핵심 테제는 근대 이후 내내 잠재적
인 문화적 반란의 언어에 유용한 자원을 제공했기 때문이다.

　　요컨대 낭만주의 시대의 종언이 낭만주의적인 것의 진정한 종
언을 의미하는 것은 아니었다. 오히려 그 사조가 너무 이른 시기에 요
절했기 때문에, '낭만주의적인 것'이라 불릴 수 있는 감각과 사유의
흐름은 어느 한 진영에 고착되지 않고 다양한 문학적 형식과 시대적
맥락에 유연하게 스며들 수 있었는지도 모른다. 문학이라는 자기 테
크놀로지를 통해 근대적 주체와 세계를 기획해야 했던 모든 순간마
다, 낭만주의는 새로운 세계에 대한 비전과 진실한 '나'의 충동을 일
깨우는 상상력의 원천으로 기능해왔다. 아이러니하게도 낭만주의는
종종 상반된 두 진영 사이에서 형성되는 잠재적 교집합을 지시하는
이름처럼 여겨질 수도 있었다.

　　이를테면, 식민지 모더니즘의 아이콘에 해당하는 이상은 동인
지 시대 낭만주의의 직접적이면서도 변종적인 계승자였다. 표면적으
로 그는 낭만이라는 단어가 환기하는 대중적 의미의 정반대에 위치
한 인물처럼 보일 수도 있다. 그는 김소월이 입안한 아름다우면서도

서정적 내면성과 전혀 무관해 보였다. 그의 작품으로부터 깊이 있는 원근법적 내면은 찾아보기 어렵고, 삶의 진실이나 진정한 감정을 표현하기보다는 "위트와 패러독스"(「날개」)로 구성된 트릭과 혼란, 그리고 자기 자신이 설계한 해명 불가능한 텍스트의 수수께끼 속으로 독자를 끌어들이는 데 몰두했던 인물이기 때문이다. 그러나 바로 그 점에서, 그는 전대의 낭만주의자들보다 한층 급진적인 존재였다. 무엇보다 그는 자신의 삶을 철저히 문학적 실험의 무대로 삼았고, 도덕과의 관계를 사실상 차단한 채, 파격과 일탈로 점철된 상상력을 자신의 문학적 자화상을 그리는 동력으로 삼았다. 또한 그는 근대 과학에 대한 이해에 있어서 이광수보다도 한걸음 전진해 있었다. 과학을 근대의 구원 서사로 신봉했던 이광수와 달리, 이상은 수학·과학·물리학에 정통했으며, 바로 그러했기에 과학이 신앙처럼 숭배되고 있다는 근대적 현실을 예리하게 간파하고 있었다. 그는 첨단 학문을 절대화하지 않았고, 오히려 그것을 사신의 시적 장치이자 도구로 전유하면서 과학 자체를 탈신비화하고자 했다. 아이러니한 것은, 그가 일으킨 수많은 문학적 소동과 실험이 결국 그 자신을 낭만적으로 다시 신화화하는 데 일조했다는 점이다.

　　이상에게 그 누구보다 적대적이었고, 그를 척결 대상으로 삼았던 임화도 낭만주의적이긴 마찬가지였다. 카프의 맹주였던 그가 카프 해산 이후를 새롭게 모색하며, 자신의 혁명적 비전을 '위대한 낭만적 정신'[49]으로 규정했다는 사실은 잘 알려져 있다. 자신이 직면한 정치적 위기를 타개하기 위해 『백조』를 다시 읽었던 당시의 임화는, 「우리 오빠와 화로」를 썼을 때부터 감지되었던 자기 안의 낭만주의적 면모를 더욱 전면화하고, 현실을 개조하기 위한 새로운 리얼리

49.　　임화, 「위대한 낭만적 정신」, 『동아일보』 1936년 1월 1일~1월 4일, 총 3회 연재.

즘적 비전을 제시하기 위해 혁명적 주관성의 논리를 탐색했다. '해협의 로맨티시즘'으로 상징되는 그의 시적 낭만주의는, 끝없이 펼쳐진 바다의 수평선 위로 "내일"(「현해탄」)이라는 유토피아적 시간 지평을 투사하는 상상력의 장을 펼쳐 보인다. 김소월의 '나'가 자연이라는 외부 세계에 소실점을 부여함으로써 내면의 풍경화를 구성했다면, 임화의 '나'는 저 먼 미래의 수평선에 역사 발전의 소실점을 설정함으로써 정치적 희망의 원근법을 끝까지 견지하고, 동시에 자기 자신을 지키고자 했다.

이처럼 낭만주의는 평소라면 전혀 만나지 않을 것 같은 서로 상반된 두 입장을 매개하는 이름 없는 가교 같은 것이기도 했다. 물론 그 만남이 평화로운 것은 아니었다. 낭만주의는 그들의 원천이자 동시에 적이었기 때문이다. 그들은 나와 세계를 향한 새로운 비전 속에 남아 있는 스스로의 낭만적 경향에 대해서는 관대했지만, 상대 진영의 낭만적인 태도에 대해서는 엄격했다. 이것은 단순히 이율배반이 아니었다. 반복하건대, 단일한 낭만주의가 있는 것이 아니라, 복수의 낭만주의'들'이 공존하는 현상은 낭만주의의 역사에서 어쩌면 당연한 일이었기 때문이다.

공시적으로 낭만주의들은 서로 적대적이었고, 통시적으로도 서로를 타도와 배제의 대상으로 간주했다. 특히 문학과 정치라는 화두를 둘러싼 일대 전투가 발생하는 곳에서 낭만주의는 늘 주된 비판의 표적이자, 이름 없는 공격 대상이었다. 대체적으로 그러한 공격은 일시적으로는 성공을 거둔 듯했다. 그러나 그것이 완전하고도 영원한 승리를 의미하지는 않았다. 낭만적인 것은 늘 예상치 못한 방식으로 부활을 선언하며, 한국 근현대문학사의 전환점마다 그것이 요구하는 새로운 계기를 마련해줄 유의미한 자원으로 활용되었기 때문이다. 프로이트식으로 말하자면, '억압된 것의 회귀'야말로 낭만주의의 생존 방식을 설명하는 가장 유효한 원리인지도 모른다.

　이러한 사실은 몇 가지 비근한 문학사적 사례들을 통해서도 확인할 수 있다. 이를테면 '운동으로서의 문학'을 표방하던 1980년대가 급속히 퇴조하고, 새로운 전환점을 맞이한 1990년대는 낭만주의의 공식적 복권을 상징하는 시기였다. 당시 비평 담론에서 빈번히 호출되었던 '개인의 내면' '진정성' '문학으로의 회귀' 같은 언표들은, 3·1운동 좌절 이후의 내면화된 풍경 혹은 카프 해산 이후 형성된 정서적 분위기와 역사적으로 공명하고 있었다. 흔히 '문학주의의 시대'로 불리는 1990년대의 흐름은, 표면적으로는 1980년대와 결별하고 미래로 향하는 듯 보였지만, 넓은 의미의 낭만주의적 관점에서 보면 오히려 오래된 것의 복구를 의미하는 것처럼도 묘사될 수 있었다.

　한편 2000년대 한국 시단에서 일어난 대대적인 변화, 혁명에 비견될 만한 시적 전환은 낭만주의에 대한 전방위적 공격이기도 했다. '미래파'로 불렸던 새로운 세대의 전위적이고 실험적인 경향은, 가까이는 1990년대 이후 주류로 자리 잡은 '진정한 나'에 대한 의심을 품고 있었으며, 멀게는 김소월로부터 이어지는 서정적 전통 자체와의 급진적 결별을 선언하는 움직임이었다. 누군가에게 그것은 반란처럼 보였지만, 누군가에는 분명 혁명이었다. 비록 낭만주의라는 이름이 직접적으로 거론되지는 않았지만, 그들이 항거했던 핵심 대상은 오랫동안 한국 서정시의 권위를 구성해온 서정적 자아의 헤게모니, 다시 말해 하나의 시학적 독재 권력 체제였다. 당시 가장 빈번하게 호출되었던 존재 중 하나가 이상이었고, 이들은 실제 이상의 후예처럼 보였다. 이상의 계보는 이전에도 간헐적으로 계승되어왔지만, 그것이 시단의 중심을 차지한 것은 이 세대에 이르러 처음이었다. 비평의 적극적인 지원 속에서 이들은 결국 시단의 주류가 되는 데 성공했고, 낭만주의적 '나'에 대한 탄핵 절차가 마침내 마무리되었다는 인상을 주기도 했다.

   문제는 그들의 혁명이 불완전했다는 사실이 오래가지 않아 밝혀졌다는 점이다. 2010년대 중반, 표절과 문단 내 성폭력 사건이 연이어 불거졌고, 특히 전위적인 시 세계로 주목받았던 일부 시인들이 그 논란의 중심에 있다는 사실이 드러나면서 사태는 급반전하기 시작했다. 서정시의 낭만적 자아의 권력은 약화되었지만, 문단이라는 자족적 네트워크와 시스템 안에서 정작 시인들의 상징적 권력은 강화되었다는 사실이 드러난 것이다. 이 과정에서 문학과 예술가에 대한 과도한 신비화와 문학주의가 폐해의 근원이었다는 비판이 힘을 얻었다. 직접적으로 언급되진 않았지만, 그 비판들이 겨냥하고자 했던 또 하나의 숨겨진 이름이 바로 낭만주의였다는 사실은, 낭만주의와의 길고 긴 전투가 아직 끝나지 않았다는 사실을 방증했다. 문학과 예술의 자율성, 작품과 작가의 분리 등과 같은 고전적이고 익숙한 질문이 다시 재판에 회부되었으며, 그에 따라 문학과 현실 사이의 익숙한 전선과 대립이 반복되었다. '페미니즘 리부트'와 '퀴어 혁명'이 불러온 급진적 분위기는 문학사의 유구한 '나'의 전통이 남성 지식인의 유산에 불과하다는 사실을 깨우치게 함으로써, 새로운 계몽주의적 흐름을 견인했다. 이러한 반복과 전복의 분위기는 현실의 법정과 달리 문학사의 법정에는 최종심이 없다는 것을 유감없이 증명했다.

   그렇다면 과연 오늘날 낭만주의는 극복된 것일까. 어느덧 10주년을 맞은 '페미니즘 리부트' 이후의 시간을 되돌아보면, 분명 문학장 안팎에서 많은 변화가 있었음을 확인할 수 있다. 그러나 다시금 '나'를 향한 낭만적 열정의 문화적 발현 양상을 들여다본다면, 그 종언을 단언하기란 여전히 쉽지 않다. 일인칭 서사의 활발한 복권, 오토픽션의 유행, 점차 일상화되고 있는 자기 전시의 테크놀로지는 동시대 문학과 문화에서 '나'를 규명하고 해부하며 표현하는 일이 여전히 중요한 화두임을 보여준다. 그것은 '나'에 대한 새로운 혁명일까, 익숙한 낭만주의의 반복일까. 아니면 신자유주의 시대에 더욱 교묘하게 전개되는 자아에 대한 통치술의 다변화된 양상일까. 이 글의 서두에서 인용한 RM의 메시지, 진실한 나를 발견하고 표현하라는 명제는 점차 고도화되어가는 미학적 자본주의, 또는 자본주의의 미학화를 드러내는 징후적 목소리는 아닐까.

그에 대한 평가는 훗날의 역사가에게 맡길 수밖에 없을 것이다. 역사는 본질적으로 미래의 평가를 예측하고 예언하는 분야가 아니라 과거를 되돌아보는 학문이며, 그로부터 현재를 (평가가 아닌) 이해할 수 있는 질서와 패턴을 모색하려는 시도이기 때문이다. 이 글에서 거듭 언급된 '낭만주의'라는 단어는, 주체('나')에 대한 현대적 욕망이 지속되고, 그와 더불어 세계를 향한 새로운 비전을 추구하는 흐름이 멈추지 않는 한, 소멸되지 않고 반복해서 나타날 문화적 내면을 시사하는 다양한 이름 가운데 하나일 뿐이다. 라캉은 『세미나 11권 Le Séminaire. Livre XI』에서 이렇게 말한 바 있다. '무신론의 진정한 공식은 '신은 죽었다'가 아니라 '신은 무의식이다'입니다.'[50] 낭만주의를 설명하는 진정한 공식 역시 이와 크게 다르지 않을 것이다.

---

50. 자크 라캉, 『자크 라캉 세미나 11── 정신분석의 네 가지 근본 개념』, 맹정현·이수련 옮김,
     새물결, 2008, p. 96 참조.

한국 여성시의 시작(始作/詩作)을 돌아보다

—'탄실이'부터 '비리데기'까지

강계숙

1

이 글은, "한국에도 셰익스피어의 여동생이 있었다……"라는 문장으로 시작되어야 한다. '셰익스피어의 여동생'은 버지니아 울프가 『자기만의 방』(1929)에서 한 이야기이다. 셰익스피어보다 뛰어났고 열정도 그에 못지않았지만, 여자라는 이유로 필요한 교육을 제대로 받지 못하고 집안일에 시달리다 꿈을 이루려 가출한 후 제대로 된 기회를 얻지 못한 채 나쁜 남자의 농락에 죽음을 선택하고 만 주디스 셰익스피어. 무덤도 없이 도시 인근 쇼핑센터 근처에 묻혀 있다는 이 여동생의 사연은 물론 울프가 지어낸 이야기다. 울프의 의도는 명백하다. 훌륭한 시인이 될 수 있는 자질을 갖고 태어났으나 자신의 가능성을 시험할 기회조차 얻지 못한 채 이름 없이 사라져간 여성이 역사 속에는 얼마나 많을 것인가? 자기 서명을 직접 남긴 여성의 자취가 세계 어디나 희소하다는 점을 떠올리면, 울프의 이야기는 부인할 수 없는 진실을 담고 있다. 17세기에, 아니 19세기까지도 '여자 셰익스피어'란 존재할 수 없었다는 사실 말이다. 관습적으로도, 제도적으로도, 쉬이 용납되지 않았던 여성의 문학적 재능은 울프의 상상이 암시하듯 현실화될 수 없는 가능태로 머물거나 영혼 저 깊은 곳에 놓여 있다 가뭇없이 말라버릴 씨앗과 같았다. 만약 발아의 기회가 주어진다면, 그것은 오히려 여성 자신을 불우한 운명으로 이끌 출발점이 되기도 하였다.

　　'심리학의 아버지'로 불리는 윌리엄 제임스와 미국 문학의 거장인 헨리 제임스의 동생이었던 앨리스는 오빠들만큼 명민한 천재였다. 하지만 가부장적 아버지로 인해 소질에 걸맞은 교육을 받지 못하고 심한 우울증에 시달리다 자살을 시도하는 등 온갖 정신적 장애를 겪으며 평생 침대를 벗어나지 못한 채 생을 마감했다. 그녀는 『다락방의 미친 여자』(1979)에서 계보화된 '여성의 광기', 특히 문학적 열기와 충동이 적절한 출구를 얻지 못해 내면의 심층에 갇혀 있다 제 숨을 틀어막는 병인으로 화(化)해 정신분열로 내몰린 여성의 불행을 보여준다. 만약 그녀가 오빠들처럼 학업에 매진하거나 활발히 창작 활동에 임할 수 있었다면 어떤 삶을 살았을까? "서재에서 책을 읽고 있을 때 나 자신을 창문 밖으로 던져버리거나, 은백색 머리카락의 자비로운 아버지가 책상에 앉아 무언가를 쓰고 있을 때 그의 머리를 부숴버리고 싶은 격렬한 충동이 갑자기 온갖 형태로 나의 근육을 덮치는 것을 느꼈다"[1]라는 그녀의 고백은 자기 징벌의 욕구가 '아버지'로 상징되는 가부장적 질서에 대한 여성적 분노에서 기인함을 강하게 환기한다. 급작스럽게, 제어하기 힘들 정도로 솟구치는 이 광분이 "책"으로부터 발화한다는 점도 의미심장하다. 아버지의 쓰기 앞에서 '나'의 읽기는 '나'의 불능과 무능을 가리키며, 이러한 사실의 확인은 억눌린 외상의 발작적 융기를 통제하지 못한다. 그러니 분노에 사로잡힌 셰익스피어의 여동생'들' 앞에 놓인 두 갈래 길, 즉 광기와 자살, '미쳐버리거나 죽거나'의 유사 변주가 근대문학에서 여성이 자기 존재—창작자로서든 등장인물로서든—를 알린 이래 되풀이되는 모티프로 나타나는 것은 우연이 아니다(이 대목에서 버지니아 울프의 죽

1.　　샌드라 길버트·수전 구바, 『다락방의 미친 여자』, 박오복 옮김, 북하우스, 2022, p. 877.

음이 떠오른다. 그녀 또한 셰익스피어의 여동생 중 한 명이 아닌가). 비
유컨대, 앨리스의 광기와 주디스의 자살은 한 뿌리에서 돋아난 쌍떡
잎 잎새다. 그리고 이 비운의 문학종(種)은 외래품에 국한되지 않는
다. 우리에겐 두 잎을 모두 내보인 시인이 있다. 그녀는 백 년 전에 다
음과 같은 시를 남겼다.

> 조선아 내가 너를 영결할 때
> 개천가에 고꾸라졌던지 들에 피 뽑았던지
> 죽은 시체에게라도 더 학대해다오.
> 그래도 부족하거든
> 이다음에 나 같은 사람이 나더라도
> 할 수만 있는 대로 또 학대해보아라
> 그러면 서로 미워하는 우리는 영영 작별된다
> 이 사나운 곳아 사나운 곳아.

—「유언」(p. 95) 전문[2]

이 시를 쓴 주인공은 자신의 공동체를 향한 격한 감정을 숨기지 않고
있다. 피 흘리며 고꾸라진 "죽은 시체"에도 "학대"를 가하라는 외침은
절규에 가깝다. "나 같은 사람"은 다시 나올 테지만, 당신들의 괴롭힘
은 지금과 다르지 않을 것이라는 계시적 예감은 시를 더욱 무겁게 만
든다. 학대의 유전(遺傳)이 계속될 조선을 "사나운 곳"으로, 남성적 지
옥의 세계로 탄원하는 목소리는 마치 조선에 영원히 저주를 내리는
듯하다. 죄지은 자들은 이럴 때 목소리를 봉인하고 발화자의 존재를

---

2.   김명순, 『김명순 전집──시·희곡』, 맹문재 엮음, 현대문학, 2009. 이하 김명순의 시는 이
       책에서 인용.

지우려 한다. 그래서일까? 한국문학사는 오랫동안 그녀의 이름을 완전히 지우는 것으로 응대했다. 김소월의 『진달래꽃』(1925)이 세상에 나오던 그해 『생명의 과실』이라는 시집을 발간했던 한국 최초의 여성 시인. 남성 문인들과 문단에 의해 린치에 가까운 공격을 받고, 우울증을 앓다 자살을 시도하기도 했던, 거처도 없이 떠돌다 말년에는 끝내 실성하여 일본의 뇌병원에서 쓸쓸히 죽어간 시인. 용기 있게 문학적 천분을 펼쳐 보이려 했으나 불행의 질곡을 피하지 못했던 또 한 명의 '다락방의 미친 여자'. 김명순은 한국의 주디스 셰익스피어로 기억되어야 한다.[3]

주지하다시피, 근대사회의 진입이라는 시대적 변화에 따라 한 '인간'으로서 여성의 자아 각성[4]은 봉건사회에서 찾아보기 힘든 자기

---

3. 김명순은 1896년생으로 1917년 잡지 『청춘』에 단편소설 「의심의 소녀」가 2등으로 당선되면서 문학 활동을 시작하였다. 『창조』(1919)와 『폐허 이후』(1924)의 동인이었고, 매일신보사에 입사하여 이각경, 최은희 등과 함께 초창기 여성 신문기자로 활약하면서 1925년 한국 최초의 여성시집 『생명의 과실』(한성도서주식회사)을 발간하는 등 1920년대 중반 문인으로 주목받았다. 일본어뿐만 아니라 영어와 불어도 구사하여 보들레르와 포의 작품을 번역하기도 했으며, 여러 편의 소설과 희곡을 남겼다. 하지만 어머니가 기생 출신임을 문제 삼으며 일본 유학 시절 겪은 성폭행을 문란한 혈통과 품행에서 빚어진 일로 가십화한 당대 매체와 대중의 왜곡된 시선 때문에 큰 심리적 타격을 입었다. 그 후 김명순에게 직접 공개장을 제시한 김기진의 노골적인 비판과 『별건곤』에 「은파리」를 연재하던 방정환에 의해 "남편 많은 처녀"라는 조롱을 받으면서 김명순의 활동은 크게 위축된다. 결정적으로 김동인의 「김연실전」이 김명순을 모델로 한 소설이라는 루머가 퍼지면서 그녀는 조선에서의 삶을 포기하기에 이른다. 그녀의 존재 자체를 공적으로 인정하길 거부하는 남성 문인들의 반응은 그야말로 처벌과 축출에 가까웠다고 할 수 있다. 김명순의 생애와 젠더 이슈에 대해서는 이은경, 「단군신화 바깥에서 유랑하는 신여성──탄실 김명순」, 『여/성이론』 제2호, 도서출판여이연, 2000; 최명표, 「소문으로 구성된 김명순의 삶과 문학」, 『현대문학이론연구』 제30집, 현대문학이론학회, 2007; 남은혜, 「김명순 문학 연구」, 서울대학교 석사학위논문, 2008; 서정자, 「김기진의 「김명순씨에 대한 공개장」 분석」, 『여성문학연구』 제43호, 한국여성문학회, 2018 참조.

4. 나혜석의 소설 「경희」의 마지막 장면은 근대적 개인으로 각성되기 시작한 여성의 '인간 선언'을 보여준다는 점에서 문학사적 의미가 크다. "그러면 내 명칭은 무엇인가? 사람이지! 꼭 사람이다. [……] 경희도 사람이다. 그다음에는 여자다. 그럼 여자라는 것보다 먼저 사람이다. [……] 여하튼 두말할 것 없이 사람의 형상이다. 그 형상은 잠깐 들씌운 가죽뿐 아니라 내장의

표현의 욕구와 그 구체적 실현으로 글쓰기에 대한 욕망을 키웠다. 하지만 그러한 욕망 이면에는 남성 중심 사회의 강고한 전통과 질서로 인해 여성으로서의 자기주장이 궁극에는 불가능할 것이라는 불안이 내재되어 있었다. 자신의 글쓰기가 비판의 대상이 될지 모른다는 여성적 불안만 상존했던 것은 아니다. 가정을 벗어나 공적·사회적 진출을 시도한 '노라'[5]들에 의해 여성의 사회적 지위의 변화가 초래되면서 남성의 불안도 함께 증대되었다. 대표적 신여성이자 주목받는 문인이었던 김명순을 향한 남성 문인들의 비아냥과 조롱[6]은 연애 스캔들을 내세워 여성의 글쓰기를 공격한 남성적 히스테리의 한 예다. 여성적 불안과 남성적 불안, 이 둘의 복합적 착종은 김명순을 광기와 죽음으로 내몰았고, 그녀의 이름은 하나의 상징적 사건이 되었다. 여성이 문학적 글쓰기를 통해 자기 언어를 말하기 시작하였다는 것과 그에 대한 사회적 반응이 어떻게 가시화되었는지가 그녀의 죽음에 깊이 결부되어 있는 것이다. 김명순을 향한 당대의 이러한 비난은 그녀

구조도 확실히 금수가 아니라 사람이다"(김명순 외, 『근대여성작가선』(한국문학전집 47), 문학과지성사, 2021, pp. 198~99).

5.　신여성의 등장과 그들의 활동을 입센의 희곡 「인형의 집」의 '노라'에 빗대 집 나간 여성들의 방종으로 풍자한 것은 당시 매체와 평자들의 흔한 논평이었다.

6.　대표적으로 김기진의 「김명순씨에 대한 공개장」을 꼽을 수 있다. 김기진이 이 글을 쓴 목적을 유미주의를 지향하던 임장화 등과 가까운 사이였던 김명순을 타깃으로 문단의 데카당스를 비판하는 데 있었다고 설명한 경우도 있으나, 그 내용을 보면 김명순의 '작가로서의 명예'를 노골적으로 폄훼하는 데 그 목적이 있었음을 알 수 있다. 다음은 공개장의 일부이다. "그는 평안도 사람의 기질(썩 잘 이해하지는 못하나마)인 굿고도 자가방호하는 성질이 만흔 천성에 여성통유의 애상주의를 가미하야갓고 그우에다 연애문학서류의 펭키칠을 더덕더덕 붓치여놋코 이부자식이라는 환경으로 말미암아 조곰은 꾸부정하게 휘여저가지고(이것이 우울하게 된 까닭이다) 처녀 때에 강제로 남성에게 정벌을 밧덧다는 이유가 잇기 때문에 더한층 히스테리가 되여가지고 문학중독으로 말미암아 방분하야젓다는 것이다. 그리고 이것들 제요소를 층층으로 싸아논 그 중간을 꾀여 뚤코 흘르는 것이 외가의 어머니 편의 불순한 **부정한 혈액**이다. 이 혈액이 때로 잠자고 때로 구비치며 흐름을 딸하서 그 동정이 일관되지 못한다. 그리하야 이 동, 정이, 그의 시에, 소설에, 또한 그의 인격에 나타난다"(김기진, 「김명순씨에 대한 공개장」, 『신여성』 1924년 11월호, p. 50. 강조는 인용자).

의 글을 문학이 아니라 부정(不貞)한 가계와 내밀한 속살을 드러낸 '구경거리spectacle'로 여겼지만, 과연 그러한가? 그녀의 시는 문학이 아니었던가? 남성적 시선과 평가에 의해 문학사에서 사장된 주디스와 앨리스가 한국에도 존재했다는 사실을 떠올리기 위해서라도, 한국 여성문학사의 정전을 새롭게 작성하고 계보화하기 위해서라도, 한국의 여성시를 되돌아보는 이 글은 김명순의 시에서 출발해야 한다. 마땅히 그래야 한다.

2

이 글의 목적은 한국 여성시의 초기 역사를 '나'를 키워드로 삼아 되돌아보는 데 있다. 이를 위해 먼저 몇 가지 살펴볼 내용이 있다. 우선 앞서 거론한 글쓰기를 둘러싼 여성의 불안이다. 이는 역사적 뿌리가 깊은 문제로, 여성의 글쓰기는 여성의 교육과 직결되는바 동서양을 막론하고 전통 사회는 이에 대해 매우 부정적이었다. 이는 우리의 경우도 마찬가지여서 근대 계몽기에도 크게 달라지지 않았다. "조선시대에는 여성에 대한 교육이 식자우환을 **초래한다**고 여겨졌다. 이러한 편견은 근대에 접어든 1920년대에도 마찬가지였다. 여자의 고등 교육은 결혼이나 생식력에 장애가 된다는 주장이 나올 정도로 **지식과 교양을 여성에게 불행을 가져오는 화근으로 여겼으며**, 시집을 잘 보내기 위한 겉치레 정도로 생각하였다"(강조는 인용자).[7] 글을 깨우친 여성이 과거에도 없었던 것은 아니다. 하지만 "가부장적 남성 사회를 보완하는 범위 내의 지식"[8] 습득만이 허용되었다. 이 때문에 글쓰기에 대

---

7.   김경일, 『여성의 근대, 근대의 여성』, 푸른역사, 2004, p. 273.

한 여성의 불안은 고전 작품을 남긴 여성들의 행적에서도 쉽게 확인
된다. 여성들은 자주 시 쓰기를 스스로 금하였는데, 허난설헌은 죽기
전 자신의 시문을 전부 소각할 것을 유언으로 남겼고,[9] 서영수합은
"여자가 문사에 능하면 운명의 기박함이 많으므로 금해야 한다는 어
머니의 생각 때문에 글을 배울 수 없어 때때로 여러 형제들을 따라가
옆에서 그들이 읽고 읊는 것을 들었다"[10] "그러나 그는 시를 짓는 것이
여성의 본분이 아니라 해서 처음에 조금씩 알게 된 것이 있어도 절대
즐겨 붓을 잡고 종이를 대하려 하지 않았다고 한다. 서씨는 시 짓기가
'부인의 일이 아니다'라 했을 뿐 아니라, 남편이 세상을 떠난 후에는 다
시 시 짓기를 하지 않았다"[11]고 전해진다. 정일헌도 "여가가 있을 때에
시를 읊었으나 다른 사람들이 보지 못하도록 감추었다가 갑오년 난이
일어났을 때 모두 불태워 버렸다"(강조는 인용자).[12]

　　시를 짓고 다시 그 시를 없애는 행위는 여성의 글쓰기를 터부
시[13]하는 기존 사회의 요구에 순응한 탓이지만, 이러한 엇비슷한 행

8.　　같은 책, p. 274.

9.　　허난설헌의 시기 소각된 후 친정에 보관되어 있던 일부를 동생 허균이 명나라 사신에게 주어
　　　1606년 중국에서 『난설헌집』이 처음 간행된다. 이후 조선에 재유입된 허난설헌의 시는
　　　표절설에 휩싸이게 된다. 중국 유명시를 베낀 것에 불과하다는, 심지어 난설헌이 아니라
　　　허균이 쓴 시라는 남성 사대부들의 주장은 한마디로 여자가 시를 쓴다는 것에 대한 편견과
　　　부정으로 모아진다. 남성 중심의 문학장(場)에서 주목받는 여성 작가를 배제하려는 신경증적
　　　반응을 여기서도 확인할 수 있다. 허난설헌의 표절 논란에 대해서는 이숙인, 「갈등하는 기억과
　　　상상―역사인물 허난설헌」, 『여/성이론』 제25호, 도서출판여이연, 2011 참조.

10.　　이혜순, 『한국 고전여성 작가의 시세계』, 이화여자대학교출판부, 2005, p. 55.

11.　　같은 책, p. 61.

12.　　같은 책, p. 105.

13.　　심지어 한시를 지었다는 이유로 가문에서 쫓겨난 경우도 있다. 옥봉은 억울한 일을 당한
　　　아낙의 부탁으로 소장을 작성하면서 풍자시를 부기하였다가 남편에게 내쫓김을 당한다.
　　　옥봉의 사건은 시사하는 바가 큰데, 여성이 한시를 쓴다는 것은 사적 영역―가족 간의
　　　문답이나 편지의 일환―에 한정된 것으로, 옥봉의 처신은 접근이 불허된 공적 영역에서 시의
　　　형식으로 자신의 영향력을 행사한 것이기에 도저히 묵과할 수 없는 행동이자 본분을 망각한
　　　부덕으로 인식되었을 것이다. 말하자면, 그녀의 시는 반사회적 일탈이었던 셈이다. 이 사건에

동의 반복은 일종의 강박 행동으로 글쓰기의 욕망과 실행, 그 결과 사이의 불일치가 불안을 야기한 데 따른 것이다. 이러한 불안은 여성의 글쓰기가 사회적으로 활발해지기 시작하는 근대 계몽기에도 계속된다. "여전히 여성 독자들은 자신의 공적 발언이 허물이 될지도 모른다고 우려하지만, 공적 담론에 동참하는 여성 독자들의 목소리는 매우 조심스러우면서도 또한 의욕에 차 있었다. '우매한 한 개 여자'가 '감히 세상사를 장황 논설'하니 남에게 '욕낱이나 퍽 듣겠'다고 송구해 하면서도, 그런 우려가 이 여성 독자들의 투고 결심을 결국 꺾지는 못했다"(강조는 인용자).[14] 국문 신문의 등장으로 글쓰기 영역이 확대되면서 이에 적극적으로 반응하는 여성들이 늘어났지만, 자신의 공적 발언이 욕을 먹는 행위가 될 것이라는 우려는 의식 한편에서 여전히, 강하게 지속된다. 이런 맥락을 염두에 둔다면, 글쓰기 주체로서의 여성의 불안은 역사적 기원이 오랜 증상이므로 쉽게 해소되거나 극복될 수 있는 문제가 아니다. 그렇기에 근대문학의 출발과 함께 여성의 문학적 자아의 창조는 내적 분투(자기 불안과의 싸움)와 외적 투쟁(남성 중심 사회와의 싸움)이 동시에 시도되는 기나긴 모험이 된다. 물론 이 모험의 끝에는 타협과 결탁과 순치라는 결과도 있다. 시의 경우 시적 화자인 '나'는 불안의 주체가 발하는 목소리— 꽤 오랫동안, 개인에 따라 각기 다양한 양태로— 로 등장하며, 이러한 자아의 재현은 여성시의 고유한 특질과 개성으로 이해될 필요가 있다.

　　이와 관련하여 '나'의 함의도 재검토가 필요하다. 근대문학에

숨겨진 또 하나의 의미는 아무리 여성이 시 쓰기에 능한 재주를 가졌다 할지라도 그것은 친교 관계에서나 허락되는 '잔재주'로 의식되었다는 점이다. 그러한 '잔재주'를 나랏일에 부린 여성을 집안에 남겨두는 것은 당시의 가부장에겐 용납될 수 없는 일이었을 것이다. 옥봉의 일화는 같은 책, p. 42 참조.

14.　이경하,「대한제국 여인들의 신문 읽기와 독자 투고」,『되살아나는 여성』, 여성문화이론연구소 엮음, 도서출판여이연, 2019, p. 117.

서 '나'란 근대적 자아/개인/주체를 뜻한다. 자기 각성/발견/인식으로부터 출발하여 사회/세계로부터의 독립성, 유일무이함에 대한 자각, 자기 규범성 및 자율성의 확보, 이성적·합리적 판단에 의한 세계 변화에의 의지와 실천 등이 이 단어들이 뜻하는 바다. 하지만 각각의 개념은 구분될 필요가 있다. 특히 자아와 주체의 구분이 필요한데, 주체subject가 대자적 존재로서 사회의 상징적 질서를 내면화하면서 존재의 성장을 이루어갈 때, 그 정립 과정에서 쏘아 올린 자기-이미지가 바로 자아ego이다. 달리 말해 자아는 주체 편에서 상상되거나 가정된 '나'라는 존재의 형상이다.[15] 일인칭 장르로 규정되는 시의 경우 자아와 주체의 이러한 개념 분리는 더더욱 필요한데, 시 속에서 말하는 '나', 흔히 시적 화자로 불리는 이 자아는 글쓰기-주체에 의해 일정하게 윤곽이 그려진 자기의 가상적 형상이라 할 수 있다. 주로 시 내부를 지배하는 목소리로 나타나며, 직접 말을 하는 존재로 인지된다. 이로 인해 시는 일인칭 화자의 문학으로 정의되며, 이인칭, 삼인칭으로 씌어질 때에도 '너/당신' '그/그녀'는 '나'의 변용으로 읽힌다. 그만큼 시 전체를 통어하는 자아의 목소리는 강력하다. 바흐친이 시를 단성적이고 단일한 목소리의 장르로 규정한 것도 이 때문이다. 그러나 자아가 주체 자신인 것은 아니다. 주체의 요구에 의해 상정된 가상의 이미지이기에 자아는 수정되거나 가공될 여지가 있다. 주체의 특징을 부풀리거나 감출 수도 있다. '나'는, '나'의 목소리는 주체 편에서의

---

15.   정과리는 자아와 주체의 이러한 차이를 더 자세히 설명한다. "언어적 경험을 통해 주체는 대상과 교섭하는 존재로 성장한다. 주체는 비로소 그런 교섭 능력을 가진 자신의 존재 내용과 존재 형상을 세우게 된다. 그것이 '자아ego'이다. 자아는 주체 그 자신이 아니다. 그것은 주체가 자기에 대해 상정하는 이미지이다. 그것은 가상이지만 그러나 가짜로서의 가상이 아니다. 그것은 순수한 본능적 주체이길 관두고 세상의 다른 존재들과 원리적 차원에서 동등하고 다양한 관계를 나누는 대-사회적 주체로서 자신을 세우기 위해 조성한 자신의 가정적(때로는 이상적이기까지 한) 형상이다"(『한국 근대시의 묘상 연구』, 문학과지성사, 2023, p. 105).

무의식적인 자기 재연·자기 현시이기 때문이다. 이는 시적 자아와 주체의 거리가 매우 가깝다고 의식되는 시에서조차 화자와 시인을 분리하는 이유이기도 하다.[16]

그런데 이 주체가 근대적 개인으로 특성화될 때, 즉 봉건 질서로부터 벗어나 독립적이고 자율적이며, 합리적으로 생각하고 판단하고 실천함으로써 세계를 변혁하는 사회적 존재로 나타날 때, 이는 대개 '남성적인 것'으로 규정된다. 젠더적으로 근대적 – 이성적 – 남성적 주체는 동일하게 계열화된다. 그렇다면 질문은 다음과 같다. 불안(과 같은 감정 혹은 정념)을 발하는 '나'는 이성적 판단과 합리적 인식에 의해 그러한 감정을 통어하지 못한 존재이므로 근대적 형상으로 함량 미달인가? 달리 말해, 불안을 내재한 여성의 자기 발화와 표현은 근대적 개인으로서 미숙하다는 증거인가? 원한, 분노, 비탄, 비애, 수치심 등의 감정이 이성에 대비되어 '여성적인 것'으로 젠더화되는 한 이것의 표출은 근대문학으로서 수준 미달로 평가될 수밖에 없다. 글쓰기 – 주체로의 존재 변이가 근본적 불안을 야기하는 상태를 무시하고 남성성/여성성을 구획하는 기존의 성차적 이분법을 암암리에 전제한다면, 한국 여성시의 기원은 감정 과잉의 상태 혹은 감정 여과의 실패로 기술될 수밖에 없다. 근대적 개인으로서 자기를 정초하려는 노력, 즉 여성의 자발적 주체화가 사회적 조건과 마주하며 빚어낸 다

---

16.   화자와 시인의 이러한 구분을 적극적으로 방법화한 것이 에밀리 디킨슨의 '가정된 사람'이나 T. S. 엘리엇의 '개성으로부터의 도피'다. 엘리엇 등의 몰개성론은 주체 편에서 행해지는 자아의 상정을 오히려 강하게 의식화하여 허구적 페르소나를 창출할 것을 요구한다. 영미 주지주의 계열의 시가 의식적 장치로서 페르소나를 강조하는 이유는 주체에 인접한 자아의 생래성·고백성을 시의 장르적 특질과 동일시하는 낭만주의적 전통에 대한 반발에 근거한다. 현대 시의 새로운 시 작법은 이처럼 '가정된 사람'의 성격화에 기반한다. 그러나, 이런 차이에도 불구하고, 시를 읽는 독자는 글쓰기 – 주체와 시적 자아의 거리를 매우 가까운 것으로 전제한다. 주체의 직접적 발화로, 혹은 주체가 긴밀히 관여된 존재로 '나'의 목소리를 감각하는 것이다. 그만큼 '나'의 직접성은 시 전체를 지배한다.

양한 자아의 양상 및 그 문학적 형상은 감상성/애상성의 형태로 드러
날 때라도, 그 자체로 이미 '근대적인 것'이다.[17] 그리고 그러한 감상주
의가 절제와 지적 연마를 요구하는 남성적 정전의 영향이나 방법과
달리 어떻게 자기만의 방식으로 극복되는지를 주시할 필요가 있다.
그 속에서 남성적 시선에 의한 대상화를 거부하는 여성으로서의 자
기 정체성의 정립을 비로소 가늠할 수 있다.

　　이때 한 가지 주의해야 할 사실이 있다. 남성적 시선에 대상화
되지 않는 고유한 여성성의 영역이 있고, 이를 자기 정체성으로 확립
하는 온전한 여성적 주체가 존재한다는 식의 전제는 남성성/여성성
을 이분하는 기존의 젠더 이데올로기를 되풀이함으로써 남성적 편견
이나 환상에서 비롯한 지배적 표상을 반복·고착하는 것이 된다. '자
율적 여성성'이란 근대가 마련한 도식, 즉 남성/여성, 문명/자연, 자
율/타율, 이성/감성, 적극/소극, 능동/수동, 공적/사적 등의 이원적
체계 내에서 주조된 것이라는 점에서 일종의 환상이다. 그리고 그것
은 형용모순의 논리 안에 갇히기 쉽다. 가령 '자율적 여성성'이란 '타
율적 여성성'의 반대항일 터인데, 여성성을 자율적/타율적으로 나누
는 것 자체가 기존 도식의 재수행이다. 그것은 다음과 같은 질문, '자
율적이고 감성적인 자연성'이 존재한다면, 이는 여성성의 표상인가
남성성의 표상인가? '자율적'이라는 것은 남성적 자질로 여겨지는데,
여성적이면서 동시에 남성적인 것이 존재할 수 있는가? 어떤 여성이
그러한 자연성을 추구한다면, 그것은 여성적 정체성의 수립인가, 남

17.　리타 펠스키는 근대성의 젠더를 탐구하며 근대적 이성 주체가 어떻게 '남성적인 것'으로
　　　성차화되었는지를 밝힌 바 있다. 그리고 남성성의 영역으로 젠더화된 근대의 많은 특질이
　　　타자화된 여성성에 의해 어떻게 우월한 위계를 갖게 되는지를 논구한다. 그가 강조한 대로
　　　'여성적인 것'의 새로운 구획과 구별짓기는 그 자체로 근대성의 기획이자 소산이다. 이에 대한
　　　자세한 설명은 리타 펠스키, 『근대성과 페미니즘』, 김영찬·심진경 옮김, 거름, 1998, 1장
　　　참조.

성적 정체성의 수립인가?…… 등등의 물음을 동반한다. 따라서 "있지도 않은 자율적인 여성성이라는 환상"[18]을 좇는 것은 여성성을 둘러싼 새로운 신화화에 기여하는 것일 뿐, 그보다는 기존의 표상들에 의존하면서도 그에 저항하고 주어진 제약들에서 벗어나려 노력한 주체들의 다양하고 복잡한 내적 고투를, 그것의 분열 양상 및 언어적 형상을 재구하는 것이 필요하다. 다만, 그럼에도 불구하고, 불안의 글쓰기가 주체화의 과정과 맞물려 있는 한 우리는 남성적 시선에 의한 타자화에 불편함과 두려움을 느끼는 여성의 내면을 마주할 수밖에 없다.

3

김명순 시의 '나'는 온전한 한 '사람'으로 자기를 주체화하려는 노력이 "부정한 혈액"[19]에 따른 것으로 치부되어 실현 불가능한 실패로 유인되고, 세상 전부가 적대적 타자들의 세계로 인식됨과 동시에 그러한 세계가 불순물을 떼어내듯 '나'를 이격(離隔)시키는 과정에서 생겨난다. 그녀의 개인 – 주체-되기는 근대를 향한 동경과 매혹이 신여성에 대한 찬미로 나타났던 시기[20]에는 촉망받는 여성 문인의 탄생을 뜻했지만, 그러한 매력이 '불결한 성(性)'으로 지목되어 사라지는 순간 "어머니인들 시신(詩神)인들" 그 "무엇으로"도 바꿀 수 없는 "수난"(「향수」)이 된다. 그녀의 섹슈얼리티는 그녀의 활동을 비난하는 트집거리가 되어, 가령 그녀의 문학 행위도 타고난 '탕녀'의 기질 때문에 겉보

---

18.   같은 책, p. 49.
19.   김기진, 같은 글, p. 50.
20.   신여성이 "새 시대의 유일한 선구자, 창작자"로서 숭배되고 찬미되었던 현상은 1920년대 중반쯤 절정에 이른다(김경일, 같은 책, p. 46).

기에 화려한 장식(裝飾)을 얻고 싶어 하는 욕구에 따른 것으로 설명
된다. 그녀의 '성'은 그녀의 존재를 규정짓는 결정적 본질로 고착되고,
이러한 결정론적 낙인으로 인해 그녀의 온갖 사회적 시도는 실패를
예감하는, 아니 실패를 절감하는 도정이 된다. 신여성의 등장을 양가
적 시선으로 바라보던 공동체 내에서 김명순의 주체-되기는 타자들
의 전방위적 압박과 공격을 직접 체험하는 일이었던 셈이다. 그러므
로 김명순의 시는 주체화의 실패를 자각하는 존재가 느끼는 감정의
파고와 자신에게 닥친 불행을 애통해하는 자의 의식을 내보인다. 저
주, 한탄, 원망, 원한, 비탄, 절망, 외로움, 향수, 비애 등은 그녀의 시
를 관통하는 주된 정서이며, 이러한 감정에 휩싸인 자아상(像)이 여
러 형태로 제시된다.

그녀에게 '나'란 한마디로 말해 '저주받은 자'다. "추방과 유폐
그것은 너무나 동떨어진 일이면서도 한곳에 달려 있는 일들이 아니
냐"[21]라는 말처럼, 추방은 쫓겨나는 것이고 유폐는 감금되는 것이니
둘은 성반대지만, 그녀에겐 이 일이 한꺼번에 일어난다. 이런 경우는
한 가지뿐이다. 내부에서 더 내부로, 안쪽에서 더 안쪽으로 매장되는
것. 실제로 「유리관 속에서」의 '나'는 "지금 이 뵈는 듯 마는 듯한 관
속에/생장(生葬)되는 이 답답함을 어찌하랴/미련한 나! 미련한 나!"
라고 자신의 고통과 어리석음을 토로한다. 게다가 보이지 않는 어두
운 땅도 아니고 투명한 유리관 안에 갇힌다. "금단의 여인과 사랑"하
고 춤추며 "미덥지 않은 세상"을 믿고 산 "옛날의 왕자와 같이" 그녀
는 누구나 들여다볼 수 있는 투명 무덤에 감금되어 있다. 마치 근대식
백화점 안의 진열품처럼, 세상 속에 있지만 세상과 유리되어 살아 있

---

21. 김명순, 「네 자신의 우혜」, 『김명순 문학전집』, 서정자·남은혜 엮음, 푸른사상, 2010, p. 649.
인용 시 필자가 현대어로 수정.

되 죽은 자가 되어 환히 전시된 사람. 그녀가 바로 김명순의 시적 자
아다. 세계와의 단절은 근대 시의 특징을 말할 때 그 뿌리를 이루는
원리지만, 이렇게 스스로를 생매장된 존재로 표상한 예는 한국 시의
초창기 풍경치곤 매우 낯설다.

　　근대 시로서 서정시를 성격 짓는 근간에는 세계와의 분리가
가로놓여 있다. 나와 세계가 균열 없이 하나의 전체성을 이루던 시
절로부터의 이탈은 근대의 출발을 알리는 신호탄이다. 세계와의 불
가역적인 단절이 새로운 인간 존재형으로서 '나'라는 개인을 출현시
켰고, 그렇게 세계로부터 쪼개져 개인화된 '나'의 등장에서 근대문학
은 성립되었다. 그런데 개인은 개별 – 인간, 즉 전체에서 분리되어 단
자(單子)가 된 존재이다. 이 단자의 발밑에는 단절에서 비롯한 허방
(無, nothing)만이 남아 있을 뿐이어서 이를 지각하는 '나'는 자신의 존
재 유지에 필요한 정신적·실천적 작업을 필요로 한다. 입법자로서의
자율성 추구 및 세계와의 새로운 관계 맺기, 이 두 가지 이행을 일컬
어 주체적 개인으로서의 자기 정립이라 부른다. 그런데 이러한 주체
의 확립은 애초에 단절에서 기인하므로 주체와 세계는 근본적으로
불화하는 관계일 수밖에 없다. 이 불화를 가장 예민하게 감지하고, 태
생의 원천으로 삼는 의식이 낭만주의 시(詩) 의식이다. 워즈워스가 시
란 '참을 수 없는 감정의 저절로 넘쳐흐름'이라고 정의하였을 때, 저
감정의 주인은 개인으로서의 '나'이며, 세계와의 불화를 내재한 존재
이고, 자연과의 조화 등을 통해 그러한 불화를 해소·극복하고자 하
는 주체이다. 주체의 탄생, 근원적 단절/불화에 대한 의식, 자국어를
통한 그것의 문학적 형식화 등 한국의 서정시도 이 같은 원리 내에서
고유한 형태를 구축해왔다.[22]

　　그런데 한국 시의 시작을 대표하는 모범적 선구인 김소월과
한용운의 시를 떠올릴 때, 김명순의 시에 나타나는 세계와의 단절/불

화의 양상은 훨씬 심대하다. 이들 남성 시인들의 특장(特長)인 여성적 화자로의 가면 ‒ 쓰기[23] 같은 간접적 발화와 비교하면, 그녀의 심원한 단절감의 토로는 가정(假定)이나 설정이 불필요한, 실제 경험에서 빚어진 육성으로 읽힌다. "옥"에 갇힌 "수인"으로 태어나 태양이 비추는 길에서조차 쫓기는 "참혹한 자"인 '나'를 "운명의 두 눈"(「향수」)이 저주한다는 불행한 의식이나, "한 고개 넘어서면/생사도 없는 것을/하늘 나는 새 날개/내 등에 돋치라고/군은 바위 붙들고/울면서 일렀노라"(「희망」)라고 죽음에 직면한 신화 속 인물처럼 자연에 기대 변신을 소원하는 막다른 절망감은 별다른 수식이나 첨언을 필요로 하지 않는다. 다음의 예처럼,

> 한 알의 쌀알을 얼른 집어 물고
> 하늘 나는 마음아
> 사람의 구질구질한 꼴을
> 눈여겨보느냐 네 작은 새의 몸으로서
> 이리 비틀 저리 비틀
> 썰물에 취해 너털거리는 주정뱅이
> 아무나 모르고 툭툭 다 치고 지난다
> 세상아 이 책임 뉘에게 지우느냐
>
> ——「무제」(p. 113) 전문

---

22.   이에 대한 설명은 그간 많은 자료와 연구들로 집적되어 있다. 그중 최근의 뛰어난 성과로 정과리의 『한국 근대시의 묘상 연구』를 들 수 있다. 그는 이 책에서 한국의 근대 시가 어떠한 형성 원리를 따라 생성되었는지, 역사적 변화가 촉발시킨 한국인 특유의 고유한 세계 인식과 (무)의식적인 집단 심성mentalité이 한국 시에 어떻게 반영되면서 시를 변형시켜왔는지를 해박한 논리와 심도 깊은 분석, '자세히 읽기'로서의 비평을 통해 새롭게 계보화한다.

23.   김소월을 위시한 남성 시인들의 여성 화자의 전용은 시사적 계보를 형성할 만큼 한국 근대 시사의 특징적인 현상이다.

라며 타자화된 시선("작은 새")을 통해 자신을 연민과 비하가 공존하
는 대상("주정뱅이")으로 형상화하는 것은 세계로부터 찢겨졌다는 절
연의식과 저주받은 자로서의 자의식이 정체불명의 애상이나 과장된
포즈가 아님을 보여준다. 자아와 세계의 불협화를 부각시킨다는 점
에서 김명순 시의 이러한 지배적 정조는 같은 시기 다른 남성 시인들
에 비겨 충분히 근대적이다.

    그런데 여기서 한 가지 의문이 떠오른다. 김소월이나 한용운의
시에서 확인되는 세계와의 단절—'이별'의 도래로 사건화된다—양
상과 비교할 때, 김명순의 그것은 처벌/형벌 혹은 저주받음으로 표
상된다. 전자의 경우 '님과의 이별' '님의 상실'이 슬퍼도 울지 않(아야
하)는 존재 극복의 순간이거나 "미의 창조"(한용운, 「이별은 미의 창
조」)와 같은 형이상적 도약의 계기로 승화되는 것과 비기면, 김명순
의 불화 의식은 극복 가능성이 완전히 차단되어 있고 그로 인해 더
욱 심화된다. 가능성의 차단이란 두 가지 상황을 모두 가리킨다. 첫째,
"미련의 정서를 절묘한 내기의 창출을 통해 극복함으로써 이별의 상
황을 스스로 주도할 주체적인 개인의 자세"[24]가 남성—여성적 목소
리를 띠고 있지만 김소월과 한용운 시의 주체는 남성이다—에겐 현
실적으로 가능했겠으나, 1920년대 중반 조선에서 여성이 실제로 그
러한 자세를 취했을 때 돌아온 사회적 반응은, 김명순의 예에서 나타
나듯, 냉대, 냉소, 비난, 신경질적 배제, '탕녀' '음부'라는 낙인찍기였
다는 사실이다. 달리 말해, 변화된 "상황을 스스로 주도할" 가능성이
여성에겐 봉쇄되어 있었다. 둘째, 그러한 단절을 극복하려 노력한다
해도 반복되는 실패[25]는 주체로 하여금 사태를 그렇게 인식하도록(내
가 아무리 애써도 소용없다!) 압박한다. 김명순이 자신의 현실을 바꿔

---

24.   정과리, 「근대적 자아의 탄생— 김소월의 「진달래꽃」에 대하여」, 같은 책, p. 40.

보려 노력했다는 점은 그녀의 글쓰기 자체가 입증하는 바지만, 스스로를 "내부적 혁명가"[26]라고 칭한 데서도 확인된다. 이 표현은 그녀가 조선의 봉건적 폐습 속에서 자랐음을 반항적으로 자각하면서 이로부터 벗어나고자 애쓴 자신의 분투를 '내부의 혁명'으로 정의하고, 그러한 성장담을 소설/시―쓰기의 형식으로 서사화[27]하는 일을 대(對)사회적 발언의 수행이자 혁명적 실천으로 의식하였음을 함축적으로 보여준다. 그러나 이 '혁명'의 길이 얼마나 고통스러웠는가는 감금과 유폐로부터의 '나'의 탈출 시도가 다음과 같이 헐벗은 동물적 육체성만 남기는 데서 뚜렷이 드러난다.

> 꿈에 전같이 비단이불 덮고
> 풀긋 잠들어 꿈을 꾸니
> 우레는 울어 오고
> 빗방울이 뚝뚝 듣는다
> 탄실은 회닥딱 몸을 일으키어
> 벽력소리에 몰리어
> 힘껏 달아났다
> 달아날수록 비와 눈은
> 그 헐벗은 몸에 쏟아지고
> 요란한 소리는 미친 듯 달려들다
> 그는 나무 그늘에 몸을 숨겼다.

---

25. 김명순의 문학적 글쓰기는 주체적 개인으로서 자신을 정립하려는 시도에 다름 아니며, 글쓰기를 포기하지 않는 한 주체화를 위한 그녀의 노력은 진행형의 것이다. 그러나 완결되지 못한 미완의 작품들——예컨대 「탄실이와 주영이」——은 거꾸로 그러한 노력의 실패를 가리킨다.

26. 김명순, 「탄실이와 주영이」, 『근대여성작가선』, p. 86.

27. 소설 「탄실이와 주영이」와 시 「시로 쓴 반생기」가 대표적 작품들이다.

온 하늘이 그에게 호령하다

"전진하라 전진하라"

그는 어린양같이

두려움에 몰리어서

헐벗은 몸 떨면서도

한없이 달아났다

그동안에 날은 개었더라

청댑싸리 둘러 심은 푸른 길에

누군지 그의 손을 이끌다

그러나 그는 호올로였다.

—「탄실의 초몽」부분

'탄실'[28]은 김명순의 분신으로 자기-이미지를 객관화하는 시적 장치에 해당한다. 이 시에서 "탄실"은 '달아나는 여자'의 전형을 보여주는데, 앤 래드클리프나 샬럿 브론테 등 여성 고딕소설에 등장하는 이 탈주-모티프는 감금된 수인(囚人)과 자신을 동일시하는 김명순에게는 거의 본능적이자 필연적인 상상이라 할 수 있다. 하지만 김명순의 주인공에겐 해피엔드가 준비되어 있지 않다. 이 시에서 "꿈"은 현실의 도피처로 "전같이 비단이불 덮고" 잠들던 시절로 되돌아가는 유일한 길인데, 세상은 "꿈"에 드는 잠깐의 휴식도 허락하지 않는다. 남은 것은 천둥과 비바람, 내쫓는 호령 소리, 차가운 추위, 두려움에 떠는 "헐벗은 몸"뿐이다. 여기엔 어떤 형이상적 흔적도 없다. 누군가의 도움도

28.　김명순은 '망향' '망향초' 외에 어릴 적 아호(雅號)인 '탄실'을 필명으로 사용하였고, 자신을 소설이나 시의 주인공으로 형상화할 때 '탄실'이란 이름을 즐겨 붙였다.

있었지만, 무섭도록 "호올로" 남겨지는 것 외에 다른 결말은 없다. 쫓기는 동물처럼 '벗은 몸'만 남는 이러한 형상은 「싸움」에서 상처투성이인 육체로 변주되기도 한다. 싸움이 싫어진 "늙은 병사"가 "군기를 버리고" 밭을 갈며 살다가 낮잠 든 어느 날 "온몸에 멍이 들어 죽었다/그러면? 꿈 가운데도 싸움이 있던가?"(「싸움」) 꿈속에서조차 이어지는 계속된 싸움으로 멍투성이가 되어 죽은 "병사"는 실패한 혁명가인 '나'의 또 다른 형상이라 할 수 있다.

　　이처럼 좌절과 실패로 점철된 김명순 시의 주체는 대체 어디에서, 무엇으로부터 글쓰기의 욕망을 지속할 힘을 얻는 것일까? 그녀로 하여금 글쓰기를 포기하지 않게 하는 자가발전적 연료는 무엇인가? 그것은 바로 분노의 정념이다. 분개하는 주체, 울분과 원한과 설움과 수치심과 복수심을 세계를 향해 발산함으로써 세계에 호소하고, 그러한 격렬한 언어적 발설과 분출을 통해 세계에 참여하기를 희구하는 주체, 그것이 김명순 시의 주체이다. 분노의 발산은 때로 시를 감정 과잉 상태로 만들기도 하지만, 그녀의 시는 그러한 정념을 객관화하려 애쓴다. 분신적 자아로서 '탄실'이라는 삼인칭 장치를 활용한 것이 한 예이며, 「싸움」처럼 알레고리의 수법을 쓰거나 「분신」이나 「사랑하는 이의 이름」처럼 자아의 극화(劇化)를 통해 시에 서사적 요소를 가미하려 한 방식이 또 다른 예이다. 「탄실의 초몽」도 일종의 미장아빔 형식을 취하고 있는데, "탄실의 초몽"은 "탄실"을 주인공으로 꿈꾸는 시인 김탄실/김명순의 꿈이며, 그 꿈속에서 현실을 벗어나 행복한 시절로 회귀하는 "탄실"의 꿈은 꿈속의 꿈이다. 하지만 잠깐의 행복에서 깨어나 쫓기는 "탄실"의 모습은 글쓰기 – 주체가 꿈으로 예감한 자기 서사의 결말이다. 이러한 여러 장치의 활용은 주목할 만한 특징이지만, 격렬한 감정적 자질에 걸맞게 내면의 분노를 상징화한 시는 「내 가슴에」이다.

검고 붉은 작은 그림자들,

번개 치고 양 떼 몰던 내 마음에 눈 와서,

조각조각 찢어진 붉은 꽃잎들같이도,

회오리바람에 올랐다 떨어지듯,

내 어두운 무대 위에 한숨짓다.

나는 무수한 검붉은 아이들에게 묻노라.

오오 허공을 잡으려던 설움들아,

분노에 매맞아 부서진 거울 조각들아,

피 맞아 피에 젖은 아이들아,

너희들은 아직 따뜻한 피를 구하는가.

아 아 너희들은 내 마음의 아픈 아이들,

그렇듯이 내 마음은 피 맞아 깨졌노라.

내 아이들아 너희는 얼음에서 살 몸,

눈 내려 녹지 말고 북으로 북행하여,

얼어서 붙어서 맺히고 또 맺혀라.

                                        —「내 가슴에」 전문

주체의 내면에 몰아치는 여성적 분노의 폭풍이 금방이라도 밖으로
터져나가 세상 전체를 덮칠 듯하다. '나'의 몸을 뚫고 나간 붉은 선혈
들은 차갑게 언 얼음 알갱이가 되어 흩뿌려진다. 차갑게 타오르거나
뜨겁게 얼어붙는 모순적이고 이중적인 이 분노야말로 주체의 의식
과 의지를 지피는 정념의 크기와 정도를 짐작케 하는 증거다. '북극'과
'설원'과 '빙하'를 연상시키는 이미지의 최종 종착지로 인해 이 강렬한
파토스는 시린 빛 때문에 눈조차 뜨기 어려운 순수 결정체로 감각된
다. "너희는 얼음에서 살 몸,/눈 내려 녹지 말고 북으로 북행하여,/얼

어서 붙어서 맺히고 또 맺혀라"라는 '나'의 기원(祈願)은 자기를 희생
양으로 삼은 세상을 향한 원망과 시간의 풍화가 소용없는 영원 속에
몸과 마음의 파편들을 남기려는 처절한 바람을 담고 있다. "조각조각
찢어진 붉은 꽃잎들"이 하얗게 얼어붙는 김명순의 북극은 아마도 여
성적 마성(魔性)과 순수가 하나로 결합된 세계로서, 어떤 남성도 감히
접근할 수 없는 정화된 여성적 지옥의 하나일 것이다.

　　이 시의 또 한 가지 흥미로운 특징은 자아의 파편성·분열성
에 대한 주체의 인지이다. "검고 붉은 작은 그림자들" "조각조각 찢어
진 붉은 꽃잎" "부서진 거울 조각들" "피에 젖은 아이들" 등은 자아
의 내적 분열을 상징한다. 앞서 불화에 대한 예민한 자의식이 김명순
시의 바탕을 이루고 있음을 강조하였는데, 상황의 타개는 주체가 세
계와 적절히 교섭할 방법을 찾는 데서 시작된다. 그런데 세계가 상호
작용이 가능한 타자로 인식되거나 경험되지 않는 김명순에게 그러한
변화는 요원한 것일 수밖에 없다. 이는 분노의 정념을 연료 삼아 유지
되는 주체화란 타자와 교섭할 실을 찾지 못한다면 한계에 부딪힐 수
밖에 없고, 격분과 원한과 저주의 지속은 결국 주체를 광기로 몰아갈
수밖에 없음을 뜻한다. 자아의 분열을 피할 수 없는 것이다. 김명순은
이러한 자아의 찢김을 감지하고 있었던 듯하다. '나' 안의 많은 "아이
들"에 대한 호명이 이를 암시한다. 그녀 스스로도 예감한 이러한 주체
의 붕괴를 과연 피할 수는 없었을까? 이러한 질문은 쓸데없다. 가부
장적인 당시 사회의 요구대로 사는 것 외에 그녀가 공동체의 일원으
로 살 수 있는 길은 없었다. 그녀는 그 길로 가지 않았고, 그 결과 돌
아온 것은 배제와 축출뿐이었다. 그러니 그녀의 후배들이 김명순을
반면교사로 삼았으리라는 점은 충분히 짐작할 수 있다. 모윤숙과 노
천명만큼은 확실히 그러했던 듯하다.

4

선배의 추방을 지켜보았을 모윤숙과 노천명이 시인으로서의 활동을 보장받기 위해 당대 사회와 타협할 수밖에 없는 것은 필연적이다. 여성의 자기주장이 사회적 위험 요소로 배척될 수 있음을 목격한 마당에 이전과 같은 방식으로 이를 수행할 수 없음은 분명하다. 이들의 문학적 토대도 김명순과는 달랐다. 이들은 일본 유학 없이 조선 내의 교육제도를 통해 양성된 여성 엘리트였고, 각자 독립적으로 활동을 개시한 1세대들과 달리 남성 문인들의 가르침 속에 창작을 시작하였다. 김상용, 변영로, 정지용 등이 이들의 스승이었다. 이들은 남성 시인들의 직간접적인 영향하에 있었고, 한국어 시의 남성적 정전canon을 글쓰기의 모델로 삼았다. 실제로 노천명과 모윤숙의 시에서 "자서전을 쓰려는 충동"[29]은 현저히 사라진다. 사적인 삶을 그대로 고백하려는 서사 충동은 자취를 감추고, 정제된 시형과 세련된 언어 표현이 시의 예술적 완성을 뜻하는 것으로 자리 잡는다. 노천명 시의 절제된 언어 미감과 감각적 이미지의 서정성은 이들이 시의 완미함을 우선 선취해야 할 미적 가치로 인식하고 있음을 방증한다. 적극적이고 분방한 자기 표출이 터부시되고 형식적 균제미가 중시되는 이러한 변화는 김소월–한용운의 뒤를 이어 김영랑–변영로–정지용 등의 시적 계보가 이들에게 실제적 영향을 미치게 되었음을 가리킨다. 그런데 이러한 영향 관계보다 더 주목해야 할 것은 이들 시에서 여성으로서의 자기 정체화가 두드러지는 한편, 남성적 시선의 대상으로 자기를 내면화하는 양상 또한 분명해진다는 사실이다.

---

29.   버지니아 울프, 『자기만의 방』, 이미애 옮김, 민음사, 2016, pp. 119~20.

오 척 일 촌 오 푼 키에 이 촌이 부족한 불만이 있다. 부엌부엌한 맛은 전혀 잊어버린 얼굴이다.
몹시 차 보여서 좀체로 가까이 하기 어려워한다.
그린 듯 숱한 눈썹도 큼직한 눈에는 어울리는 듯도 싶다마는……
전시대前時代 같으면 환영을 받았을 삼단 같은 머리는 클럼지한 손에 예술품답지 않게 얹혀져 가냘픈 몸에 무게를 준다. 조그마한 거리낌에도 밤잠을 못 자고 괴로워하는 성격은 살이 머물지 못하게 학대를 했을 게다.

꼭 다문 입은 괴로움을 내뿜기보다 흔히는 혼자 삼켜 버리는 서글픈 버릇이 있다. 세 온스의 '살'만 더 있어도 무척 생색나게 내 얼굴에 쓸 데가 있는 것을 잘 알 것만 무디지 못한 성격과는 타협하기가 어렵다. 처신을 하는 데는 산도야지처럼 대담하지 못하고 조그만 유언비어에도 비겁하게 삼간다.
대竹처럼 꺾어는 질망정
구리처럼 휘어지며 구부러지기가 어려운 성격은 가끔 자신을 괴롭힌다.
　　　　　　　　　　　　　　　　　　　　―「자화상」 전문[30]

자화상은 자기를 대상화한다는 점에서 두 가지 태도가 교차한다. 첫째 주체가 자아를 객관화하려는 태도, 둘째 그러한 객관화의 형식을 빌려 주체가 자아를 주장하는 태도. 전자의 객관화란 타자의 시선으로 '나'를 응시하는 것을 가리킨다. 자화상을 위해서는 무엇보다 거울이 필요한데, 거울에 비친 '나'를 보는 시선은 내 안에서 만들어지지

---

30.   노천명, 『사슴의 노래 ― 노천명 전집 종결판 Ⅰ』, 민윤기 엮음·해설, 스타북스, 2020, p. 23. 이하 노천명의 시는 이 책에서 인용.

않는다. 그것은 외부에서 형성·작동하여 '나'의 내부로 옮겨진 카메라와 같다. '나'의 거울상(像)은 바깥(타자)의 카메라(응시)와의 동일시를 통해 만들어진다. 라캉이 거울단계 이론으로 설명한 바 있는 이러한 내용은 이 시에서 가장 먼저 '나'의 외모가 주시되고, 곧이어 키, 얼굴, 눈썹, 눈, 머리카락, 손, 입술, 살 등 신체의 각 부분이 차례로 확대·분석된다는 데서 확인된다. 그 결과 '나'는 예쁘지 않은 여자로 묘사된다. 예쁨/예쁘지 않음의 구분이 전적으로 타자의 기준임은 말할 필요가 없다. 게다가 이 타자는 남성적 시선의 타자이다. "세 온스의 '살'만 더 있어도" "내 얼굴"이 "무척 생색"이 날 터이지만, '나'는 키도 작고, 복스럽지도 않고, 투박하고 가냘프다. 여성적 결함으로 인해 섹슈얼한 매력이 없는 '나'의 외형은 이렇듯 남성적 시선의 대상으로 평가된다. 성격도 남성적 호불호에 의해 판단된다. 외양의 결점을 상쇄할 수 있게 "구리처럼 휘어지며 구부러지"면 좋으련만 성품이 "대처럼" 굳고 차갑다. 남성의 시선을 따라 자아를 외화(外化)하는 노천명의 이러한 자화상-쓰기는 자기 정체성의 판명이 여성성을 둘러싼 기존의 젠더 이데올로기—누가 '여성적' 여자인가—의 수행과 불가분의 관계에 있음을 보여준다. 그러나 이 시에는 여성성의 구획에 거부감을 표하는 다른 목소리가 배어 있다. 언어 표층 너머에 숨겨진 이 이중적 울림이야말로 시의 심층을 복잡하게 만든다.

앞서 자화상은 주체가 객관화의 형태로 자아를 주장한다고 하였는데, 이는 자화상이 종국엔 주관성의 한 형식임을 가리킨다. 자화상은 자아가 '이러이러함'을 공언하는, 세상을 향해 '나'의 이러저러한 면모를 적시(摘示)하는 양식이다. 타자의 시선에 의해 구축된 오인된 상(像)일지라도 주체는 자아의 표현에 개의치 않는다. '나는 예쁘지 않고 모났다'는 노천명의 자기 서술은 남성적 시선에 의해 규정된 것이지만 그 내용은 자신을 남성적 욕망 바깥에 있는 존재로 표상한 것이며, 이는 남성이 욕망하는 여성성이 '나'에게 없음을 전경화하는 도발적인 자기 선언에 해당한다. "세 온스의 '살'" "타협하기" "처신" "산도야지처럼" "대담" "비겁하게" "대처럼" "구리처럼" 등의 시어도 자신이 온순하고 부드럽고 무딘 여성이 아님을 드러내기 위해 선택된 단어들이다. 이를 통해 '나'는 남성/타자－세계가 달가워하지 않는 여성, 젠더 이데올로기에 부합하지 않는 여성으로 강조된다. 겉으로는 '나'의 외모를 아쉬워하는 듯하지만 정작 이를 문제시하지 않고, 외모가 단점이라 말하는 것 같지만 속으로는 이 때문에 세상에 비위를 맞추진 않겠다는 태도가 서로 상충한다. 시의 배면에서 아이러니한 목소리가 감지되는 까닭은 이러한 시적 발화의 상반된 효과 때문이다.

하지만 노천명의 자아 형성은 남성적 시선의 내면화와 불가분의 관계에 있다. 이로 인해 글쓰기－주체에게 특징적 징후가 나타난다. "꼭 다문 입"과 말을 "혼자 삼켜 버리는 서글픈 버릇"이 그것이다. 노천명 시에는 '말 없는 처녀'의 이미지가 반복된다. 첫 시집 『산호림』(1938)을 관통하는 정체 모를 슬픔 탓에 이 처녀는 말없이 눈물만 흘린다. "처녀는 별처럼 머언 얘기를 삼켰더란다"(「옥촉서」), "내 꿈길에 수놓아가며 나는 말 않고 그저 가오"(「말 않고 그저 가려오」), "발끝만 굽어보며 감물 든 입은/해야 될 한 마디도 발언을 못했다"(「밤차」), "조용히 나와 비는 한 처녀/말없는 무거운 마음을 누가 알리"(「수녀」), "두 줄 철로를 말없이 바라보았지라우"(「성지」), "벙어리처럼 말이 없음은/상가집 곡성보다 더 처량했다"(「상장」) 등 슬픔에 잠긴 '나－처녀'는 입을 다문 채 말을 못한다. 이런 자아 때문에 대신 울어 주는 상관물도 자주 등장한다. "바닷가 헤매는 물새의 울음소리" "사공의 노랫가락"(「포구의 밤」), "돌아서 오며 듣는 기차 소리"(「돌아오는 길」), "기나긴 밤 울어 새"우는 '귀뚜라미'(「귀뚜라미」), "슬픈 소리를 내"는 "낡은 손풍금"(「손풍금」) 등은 모두 슬픔을 대신 발설하는 자아의 입들이다.

　　봉건적 이데올로기에 따르면, 여성의 말수 없음은 여성이 갖추어야 할 부덕 중 하나다. 담장 밖으로 여자의 목소리가 나가면 안 된다는 가부장적 발상은 여성의 침묵을 당연지사로 꼽는다. 이를 염두에 두면 입을 다문 처녀의 형상은 봉건적 규율이 여전히 강한 영향력을 행사하는 당대를 반영한 것으로 볼 수 있다. 그러나 이 자아는 슬픔을 표현하려는 욕구가 강하다. 말하고 싶어도 주저하는 마음이 더 크기 때문에 "벙어리처럼" 입을 다무는 것이다. 그렇다면 무엇이 그녀의 욕망을 억제하는가? 우리는 여기서 말하기 – 글쓰기를 둘러싼 근대 여성의 불안을 다시 마주하게 된다. 그녀의 '말을 삼키는 버릇'은 근대화되는 조선 사회가 여성의 자기표현에 어떤 징벌을 가했는지를 목격한 사람의 불안에서 기인한다. 말과 글이 아직 충분히 허락되지 않음을 직감하는 여성의 불안은 괴로움을 토하기보다 삼킬 것을 택한다. 이를 두고 노천명은 "서글픈 버릇"이라 표현한다. '서글프다'라는 이 술어에는 글쓰기/말하기의 욕망이 억압되는 현실에 대한 시인의 솔직한 심정이 담겨 있다. 동시에 여성 시인이 맞닥뜨린 이중 구속[31]의 상태가 함축되어 있다. 여성으로서 자기주장의 불가함과 시인으로서 자기주장의 실행, 이는 노천명이 마주한 이중의 어려움이다. 그녀는 시에서 거듭 '나/처녀는 말없다'고 '말한다'. 앞의 '말없다'가 여성으로서의 자기표현의 불가능성을 가리킨다면, 뒤의 '말한다'는 시인으로서의 자기현시의 필요성을 가리킨다.

　　한편 이 '말할 수 없음'의 곤경은 노천명 시의 '슬픔'을 파악하는 단서가 된다. 연원을 알 수 없는 탓에 과잉된 감상으로 보이지만,

---

31.　　이러한 이중 구속의 문제는 근대 이후 여성 시인이라면 누구든 대면하는 난제이다. 샌드라
　　　　길버트·수전 구바, 같은 책, p. 987.

그녀의 슬픔은 말의 차단, 언어의 상실과 결부되어 있다. 말은 주체
의 욕망에서 비롯한다. 욕망이 주체로 하여금 말하게 한다. 그러한 말
이 불안 속에서 억압되거나 통제된다면, 결과적으로 주체의 욕망도
성취되거나 실현될 수 없다. 자의든 타의든 말/언어의 유실은 욕망의
거세와 같다. 그 역도 마찬가지다. 욕망의 거세는 주체의 말문을 막는
다. 욕망이 거세된 주체, 그러한 주체가 느끼는 깊은 상실감이 바로
우울이다. 하고 싶은 말/욕망을 마음껏 발설·실현하지 못하는 주체
의 내면은 우울로 가득하다. 주위의 모든 것들이 소리 없이 울고, 혼
자인 '나'는 쓸쓸하고 애잔하다. 이렇듯 노천명 시의 주체는 우울증적
주체다. "어찌할 수 없는 향수에/슬픈 모가지를 하고 먼데 산을 쳐다"
보는 "말이 없"는 '사슴'(「사슴」)은 거세된 우울증적 주체의 전형적인
자기-이미지이다.

　　말의 자유가 욕망의 실현이며, 언어의 차단이 욕망의 거세와
같다는 이러한 등식이 노천명의 주체를 특징짓는 내적 회로라는 사실
은 그녀의 슬픔이 언제 사라지는가에 주목할 때 더욱 분명해진다. 친
일시를 쓸 때 노천명의 슬픔은 확연히 사라진다. 이것은 무엇을 뜻하
는가? 정치적 발화를 통해 공공 영역에 참여하는 주체가 될 때, 그래
서 자신의 글쓰기가 공적 가치를 획득할 때, 우울은 자취를 감춘다. 거
세된 "규수시인"[32]이 아니라 공적·정치적 활동으로 인정받는 대(對)
사회적 글쓰기-주체가 될 때, 노천명은 정체 모를 울증에서 벗어난
다. 이는 그녀의 친일시 창작이 무엇을 욕망하는지를 거꾸로 시사한
다. 사적 고백의 제한에서 벗어나기, 자유분방함의 실현, 공적 장(場)

32. 　노천명의 부음을 알린 당시 기사문의 표현이다. "노여사는 〔……〕 오늘까지 순수한
　　규수시인으로서의 위치를 차지해왔으며, 대표작으로는『산호림』『별을 쳐다보며』등이
　　있다"(『경향신문』1957년 6월 17일 자). 이 표현에 숨겨진 함축적 의미는 간단치 않다.
　　순수-규수/처녀(여성)-시인은 단어의 의도적인 성별화를 통해 문학의 젠더를 경계 짓는
　　이데올로기를 수행하고 있다.

에서의 활동이 보장되는 권리의 획득, 이것이 노천명 시의 주체가 품고 있는 욕망의 속살이다. 그러나 그녀의 친일시는 정치적 그릇됨과 윤리적 무자각·무반성도 문제지만, 젠더의 역할과 분화를 가부장적 질서 내로 환원시키는 기능을 했다는 점도 문제적이다. 그녀의 친일시는 모성의 국가화를 매개로 남녀의 전통적인 위계질서를 다시금 공고히 하는 이데올로기 기구의 역할을 했다. 이는 멜로드라마적 상상력을 바탕으로 여성의 도덕 감정과 사랑의 능력을 국가(거대 남근)에 투사시켜 가늠할 수 없이 절대적으로 '큰-나'를 열망한 모윤숙에게서도 동일하게 확인된다.

5

모윤숙과 김남조의 시는 멜로드라마적인 숭고의 주체와 성화(聖化)된 자아상을 보여준다는 점에서 공통적이다. 이들의 숭고한-주체-되기는 의도가 뚜렷한 기획에 가깝다. 먼저 모윤숙의 시적 자아는 두 유형으로 나뉜다. 하나는 "힘의 처녀"(「이화에게」)로 상징되는 여성적 기개의 소유자이며, 다른 하나는 이 넘치는 정기로 어떤 고통도 불사하는 열정적 애인들이다. 후자는 '줄타는 무녀'(「목숨」)처럼 위태롭다는 의미가 첨가되어 사랑의 고통 때문에 '방랑하는 여인'으로 표상된다. "렌"(「렌의 애가」)과 "카추샤"(「떠나는 카추샤」)가 대표적이다. 그런데 양자는 자기 소멸의 디오니소스적 충동에 사로잡혀 있다는 점에서 성격이 같다. 전자는 '바다'의 상징성에 기대어 가령,

> 오오, 나의 영혼의 고향
> 영원히 젊어 있는 바다의 품이여

　　　푸른 미소에 휘감긴 그리운 이 꿈을
　　　차라리 새벽 없는 어둠 속에 잠들게 하여라.

　　　〔······〕

　　　어이한 종소리 구름 밖에 떨어져
　　　파도의 줄을 타고 내 마음을 흔드노나
　　　오오 그 크나큰 호흡 속에 나를 안아서
　　　이 작은 생명을 산산이 부숴달라.

　　　　　　　　　　　　　　　　　　―「바닷가에서」부분[33]

처럼 광활한 세계로 나아가길 희구하는 여성의 욕망을 드러낸다. 이
것은 전통적 여성상과는 전혀 거리가 멀다. 흡사 용맹한 개척자로서
바다를 바라보는 불굴의 남성상을 떠올리게 한다. 하지만 시의 마지
막 구절에서 드러나는 자기 망실의 충동은 전형적인 멜로드라마적
구도를 취하고 있다. 예컨대 다음 시처럼 어둡고 광포한 바다를 떠도
는 '조각배'는 바다 그 자체가 되고자 하는 '나'의 정념을 대변한다.

　　　나의 배 앞엔 등대도 없어
　　　물살 센 밤바다에 방향도 없어라
　　　시커먼 물결 끝 닿는 데도 없고
　　　바람 쫓아 내 피를 다 빨아 가는가.

　　　포구도 없고 안식도 오지 않을

33.　모윤숙, 『모윤숙 시전집』, 최동호·송영순 엮음, 서정시학, 2009, p. 70. 이하 모윤숙의 시는
　　　이 책의 초판본 표기를 인용.

영원한 쫓김에 이 배는 밀려가
한번의 폭풍으로 깨일 듯도 같고
한번의 빗발로 가라앉기도 하려니.

—「뱃전에서」 부분

"배"를 덮치는 파도는 지금 "바람 쫓아 내 피를 다 빨아 가는" 듯하다.
공포를 배가하는 극적 분위기와 수사적 과장은 '나'를 위험에 노출된
드라마의 주인공으로 만든다. '나'가 이 드라마의 주인공이라는 것은
스스로 저 광막한 어둠 속으로 들어가길 원했다는 데서 증명된다. '나'
는 내 "작은 생명"이 산산히 부서지길 소원하고 있으니 말이다. 인물
의 극단적 행위만큼 사건을 극적으로 만드는 것은 없다. 그런데 왜 굳
이 '바다'인가? 바다는 '절대적으로 크다'. 무한을 자랑하는 바다는 '나'
에게 숭고를 체험케 한다. 숭고의 바다에서 자기 상실을 희구한다는
것은 그 자신이 바다만큼 큰 것, 광대한 것, 무궁한 것이 되길 바란다
는 뜻이다. 절대적으로 '큰-나'가 되고 싶은 이러한 소망이 현실에서
실현되는 방법은 모든 한계를 뛰어넘는 사랑을 하는 것이다. 사랑의
숭고함보다 높고, 깊고, 큰 것은 없다. 모윤숙 시의 사랑의 주체는, 그
러므로, 숭고의 주체이다. 그녀는 연애시를 통해 그러한 주체-되기를
열렬히 모색하고 추진한다.

당신은 내 겨레의 동무지요
싯퍼런 창대에 진실한 띠를 띠고
왼갓 도금의 회칠한 머리를
힘차게 무찌른 당신이지요
당신이 밟고 섰는 장터에는
이방의 환희를 헛되이 노래하는

우울과 태만의 술 취한 여인들이

당신의 영혼을 엿보고 있지 않아요

[······]

꿈빛에 타든 저의 쾌락은

긴 세월 무덤 속에서 노래를 불렀으나

내 이제 그대를 보매

영예 위에 세웠든 그 맘을 버렸나이다

내음새 나는 분독粉毒에서 호흡을 달리하고

파문波紋난 옷가지를 거칠게 바꿔 입고

구조자인 당신의 손을 붙드나이다

그대는 지금 보십니까?

격동하는 대양에 떠가는 영혼을

저 홍수에 진멸되어 가는 주검을

저를 유혹의 여인이라고

물리치지 말아주세요

건전한 행진을 막는다 하여

저의 뛰는 호흡을 비웃지 마세요

[······]

몽환의 나라에 향로를 깨치고

화창한 노래와 찬란한 폐허로부터

모—든 것을 뒤로하고

산 세계世界 군세인 탑 밑으로

피로 새긴 당신의 얼굴을

가슴에 안고 떠나나이다.

—「피로 새긴 당신의 얼굴을」 부분[34]

이 시는 모윤숙의 등단작으로, 『렌의 애가』(1937)의 주요 모티프를 모두 담고 있다. '나'는 오랜 세월 동안 무덤 속의 "주검"이었다. '당신'은 그런 '나'를 일으켜 세운 "구조자"이다. '당신'을 유혹하는 여성으로 오해받기도 하지만 '나'는 높고 지엄한 '당신'을 티끌 하나 없는 정결한 마음으로 숭앙한다. 메시아를 따르는 마리아처럼 '나'와 '당신'은 플라토닉한 사랑 속에서 거역할 수 없는 위계를 이루고 있다. 형언하기 힘든 신비로 이상화된 이러한 관계는 형이상학적으로 과장되어 있을 뿐 아니라 도덕적으로 고양된 감정적 풍요로움을 지향한다는 점에서 멜로드라마적 상상의 전형을 보여준다. 멜로드라마는 탈신성화된 시대의 양식으로서 도덕적 비의moral occult를 일상에 현전시키려는 원리에 따라 신성함을 정신적으로 극화하는 경향을 띠며, 인물들에 어둠과 빛, 선과 악 등 순수하게 대립적인 힘들의 역할을 맡겨 초월적 분위기를 형성한다.[35] 이에 비춰볼 때, 모윤숙 시의 주체가 이러한 인물상을 자기-이미지로 정초한다는 것은 스스로를 세속적 한계를 벗어난 신성한 존재로 성화하려는 강한 정념과 염원을 지니고 있음을 가리킨다. 사랑의 형식을 통해 '나'를 탈성화된 세계에서 도덕적 우월성을 점유한 존재로 창조하고 있는 것이다. 이 때문에 모윤숙의 시에는 내적으로 한껏 고무된 여성의 목소리가 울려 퍼진다. 가령 「오시렵니까」에서 '나'는 사랑하는 "그대"에게 어떤 흠결도 없는 완전한 정화를 요구한다. 그러한 요구가 가능한 까닭은 '나'가 그러한 승화를 이룰 위치에 이미 있기 때문이다. '나'를 그토록 높은 자리에 올려놓은 힘은 방랑하는 운명에 처할지라도 포기하지 않는 사랑에 있다. 사랑이야말로 무소불위의 권력이다.

34.   필자가 현대어로 수정.
35.   이에 대한 자세한 설명은 피터 브룩스, 『멜로드라마적 상상력』, 이승희·이혜령·최승연 옮김, 소명출판, 2013, pp. 4~17 참조.

　　『렌의 애가』의 렌과 시몽도 이와 동일한 구도 속에 있다. 시몽은 천상의 온갖 덕성을 소유한 자다. 렌은 그의 타고난 품성과 고귀한 인생관을 배우려 한다. 렌에게 시몽은 스승이자 연인이며, 사랑이란 자신을 곧 그에게 동화시키는 일이다. 이상적 자아인 시몽과의 동일시가 사랑의 다른 이름인 셈이다. 이 궁극의 자아실현을 위해 렌에게는 낭만적 사랑이 아니라 '열정으로서의 사랑'[36]이 필요하다. 서로의 연애 감정이 무르익어 마침내 행복에 이르는 낭만적 사랑과 달리, 불치의 병에 걸린 듯 극심한 고통을 유발하는, 그래서 고통스러울수록 더 아름답고 진실한 '열정으로서의 사랑'은 피할 수 없는 고난을 짊어지는 것과 같다. 렌은 그러한 자신의 사랑을 입증하려 시몽의 곁을 떠나 방랑길에 오른다. 그녀의 방랑은 자기의 높은 도덕심과 무한한 사랑을, 그 거대한 힘과 크기를 증명하는 유일한 방법이다. 렌이 이러한 사랑을 통해 시몽과 동등한 자리에 오를 때, 시몽은 숭고를 지향하는 렌의 무의식이 빚어낸 또 다른 자아임이 드러난다. 그는 사랑의 타자가 아니라 숭고한 주체-되기의 자가발전이 정점에 이르렀을 때 상상되는 주체의 자기-이미지이다. 모윤숙이 그리는 사랑은 나와 타자의 만남/결합이 아니라 글쓰기-주체의 상상 속에서 고안된 '나'와 이상화된 '나' 사이의 감정의 드라마인 것이다. 이처럼 현실에서 찾아낸 외적 상관물이 아니라 주체의 열망이 투사된 가상 인물 간의 감정극이기 때문에 모윤숙의 연애시는 감상성의 극치를 시종 유지한다.

　　그런데 드라마의 내용과 관계없이 렌과 시몽의 위계질서는 매우 확고하다. 여성의 욕망과 충동을 연애 형식을 통해 구현한다는 점에서 이러한 멜로드라마적 상상의 시대적 의의는 적지 않다. 그러나 하늘인 남성을 땅인 여성이 떠받든다는 식의 가부장적 이데올로기를

36.　　니클라스 루만, 『열정으로서의 사랑』, 정성훈·권기돈·조형준 옮김, 새물결, 2009 참조.

답습·고착한다는 점에서 모윤숙의 연애시는 보수적 젠더성을 벗어나지 못한다. 이는 서구로부터 유입된 문화적 영향, 예컨대 당시 유행하던 연애소설들이 초래한 감정 교육의 효과와 관련이 깊다. 「당신의 이름은」 「빛나는 눈」 등에서 인용된 아나톨 프랑스의 소설 『타이스』의 주인공들처럼, 이들의 감상적 연애담은 사랑의 전형으로 유포되고, 독자들은 보바리적 꿈과 몽상이 그렇듯 대중소설이 제공하는 "환영적 표상"[37]을 간접 체험함으로써 "보수적인 이데올로기적 의제 및 규범적인 여성성의 이상"[38]을 쉽게 수용한다. 모윤숙의 시는 독자 편에서의 이러한 이데올로기적 영향을 예증한다. 그러나 그것이 수동적인 각인에 그치지 않았다는 것은 그녀의 친일시에서 확인된다. 그녀의 주체-되기가 절대적 크기의 힘을 욕망하는 한 남근숭배의 한 형태로서 파시즘 국가의 찬양 및 그에 대한 자발적 투신으로 나아간다는 사실은 논리적·역사적 필연으로 보인다. 사랑의 주체가 국가에 헌신하는 여성으로 화(化)할 때 반근대적이고 고답적인 여성상이 이상적 모델로 제시된다는 점도 모윤숙의 주체가 파시즘과 얼마나 비근한 거리에 있는지를 시사한다.

　　김남조의 초기 시는 이러한 모윤숙 시의 특징을 상당 부분 계승한다. 시적 자아가 멜로드라마의 구도 내에 있는 한 이들의 시는 양식적 특성을 공유한다. 그럼에도 친연성보다는 차이점이 더 주목되는데, 김남조의 경우 병적일 정도로 양극화된 정념의 충돌 때문에 균형과 조화를 상실한 자아의 내면 풍경이 시에 도드라진다. 한편에서 섭리에의 순종을 자기 준칙으로 삼아야 한다는 명령이 가해지면, 다른 한편에선 무엇을 향한 것인지 알 수 없는 열망이 솟아나 자아의

37.　　리타 펠스키, 같은 책, p. 199.

38.　　같은 책, p. 200.

마음속에서 서로 충돌한다. 시인은 이를 "심화"(「심화」)나 "불붙은 심혼"(「환호」)이라 지칭한다. 구체적 묘사나 서술이 어렵기 때문에 주로 관념적·추상적 어사로 상징되는 시적 자아의 이러한 불안정한 심리 상태는 그 이유가 비교적 명료하다. 사랑을 죄와 결부 짓는 주체의 원죄 의식 때문이다. 김남조 시의 주체는 사랑을 양가적인 것, 즉 목숨 바쳐 따라야 할 신의 섭리이자 씻을 수 없는 인간의 죄로 인식한다. 이로 인해 갈피를 잡을 수 없는 내적 혼란 속에 놓여 있다. 사랑이 죄가 되는 회로에 갇힌 히스테릭한 여자, "마리아 막다레나"(「마리아·막다레나」)[39]가 김남조 시의 '나'이다.

> 밤 깊이 박쥐 하나 빠져 들어간 검은 샘물가……
> 별이사 흔한 것이라 해 두고서도 명주실 한오리만큼씩
> 보스락 부벼지곤 꺼져버리는 바람결 숨결,
>
> 그림이 너무 많은가부지. 피어린 열 손가락 모두 꼬부려도 남는 일곱 또 얼골……,
> 나는 왜 아직도 인내(忍耐)를 배우지 못해서 광녀(狂女)마냥 포효해야 하는 오랜 분노(憤怒)를 메고.
>
> 일몰(日沒)을 닮아도 좋았을걸. 잉잉대며 타 들어가는 주홍(朱紅)빛 바다……,
> 왼통 선혈(鮮血)처럼 아까운 젊은 날일 때 한 그루 산호(珊瑚)처럼 바쳐버리지나 않고.

---

39.   '마리아 막달레나'는 김남조 시인 본인의 세례명이기도 하다.

[······]

죄가 많으려고 죄가 얼마나 많으려고 끝끝내 너 하나를 잊지 못해하는 이 무참한 연책(連責)과 형벌의 굴레를 쓴채로 그 하필 엄청난 그리스도를 안고 나는 이 밤에 검은 샘속으로 떨어져버리고 싶어!

아직도 새벽은 오지 않는다.
술렁 살눈섭 한 오큼을 뽑히고 난듯 굽어 검은 샘속을 디려다 보면—.
아무래도 다시 기원(祈願)을 쌓아 올리는 것 밖에.
아무래도 다시 세월을 믿어 보는 것 밖에.

—「사야(邪夜)」 부분[40]

이 시의 '나'는 "꺼져버리는" 쇠약한 목숨에도 불구하고 감당할 수 없는 정념으로 활활 불타오르는 중이다. "잉잉대며 타 들어가는 주홍(朱紅)빛 바다"를 향해 "광녀(狂女)마냥 포효"하는 여자와 "검은 샘속"에 빠져 죽으려는 "박쥐"는 기형적일 만큼 불균형한 '나'의 내면 상태를 암시한다. 죽음 충동과 생-충동으로 대비되는 두 이미지는 원초적 상징성만큼 극단적이다. 특히 '불타는 바다'는 김남조 시에 자주 되풀이되는 이미지로 광기에 달한 여성적 정념의 맹렬한 분출을 대리한다. 세상을 집어삼킬 듯 붉게 일렁이는 파도는 여성의 육체적 열망과 동요를 상징한다. 반면 깊고 어두운 우물은 겉으로 드러나선 안 되는 여성의 악마적 무의식을 표상한다. 이루어질 수 없는 사랑이라면 차라리 '너–그리스도'와 함께 죽고 말겠다는 파괴 욕구는 남성들이 가장

40. 김남조, 『목숨』, 정양사, 1959, pp. 80~82. 이하 김남조의 시는 이 책에서 인용.

두려워해온 여성상, 예컨대 통제 불가능한 마녀와 악독한 메데이아를 연상시킨다. 바닥 모를 우물의 깊이는 남성을 죽음으로 이끄는 유혹의 깊이이자 여성 자신도 의식하지 못하는 잠재된 욕망의 깊이이다. "사야(邪夜)"라는 제목처럼 홍염의 바다와 어둠의 우물이 함께 부풀어 오르는 밤은 사악한 여성의 밤이다.

　　그런데 이 두 충동은 밖으로 나와선 안 된다. 모두 철저히 금지되어야 할 것들이다. 그것들은 "죄"다. 너무 많은 "죄"다! 그러니 '나'가 취할 행동은 히스테릭한 자학이다. '나'는 "술렁 살눈섭 한 오큼을 뽑"힌 듯 우물을 들여다본다. 그러곤 다시 기도를 드리며 세월이 가길 기다린다. 여성적 체념과 수동성을 마땅히 따라야 할 순리와 의무로 받아들인다. 혹은 스스로를 "박쥐"처럼 비루하고 왜소한 존재로 한없이 낮춘다. 이를 반영하듯, 김남조의 초기 시에 드러나는 히스테릭한 여성–주체의 모습은 시간이 지남에 따라 자취를 감춘다. 절대적인 섬김, 아낌 없는 헌신, 초속적인 겸양에 전력을 기울이는 여성만이 남아 '사랑'이라는 이름으로 종교적 신성 회복에 몸과 마음을 바친다. 전체 시 이력을 볼 때, 사랑 예찬으로 보수 이데올로기를 공고히 하는 이러한 여성성의 구현보다 여성의 내밀한 심리를 징후적으로 드러낸 김남조의 초기 시들이 한국 여성시의 진화에 더 유의미한 역할을 할 수 있었을 것이다. 그러나 그러한 본격적인 변화는 강은교의 등장으로부터 비로소 가능해진다.

6

한국 여성시의 시작을 되돌아보는 이 글에서 강은교 시의 의의를 서술하는 것은 여성시의 계보를 몇 단계 건너뛰는 일이 된다. 그중 홍윤숙의 현실 의식과 지적인 자기 탐구를 지나치는 것은 글의 흐름상 적절치 못하다. 그럼에도 불구하고 강은교 시에 대한 검토로 글을 마무리하려는 까닭은 한국 여성시의 자기 정체화가 다양한 정념의 주체들이 새로운 자아상을 창조함으로써 일련의 계보를 구축해왔음을 고려할 때, 그 정념의 표출이 성숙한 문학적 표상으로서 예술적 완미를 획득한 예를 강은교의 시에서 확인할 수 있기 때문이다. 무엇보다 남성의 대상적 존재가 되길 거부하고 남성적 시선의 내면화를 스스로 의식하면서 여성의 주체화가 어떻게 가능할지를 남성적–근대적 주체의 비판을 통해 탐색한 예가 강은교의 시이다. 한마디로 말해 한국시의 여성시학은 강은교로부터 출발한다.

　　강은교 시의 첫번째 특징은 여성적 육체의 발견이다. 그녀의 자기 인식은 여성 자신의 시각에서 자기 몸을 자각한 데서 개시된다. 김정란은 "강은교의 시에서 '살'이라는 단어를 처음으로 발견했을 때 받았던 충격을 잊을 수가 없다"고 말한 바 있다. 그의 말처럼 "1960년대까지만 해도, 여성이 자신의 '육체'를 관념적 의미가 아니라 실존적 의미로 시 속에서 환기시킨다는 것은 상상할 수도 없는 일이었다".[41] 실제로 「자전Ⅱ」에는 "자궁"이 직접 언급된다. 한국 시문학사에서 여성의 신체 일부가, 그것도 성적 정체성을 여과 없이 지시하는 표현이 여성의 입을 통해 등장한 대목은 이 시가 처음일 것이다.

　　밤마다 새로운 바다로 나간다.
　　바람과 햇빛의
　　싸움을 겨우 끝내고
　　항구 밖에 매어놓은 배 위에는

41.　김정란, 「한국 현대 여성시의 성취와 전망── 여성 정체성의 형성을 중심으로」, 『인문과학연구』 제4권, 안동대학교 인문과학연구소, 2001, p. 69.

생각에 잠겨
비스듬히 웃고 있는 지구
누가 낯익은 곡조의
기타아를 튕긴다.

그렇다. 바다는
모든 여자의 자궁 속에서 회전한다.
밤새도록 맨발로 달려가는
그 소리의 무서움을 들었느냐.
눈치채지 않게 뒷길로 사라지며
나는 늘
떠나간 뜰의 낙화가 되고
울타리 밖에는 낮게 낮게
바람과 이야기하는 사내들

어디서 닫혔던 문이 열리고
못보던 아이 하나가
길가에 흐린 얼굴로 서있다.

　　　　　　　　　　　　　　—「자전Ⅱ」전문[42]

우리는 이 시에서 김명순의 '미친 여자'를 다시 만난다. 폭풍 치는 바
다를 향해 울부짖던 모윤숙과 김남조의 광기를, 파도 소리를 울음소
리로 듣던 노천명의 우울을 다시 떠올린다. "밤새도록 맨발로 달려가"
울부짖던 모든 '미친 여자'들의 정념이 강은교의 "바다"에는 가득하

42.　　강은교, 『허무집』, 70년대동인회, 1971, pp. 20~22. 이하 강은교의 시는 이 시집에서 인용.

다.[43] "바다"는 여성적 정동의 공간이다. 여자라면 누구나 이 "바다"를 자궁으로 품고 있다. 이곳의 압도적 힘은 "회전한다"는 단어에 함축되어 있다. 회전하는 바다로 상징되는 들끓는 정념들의 활력은 여성의 '자궁 – 바다'가 왜 "밤마다 새로운" 공간으로 정화되는지를 알려준다. 그것은 머물러 있지 않다. 끊임없이 요동치고 움직인다. "열린 자궁"(「여행차」)의 떨림만큼 여성적 섹슈얼리티를 과감하게 드러내는 것은 없다. 제어되지 않는 강렬한 섹슈얼리티 탓에 "바다"와 인접한 것/곳도 함께 펄럭이고 출렁인다. "파도치는 거리의 집들" "혼자 펄럭이"는 "사람"(「자전Ⅰ」), "일어서"는 "길"과 "출렁이는 살"(「자전Ⅲ」), "나붓기는 구름"(「자전Ⅳ」) 등 부풀어 오른 여성적 바다의 영향이 주변의 풍광을 바꾼다. '파도치고' '펄럭이고' '일어서고' '출렁이고' '나부끼는' 동사들이 알려주듯 "바다"와 살이 맞닿은 "바람"은 한껏 고조된 여성적 육체의 기세를 사방에 퍼뜨린다. 그리고 시의 곳곳을, 그 내밀한 속을 여성성으로 물들인다. 이토록 차고 넘치는 여성적 정동의 세계를 과연 어떤 "사내"가 감당할 수 있을 것인가?

"사내들"은 "울타리 밖에"서 '낮게 낮게 바람과 이야기할' 뿐이다. 이들의 이야기가 넋두리에 그치고 마는 것은 두 가지 이유 때문이다. 첫째, 이들은 "바다" 너머의 "도시"(「자전Ⅰ」), 폐허가 된 문명에 속해 있다. 그곳은 "불의의 비가 내리고" "모래의 죽음"이 "부끄러운"(「자전Ⅳ」) 세계다. 이곳에서 "아름다운 모래의 여자들"은 부서져

---

43.   홍윤숙의 다음 시도 "바다"로 상징되는 여성적 광기의 분출을 보여준다. "무변한 해원에 바람을 의지하는/한 잎 갈이파리/아무도 한 여인을 엿보는 이 없는/암흑의 밤기슭에/목숨 같은 검은 머리 풀어 헤치다/치렁치렁 검고 숱한 머리/궂은 벌처럼 휘 휘 목에 감고/가릴 바 없이 벗은 몸 하나 붉은 단풍잎처럼 타오르는 밤//아직도 푸른 잎 이슬지는/송백의 청청한 젊음이 목에 겨워/유리 한 조각 입에 물고/와드득 깨물어 죽지도 못하는 미련일래/밤을 지새워 통곡하느니/목 놓아 통곡하느니"(「여인좌상」 부분, 『홍윤숙 시전집』, 시와시학사, 2005, p. 173).

내리고 "떨어져 쌓인다"(「자전 I」). 남성적 불의로 오염된 이곳엔 죽음 외엔 남은 것이 없다. 따라서, 둘째, 이렇게 황폐한 곳의 사내들이란 이미 죽었거나 죽은 것과 진배없는 존재들이다. 강은교의 시에서 남자들은 대체로 생기 없는 무력한 이들로 나타난다. 유령인 듯 억울하게 희생당한 넋의 존재로 시의 후면에 조용히 등장한다. "울며 떠나는 당신들이 보여요/누런 베수건 검어쥐고/닦아도 닦아도 지지않는 피를 닦으며"(「풀잎」)나 "엄마 등에는/사천년 묵은 늪이/황톳물이/묻혔다 다시 묻히는/아아 사천 사내의/떼죽음"(「단가 삼편」) 등 희미하고 어렴풋한 희생양의 모습으로 제시된다. 이러한 남성상은 강은교 이전의 여성시를 떠올릴 때 비교 불가한 변화라 할 수 있다.

　　강은교의 시적 전언은 분명하다. 남성들은 자신들의 "불의"와 불모성으로 학살에 버금가는 죽음을 초래하였고, 남은 것은 피 흘리는 혼의 잔재뿐이다. 바다 – 자연 – 여성(성)의 세계와 비교할 때, 근대 – 문명 – 도시 – 남성(성)의 세계는 메마른 황무지이다. 마을마다 피어오르는 연기는 쌓인 시체 더미로부터 피어오르고, "허공에는/시내들의 흰 수염만이/천천히 나붓기"(「창의 이쪽」)고 있다. 내리는 비는 화장(火葬)의 불길을 겨우 잠재운다. 남성적 근대/문명의 역사와 본질을 폭력과 파괴로, 죽음의 유전(遺傳)과 확산으로 파악하는 것이다. 이러한 비판적 인식이 가능한 까닭은 남성적 시선에 의해 대상화된 여성의 시각이 아니라 자기 육체의 고유성을 발견한 여성의 눈으로 남성(성)을 주시하기 때문이다. 이는 매우 중요한 특징이다. 강은교 시의 주체가 왜 '바리데기'라는 신화적 존재를 동일시의 모델로 삼았는지를 알려주기 때문이다. 그런데 오해해선 안 될 것이 있다. 바다 – 여성(성)의 세계가 생명/탄생/삶의 공간을 뜻하지 않는다는 사실이다. 만약 여성성과 남성성이 이러한 이분법적 체계로 대비된다면, 이는 여성성의 신화를 재구축하는 것과 다를 바 없다. 놀랍게도 강은교는 바다를 허무의 공간으로 특징짓는다. 그러니까 저 여성적 바다는 '무(無)'의 공간, '없음nothing'의 세계이다. 이것은 무엇을 뜻하는가? 저 세계는 '텅 빈 자궁'인 것이다. 왜 텅 비었는가를 묻는다면, "사내들"이 죽었기 때문이다. 생명의 잉태는 온전한 남성과 여성을 필요로 한다. "밤마다" "맨발로" 바다를 향해 달려나간들 '나'와 '사내들' 사이에서 태어난 아이는 생명력 없는 "흐린 얼굴"로 서 있을 수밖에 없다. 죽어버린 도시 – 문명 – 남성(성)의 세계는 바다 – 자연 – 여성(성)의 세계 또한 죽음으로 물들인다. 바다로 열린 길이 "폐허로 가는 길"(「자전Ⅲ」)인 까닭은 이 때문이다. 바다와 도시는 그렇게 맞닿아 있다.

이제 강은교 시의 자아가 "비리데기"(「비리데기의 여행노래」)와의 동일시로부터 탄생한 까닭을 이해할 수 있다. 자신을 버린 부모였음에도 불구하고, 죽어가는 아버지와 어머니를 살리기 위해 비리데기는 끔찍한 지옥으로 발걸음을 옮긴다. 제 손길과 발길에 부모의 생사가 달려 있는 그녀는 저승을 여행하는 여성 – 오르페우스다. 손톱과 발톱만 느껴지는 원혼들 사이에서 얼마나 걸릴지 알 수 없는 영원 같은 시간을 걸으며 죽음 너머의 참상을 바라본다.

사람이여
네가 가는 길위에
웬 모래가 이리 많은가.
조금만 귀 기울여도
창밖에는 살(肉)을 나르는 바람소리
동쪽에서 서쪽으로
내 뼈 네 뼈가 불려가는 소리
바다로 가는 소금들의

빠른 발자욱도 보인다.

여기가 너무 넓은가.

알지 못할 빛이 많은가.

오늘밤엔 시든 나팔꽃들도

다시 한 번 고개를 들었다 숙이고

나팔꽃 그늘에서 우리는

몇 만 그람의 핏방울을 저울에 달았다.

살아있지도 죽어 있지도 않은

다만 흐르는 소리 뿐인

내 피의 몇 세기,

날이 저물고

저편 하늘에서 기다리던 구름 서넛이

무덤 속으로 들어간다.

　　　　　　　　　　　　　—「황혼곡조 4번」 전문

영겁의 "모래"들 속에서 '나'의 살과 뼈는 부서져 내리고, 썩지도 않고 "바람" 따라 나뒹군다. 이런 무덤 속을 '나'는 자청해 들어간다. 생장의 운명을 스스로 택한 것이다. 우리는 이렇게 "살아있지도 죽어 있지도 않은" 참혹을 먼저 경험했던 이를 알고 있다. 바로 김명순이다. 사회적 적대와 타의에 의해 매장의 형벌을 감내해야 했던 김명순과 비교할 때, 강은교의 '나'는 훨씬 모험적이고 의지적이고 독립적이다. 그녀는 누구도 감당하기 힘든 초월적 규범을 몸소 실천한다. 모든 현실원칙과 쾌락원칙을 넘어서, 현실 세계를 지배하는 어떤 사리(私利)나 공리(公利)와도 무관하게, 자기를 버린 자들에 대한 복수와 원한도 초월하여 자기 원칙에 따라 의무와 도리를 실행하는, 그래서 인간의 한계를 넘어서는 '나−비리데기'는 꼭 한 사람을 닮았다. 자기희생도 마다

하지 않는 그녀의 윤리적 실천은 헤겔에 따르면 '천상의 아름다움'이라 할 수 있다. 강은교의 '나 – 비리데기'는 한국판 안티고네이다.

　　비리데기가 걷는 저승 세계는 죽음이 창궐한 남성적 도시 문명을 상징하며, 피도 눈물도 없는 아버지 – 오구대왕을 재생시키려는 목숨을 건 그녀의 자기 공양은 개인의 진정한 윤리가 쾌락원칙 너머에 있고, 타자를 위한 헌신은 그러한 너머를 향해 나아가는 것임을, 더불어 파괴된 남성적(근대 – 도시 – 문명) 세계의 복원은 '여성적인 것'의 의미와 가치를 재고하여 이를 실천적으로 정위(正位)하는 데 달려 있음을 상기시킨다. 그러므로 강은교 시의 주체는 안티고네적 주체다. 이 주체는 급기야 "살아있지도 죽어 있지도 않은" "귀신이 되어"(「황혼곡조 2번」) 운다. "내 피의 몇 세기"를 "가거라 가거라" 하는 타자들의 부름에 바치고, "돌아오지 말라"(「이곳에서는」)는 요청도 거부하지 않는다. 타자의 목소리를 듣고 그에 감응하며 타자와 교접하는 존재인 "귀신"(「황혼곡조 2번」)은 안티고네적 주체의 최종 자아이다. 산 자도 죽은 자도 아닌 경계의 존재, 이성적·합리적 세계로부터 이탈하여 근대적 남성성이 자랑하는 명확성과 확실성에 의문부호를 다는 식별 불가능한 존재. 그러한 존재-되기로서의 주체화 선언. 강은교의 시를 기점으로 한국 여성시는 이렇게 놀라운 진화의 단계에 들어선다. 그리고 마침내 우리는 강은교의 후예들이 이어가는 한국시의 다양한 능선을 눈부시게 마주하고 있다.

여성 자아의 탄생과 소멸, 그리고 타자 되기의 미학
—'여성-나'의 서사 전략과 정치학

심진경

1. 에일리언이 여성을 만났을 때

조너선 글레이저Jonathan Glazer의 영화「언더 더 스킨Under the Skin」(2013)은 외계인이 지구에 와서 식용으로 사용할 인간을 찾아다니며 벌어지는 이야기를 다룬다. 인간의 형상을 한 외계인이 혼자 길을 걷는 남성을 유혹해 외딴집에 숨겨진 이상한 공간에 가두면 인간이 고기처럼 가공돼 외계로 전송된다. 이때 남성을 유혹하는 역할을 맡은 외계인은 여성의 형상을 하고 있다. 영화 초반 외계인은 도로변에 시신으로 발견된 여성(스칼릿 조핸슨 분)의 표피를 벗겨서 입는데, 이 여성의 스킨을 입는 순간 외계인은 지구에서의 여성의 숙명, 즉 남성을 유혹해야 하는 역할과 성폭력을 당해 살해될 위험 둘 다를 떠안게 된다. 영화는 두 가지 문제를 제기한다. 하나는 인식과 정체성의 상관관계라는 문제이고, 다른 하나는 외계인이 인간 정체성을 갖게 될 때 그는 인간이 될 수 있는지에 대한 질문이다. 사실상 이 둘은 모두 여성성 혹은 여성 정체성에 대한 탐구와 관련되어 있다.

       영화에 따르면, 여성성은 철저하게 우리의 눈에 보이는 외형을 통해 낙인찍히고 강화된다. 비록 그것이 피부 아래에 있는 것과 아무런 상관이 없는 것임에도 불구하고 말이다. 그 순간 프로이트의 악명 높은 주장, 즉 "해부학은 운명"이라는 주장은 모호해지고 그 대신 주디스 버틀러의 "젠더는 운명"이라는 말이 설득력을 갖는 것처럼 보인다. 흥미로운 것은 영화에 등장하는 외계인들 중에 여성의 형상을 한 외계인이 보호받아야 할 연약한 존재이자 동시에 함부로 폭력을 휘둘러도 되는 존재로 타자화, 대상화된다는 점이다. 이는 오랫동안 사회적으로 구성되어온 여성에 대한 인식을 똑같이 복제한다. 반면 남성의 형상을 한 외계인은 인간 식량을 사냥하는 대신 주로 여성의 형상을 한 외계인을 감시하고 추적한다. 이때 여성과 남성의 성적 차이는 마치 계층 차이(하층계급 노동자-중간관리자)처럼 읽히기도 한다. 결국 영화가 진행되는 동안 여성은 인간이든 외계인이든 늘 감시받고 추적당하고 강간당하고 버려지고, 그러다가 죽는다. 외계인도 여성으로 성별화되는 순간 가부장제적 폭력을 벗어나지 못한다는 비극적 결말이다. 이는 아무리 포스트휴머니즘과 포스트페미니즘의 시대라도 여성을 지배하는 이 끈질긴 가부장제 서사를 벗어나기란 쉽지 않음을 암시한다.

영화는 다른 한편으로 외계인-여성의 자기 각성 과정을 담아낸다. 이는 일종의 여성적 순례의 형식을 띤다. 처음에 외계인-여성은 인간에게 아무런 연민도 갖지 않는다. 왜냐하면 인간은 그냥 도축되어야 할 가축에 불과한 존재이기 때문이다. 그럴 때 인간은 하나의 대상에 불과하다. 파도에 휩쓸려간 부부를 구하려고 바다에 뛰어들었다가 지쳐 해변으로 돌아온 남자를 무표정하게 돌로 찍어 죽일 수 있었던 것도 이 때문이다. 그러다가 이 외계인-여성은 기형적인 외모를 가진 남성과의 만남을 통해 인간에 대한 대상화에서 벗어나 비로소 인간적 공감을 경험하게 된다. 얼굴 때문에 평생을 외롭게 산 남자를 보면서 외계인-여성은 자신의 처지, 즉 낯선 지구에 고립된 채 아무런 공감도 교류도 없이 오직 인간 남자를 사냥하는 일만 반복해야 하는 상황을 떠올린다. 둘 다 '타자화된 존재'라는 점에서 외계인-여성은 타자에 대한 공감은 물론 인간으로서의 자각을 얻게 된 것이다. 그리하여 외계인-여성은 음식을 먹어보려 하지만 토하고 인간 남성과 섹스를 시도하지만 실패한다. 결국 인간 여성에 적응하려던 외계인의 시도는 실패한다. 그러다가 갑자기 이 외계인-여성을 강간하려는 남성이 등장하고, 그 과정에서 피부가 벗겨져 본래 모습이 드러난다.

영화는 그녀가 불에 타 재가 되기 직전에 가장 인상적인 장면 하나를 보여준다. 그것은 바로 피부가 벗겨진 검은 외계인이 그동안 자신이 썼던 여성이라는 피부(스칼릿 조핸슨의 얼굴)와 마주하는 장면이다. 그럴 때 관객은 다음과 같은 질문과 마주하게 된다. 여성이라는 피부와 그 피부 아래 놓인 검은 형상 중 진짜 '나'는 누구인가? 이 둘은 다른가, 같은가? 여성으로서 '나'가 된다는 것은 피부로서의 여성과 그 안에 감춰진 외계인이라는 실체 중 어떤 것과 더 가까워지는 것인가? 분명한 것은 둘 다(피부건 실체건 간에) 가부장제적 세계 질서(우주를 포함해) 속에서 소외된 취약한 존재들이며 그 때문에 사회석, 성적 폭력의 대상으로 다자화되기 쉽다는 사실이다. 그런 점에서 이 영화는 여성의 자기 발견이라는 주제와 관련해 우리에게 두 가지 시사점을 제시한다. 하나가 '여성으로 존재한다는 것은 외계인으로 존재한다는 것'이라는 급진적 명제의 제시라면, 다른 하나는 여성으로서 '나'가 된다는 것이 단순히 독립적이고 자율적인 개인으로서의 자기 인식이라는 차원에 머물 수 없다는 사실이다.

정체성identity은 오랫동안 문학비평의 핵심 개념이었지만 자아self라는 용어와 함께 그 의미가 명확하게 밝혀지지 않은 채 갑자기 진부한 표현이 되어버렸다. 주디스 키건 가디너의 말처럼 정체성이라는 단어는 때로는 동일성(사회적으로 규정된 여성의 모습과 동일시하는 것)을, 때로는 특수성(자기만의 경험과 시선을 통해 스스로를 주체로 인식하는 것)을 의미하는데,[1] 이 개념이 여성에게 적용될 때 그

모순은 더욱 증폭된다. 왜냐하면 남성 중심 사회에서 여성의 사회화 과정은 억압받는 존재로서의 내면화 과정인 경우가 대부분이기 때문이다. 이는 교양소설이 결코 여성의 장르가 될 수 없는 이유이기도 하다. 교양소설 속 사회가 요구하는 성숙한 시민은 오직 남성뿐이다.

　여성의 사회화란 많은 경우 가정 내적이면서 남성 보조적인 아내, 어머니, 딸, 며느리 등의 역할에 스스로를 동일시하는 것을 의미한다. 따라서 '여성=외계인'이라는 비유는 여성 정체성이라는 개념과 관련해 두 가지 층위로 서사화될 수 있다. 하나는 여성이라는 외계인을 가부장제적 동일시 장치를 통해 여자 인간으로 순응하게 하는 방식이라면, 다른 하나는 자신의 이질성을 끝까지 포기하지 않고 이를 언어화함으로써 남성 중심 서사에 균열을 일으키는 것이다. 바로 이 두 이질적인 여성성 간의 긴장과 갈등, 그리고 모순의 공존이야말로 여성문학의 중요한 토픽이 되었다. 대부분의 여성문학사가 여성 정체성 탐구를 중심으로 기획된 것은 이 때문이다. 샌드라 길버트Sandra Gilbert와 수전 구바Susan Gubar는 『다락방의 미친 여자』에서 "여성의 자기 정의 탐구"[2]를 19세기 여성 작가들의 기저 플롯으로 보았으며, 일레인 쇼월터 또한 『그들만의 문학』에서 "자기 발견" "정체성 탐색"[3]을 1920년 이후 끝나지 않는 드라마처럼 지속되는 여성문학의 주요 주제로 본다.

　한국 여성문학도 마찬가지다. 근대문학 형성기부터 지금까지 여성의 자기 발견 과정은 종종 이방인 되기 혹은 소외의 체험으로 형상화되었다. 여성은 급변하는 한국 사회와 문학 내부에서 언제나 내부

1.　　Judith Kegan Gardiner, "On Female Identity and Writing by Women", *Critical Inquiry* Vol. 8, No. 2, University of Chicago Press, 1981 참고.

2.　　샌드라 길버트·수전 구바, 『다락방의 미친 여자』, 박오복 옮김, 북하우스, 2022.

3.　　Elaine Showalter, *A Literature of Their Own*, Princeton, N. J., 1977, p. 13.

의 식민지 혹은 내부의 외부자로 위치했으며, 그 과정에서 여성-되기의 미션은 사회적 타자와 내적 주체 사이에서 혼란을 겪었다. 여성이 '나는 나'라고 말할 때 과연 거기에 존재하는 것은 누구인가? 이 오래된, 그러나 아직 해결되지 못한 질문이야말로 '여성으로서의 나'라는 토픽이 결코 만만치 않은 것임을 짐작케 할 뿐이다.

　'여성 – 나'의 문제에는 내부의 타자로 식민화된 여성의 존재론적 조건, 그 속에서 반복된 여성 혐오적 폭력의 역사, 성적·사회적 욕망의 각성을 통한 주체로의 전환, 그리고 타자에 대한 공감과 연대를 통한 공동체적 자아로의 확장 등 훨씬 더 다양한 층위가 복합적으로 얽혀 있다. 그런 만큼 한국문학의 장에서 '여성으로서의 나'를 묻는다는 것은 단순히 진정한 자아를 발굴하는 데서 멈추는 것이 아니다. 그것은 여성의 자아가 언제, 어떤 담론적 조건 속에서 가능해졌는가를 묻는 일이며, 여성 자아의 역사적 구성 과정을 기록하는 실천이라고도 할 수 있다. 따라서 여성의 '자기-되기'는 텍스트의 주제일 뿐만 아니라 여성문학사 자체의 존재 방식이다.

2. 낯선 '여성'을 찾아가는 '○○녀'의 모험

2000년대 이후 한국 사회를 지배한 여성 혐오의 키워드는 바로 '○○녀'였다. '된장녀' '개똥녀' '김치녀' 그리고 '페미넌'에 이르기까지, '권리만 챙기고 의무는 다하지 않는' 젊은 여성들을 비하하고 혐오하는 이 '○○녀'라는 명명법이야말로 개별 여성을 광장에 끌고 와 집단 처벌하는 온라인 마녀사냥의 전형이다. 그런 점에서 '○○녀'는 표층적으로는 사회가 요구하는 여성성을 갖추지 못한 여성에 대한 분노 섞인 비난처럼 보이지만, 실상은 여성들이 더 이상 남성의 요구 따위는 신경도 쓰지 않는 자율적인 존재가 될지도 모른다는 심층적 불안의 표출에 가깝다. 흥미롭게도 이러한 '○○녀'라는 멸칭은 개화기 선구적 여성 지식인이었던 신여성을 '모던 걸'로, 그러다가 '못된 걸'로 불렀던 식민지 조선의 여성 호명 방식을 연상시킨다. 성별에 따른 공/사 영역의 분리가 무너지기 시작하던 근대 초기부터 사회 활동을 하는 여성에 관한 (성적) 스캔들은, 공적 영역에 등장하기 시작한 신여성에 대한 비우호적인 남성의 태도와 여성이 점점 자신들의 통제권을 벗어나는 상황에 대한 불안의 증상이다. 그런 점에서 일제강점기에 여성에게 덧씌워진 '신여성'이란 타이틀은 구체적인 실제 집단이 아닌, 식민지 남성 지식인들의 근대에 대한 욕망과 결핍을 투사하는 허구적 대상에 불과한 것이었다.

특히 한국 근대문학 초창기에 '신여성'이라는 타이틀을 달고 등장한 여성 작가는 새로운 풍속과 전위(前衛), 여성해방의 상징으로 활발한 문학 활동을 했지만, 이들의 연애·결혼·이혼을 둘러싼 소문은 각종 치정 사건이나 정사 사건에 대한 가십성 기사와 결합해 이들을 남성 작가가 쓰는 모델소설의 주인공이 되게 했다.[4] 그 과정에서 창작의 주체였던 이들 여성 작가는 소문 속에서 창조력을 거세당한 채 남성 작가에 의해 창작의 대상으로 재현되다가 급기야 "생각 없이 참스럽지 못하고 허영에 들고 놀고먹으려고 하는, 떠받들어주기만 바라고 사치하려고 하는 모든 병폐가 있는 사람"[5]이라는 신여성의 고정된 이미지로 박제돼버린다.[6] 그러나 이게 끝이 아니다. 한국문학 초창기에 등장해 섹스 스캔들 속 주인공으로 소모되다가 급기야 문학

---

4.   이에 대해서는 심진경, 「여성, 모델, 세태 ── 염상섭 '모델소설' 속의 소문난 여자들」, 『여성과 문학의 탄생』, 자음과모음, 2015 참조.

5.   팔봉선인, 「소위 신여성 내음새」, 『신여성』 2권 6호(1924. 8), p. 22.

6.   이에 관한 좀더 상세한 논의는 심진경, 「여성문학의 탄생, 그 원초적 장면 ── 여성·스캔들·소설의 삼각관계」, 권보드래 외, 『문학을 부수는 문학들』, 민음사, 2018 참조.

바깥으로 추방된 1세대 여성 작가들은 가련한 희생자 서사 속 주인공으로 남기를 거부한다. 오히려 이들은 남성 작가들에 의해 만들어진 '방종하고 문란한' 신여성 이미지에 저항하면서 새로운 여성 인물을 창조하기 위해 고군분투했다. 그러한 분투의 흔적이 가장 짙게 남아 있는 작품이 바로 김명순의 「탄실이와 주영이」(『조선일보』 1924년 6월 14일~7월 15일, 총 28회 연재)다.

　　김명순의 「탄실이와 주영이」는 여성의 성적 운명(순결한가, 순결하지 않은가)에 따라 여성에 대한 평판이 좌우됐던 가부장제 식민지 조선에서 자기 존재를 새롭게 증명하려는 작가 자신의 깊은 내적 갈등과 투쟁을 자전적 형식으로 풀어낸 소설이다. 이 소설은 제목처럼 '탄실이'와 '주영이'라는 두 여성 인물 간의 대결 구도로 전개된다. 여기서 '탄실'은 그녀 자신의 실존적 자아이고, '주영이'는 나카니시 이노스케(中西伊之助)의 소설 속 인물을 빌린 허구적 자아로 설정된다. 이를 통해 작가는 '주영이'로 대표되는 왜곡된 자기 이미지와 '탄실이'〔탄실은 김명순의 호(號)이다〕라는 진실한 자기 사이의 간극을 통해 자신이 남성들의 뒷담화 속에서 성적으로 소비되는 소모품이 아니라 자기 삶에 대한 회고적 서사를 통해 스스로 '말하는 주체'임을 선언하고자 했다. 그 점에서 이 소설은 김명순이 자신에 관한 소문의 부당함을 주장하기 위해 쓴 대항 서사인 동시에, 자아를 찾아가는 일종의 자기 탐색 서사로도 볼 수 있다.

　　소설은 크게 두 부분으로 나뉘어 전개된다. 전반부는 문학청년인 이수정과 지승학이 탄실의 오빠인 김정택을 찾아가 일본 작가 나카니시 이노스케의 소설 『너희들의 등 뒤에서(汝等の背後より)』의 주인공인 '주영이'가 '탄실이'를 모델로 했다는 소문을 전하고, 그 소문에 대해 오빠가 반박하는 내용으로 이루어져 있다. '주영이'는 하숙집 주인의 친구인 기병 소위의 유혹에 빠져 정조를 유린당한 뒤 남성에 대

한 복수심으로 문란한 성생활을 하게 된 인물이다. 물론 나카니시의 소설에서 주영이는 소설 후반부에 독립운동가로 변모해 투쟁하다 죽게 되지만 「탄실이와 주영이」에서 이런 사실은 드러나지 않는다. 사람들에게 '주영이'가 흥미를 끈 이유는 오직 성적으로 타락한 주영이가 김명순 작가를 모델로 만든 인물이라는 소문 때문이었다. 김명순은 1차 일본 유학 시기였던 1915년에 그 당시 일본 육군사관학교 출신 보병 소위인 이응준에게 강간당했는데, 이 일이 『매일신보』에 세 차례에 걸쳐 보도된다. 분명 그녀는 데이트 강간 피해자임에도 불구하고 '강간 피해 경험=처녀성 상실=성적 문란함'이라는 남성 중심적 도식 속에서 성적으로 문란한 신여성의 전형stereotype이 된다. 김명순이 다른 1세대 여성 작가인 나혜석, 김일엽과 달리 처음부터 결혼제도에서 배제될 수밖에 없었던 것은 이 때문이다. 소설의 전반부에서 김명순은 이러한 잘못된 시선을 바로잡기 위해 '주영이'라는 허상의 그림자를 벗겨내고, 자신이 진정 어떤 사람인가를 세간의 소문에 하나하나 반박하면서 증명하고자 했다.

그러나 소설은 소문에 저항하는 대항 담론을 통해 자기 존재를 증명하는 데서 그치지 않는다. 본격적으로 탄실이의 자전적 삶이 소개되는 후반부는 탄실이의 자기 각성이 어떤 과정을 거쳐 이루어지게 되었는지, 그 과정에서 어떻게 가부장제적 식민지 근대의 모순을 깨닫고 현실의 부조리에 저항했는지를 비교적 상세하게 서술한다. 탄실이의 성장 과정에서 가족사는 중요한 배경으로 등장하는데, 특히 탄실은 아버지, 어머니와의 삼각관계, 그리고 아버지의 본처인 적모와 첩인 어머니와의 삼각관계 속에서 '나'에 대한 새로운 인식을 거듭 갱신하게 된다.

아버지, 어머니 그리고 '나'와의 삼각관계는 언뜻 프로이트의 가족 로망스를 연상시킨다. 가족 로망스는 인간의 심리적 성장 과정에서 나타나는 무의식적 욕망과 환상의 한 형태로, 어린아이가 현실의 부모를 부정하고 더 고귀하거나 이상적인 부모를 상상하는 심리적 공상을 말한다. 많은 서사물의 마스터 플롯으로 제시되는 이 가족 로맨스는, 프로이트가 그랬던 것처럼 대체로 남자아이를 주인공으로 하는 주체화의 서사를 생산한다. 예를 들면 마르트 로베르가 19세기 소설을 대상으로 분석한 가족 로맨스 서사의 두 가지 양상, 즉 아버지를 찾아가는 업둥이 형과 아버지와 갈등하는 사생아 형은 모두 남자아이의 주체화 과정을 다룬다.[7] 그럴 때 어머니와 딸, 자매 등과 같은 여성으로서의 경험을 바탕으로 한 여자아이의 주체화 과정은 배제되거나 주변화된다. 게다가 프로이트에 따르면, 남자아이의 환상 속에서 아버지는 더 높고 고귀한 존재가 되지만 어머니는 더 낮고 천한 존재로 상상된다.

그러나 「탄실이와 주영이」에서 이러한 아버지와 어머니의 관계는 역전된다. 탄실의 아버지 '김형우'는 전형적인 가부장적 권력자로, 조선 후기에서 일제강점기로 넘어가는 시기에 볼 수 있는 시대착오적인 '근대 가장'의 초상을 보여준다. 그는 관찰사 벼슬을 얻기 위해 재산을 탕진하고, 일제와 결탁하여 자신의 사회적 지위를 유지하려 한다. 그러나 그가 추구하는 근대화는 윤리적 자각이 결여된 물질적 근대일 뿐이며, 가족에게는 폭력과 굴욕을 남긴다. 그래서 아버지는 탄실이 "첩의 딸 기생의 딸 일본 탐정의 딸 학정꾼의 딸"[8]이라는 멸시를 당하는 이유이자 사회적 수치의 상징이 된다.

물론 그렇다고 해서 탄실이 어머니인 '산월'을 자랑스러워한 것은 아니다. 왜냐하면 어머니가 기생 출신 첩이라는 사실은 탄실에

---

7.   마르트 로베르, 『기원의 소설, 소설의 기원』, 김치수·이윤옥 옮김, 문학과지성사, 1999 참조.

8.   김명순, 「탄실이와 주영이」, 『조선일보』 1924년 6월 25일 자. 이후 이 소설을 인용할 경우 연재 일자는 밝히지 않고 몇 화인지만 기재. 인용 시 필자가 현대어로 수정.

대한 사회적 차별과 조롱의 근거가 되었기 때문이다. 특히 탄실은 교회에서 "세상 영화가 쓸데없다든지 또 남의 첩 노릇을 해서는 못쓴다든지 기생은 악마 같은 것이란 교훈"(8화)을 들으면서 어머니를 '지옥에 떨어질 마귀 들린 존재'로 규정짓고 그와는 다른 존재, 즉 '정숙한 여자' '신앙심 깊은 여자'가 되기 위해 노력한다. 그러나 소설에서 어머니인 산월은 자신의 타락한(?) 과거를 부끄러워하지 않을 뿐만 아니라, 오히려 현실을 돌파하는 강인한 생존 주체로 그려진다. 특히 교회에서 사람들 앞에서 자신의 삶을 당당하게 밝히는 산월의 연설은, 제도 밖으로 밀려났지만 끝내 살아남은 여성의 강인함과 당당함을 잘 보여준다.

> 내게는 신명이 돕지 않으셔서 여덟 살 나자 아버지가 돌아가시고 오라버니가 계시더니 그나마 내가 열두 살 되었을 때 전쟁 틈에 청인에게 맞아 죽고 내가 제일 위로 남아서 편친을 봉양할 길이 없어서 기생이 되었습니다. 그러니 여러분이 아시다시피 기생이라는 것은 남의 큰마누라가 되는 법이 없으니까 자연히 나도 남의 첩이 되었습니다. 그것이 나도 죄악인 줄은 알지요. 그러나 어찌합니까. 지금은 내한 몸도 아니고 이런 어린것이 있고 보니 금시로 그 집에서 나올 수도 없지 않습니까. 자백은 하나 안 하나 거진 비방한 일이지요. 이 세상 사람이 죄다 죄악이 있다고 할 것 같으면 하느님이실지라도 그것을 일체로 헤이시지 않는 편이 좋지 않을까요. (9화)

산월은 기독교적 원죄 논리에 따르면 결국 모든 사람에게 다 죄가 있을 텐데 굳이 그 죄를 헤아리는 것이 무슨 의미가 있겠냐고 반박한다. 이것은 당연한 것으로 받아들여졌던 교회와 가부장제의 권위에 대한 신랄한 비판이 아닐 수 없다. 탄실 또한 몇 가지 사건, 예컨대 교회의

성 추문, 큰집 사람들의 이중성이 폭로되는 사건을 겪으면서 기독교의 위선과 결혼제도의 아이러니를 직접 목격하게 된다. 그 결과 "그는 비로소 한 절망에 가까운, 남에게 속았다는 감정으로 받는 설움"(15화)을 느끼며 "어린 믿음에서, 그 몸을 빼어내게"(19화) 된다.

　　이렇듯 서사가 진행될수록 탄실은 세상이 말하는 도덕과 순결이 얼마나 허위적인지를 깨닫게 되면서 어머니 산월에 대한 인식의 변화를 겪게 된다. 분명 소설이 중단될 때까지(「탄실이와 주영이」는 미완의 소설이다) 탄실은 어머니의 '낙인'으로부터 벗어나지는 못하지만, 그럼에도 불구하고 어머니는 더 이상 수치스러운 존재가 아니게 된다. 오히려 탄실은 "그 모친의 고통을 나누어서 그 어린 몸에 담당하지 않으면 안 될 것"(18화)으로, 즉 어머니의 상처를 내적으로 감당함으로써 이를 새로운 주체로 거듭나기 위한 계기로 삼는다. 그럼으로써 어머니는 더 이상 부정의 대상에만 머무르지 않고 오히려 탄실이 새로운 존재로 거듭나도록 촉발하는 역설적 존재가 된다.

　　이렇듯 「탄실이와 수영이」는 교회와 아버지도 내표되는 부권을 비판하고 사회에서 타락한 창녀로 낙인찍힌 어머니와의 화해를 새로운 주체 성립의 계기로 삼는다. 그런 측면에서 이 소설은 부모를 부정하고 이상화된 대체 부모를 상상하는 과정을 통해 자기 분리를 이루는 프로이트 가족 로망스와는 다른 여성 가족 로망스 서사를 제시한다.[9] 어쩌면 작가는 「탄실이와 주영이」를 통해 여성을 성적 순결의 유무로만 판단하는 지배적인 남성 윤리를 거부하는 대신 기생첩이라는 어머니의 '나쁜 피'의 유전을 승인하고 재해석함으로써 어머니 – 딸을 중심으로 한 새로운 여성 서사의 가능성을 점쳐보았던 것

9.　'여성 가족 로망스' 개념에 대한 좀더 상세한 설명은 「서문: '딸'의 서사에서 '어머니/딸'의 서사로—다시 본 모성성」, 『한국문학과 모성성』, 서강여성문학연구회 엮음, 태학사, 1998, pp. 7~15 참조.

일지도 모른다.

이런 해석은 작가 김명순이 이 소설에 자신의 생애를 개입시키는 방식을 통해서도 정당화된다. 작가는 현실에서는 여전히 살아있던 아버지를 소설 속에서는 1910년에 죽은 것으로 설정하고, 어린 시절 자살한 어머니는 거꾸로 끝까지 생존한 강인한 여성으로 재구성한다.[10] 실제 삶에 대한 이런 문학적 수정이 의미하는 바는 명백하다. 그것은 바로 기생첩이라는 어머니의 출신성분, 거기에 더해 자신의 성폭력 피해 경험을 근거로 작가 자신을 '문란하고 허영에 찬 신여성' '성적으로 타락한 여성 작가' 등으로 규정짓는 사회적·문학적 폭력에 맞서는 동시에 스스로를 새롭게 재정의하기 위한 절박한 시도인 것이다. 그런 점에서 작품에서 탄실이가 자신의 과거를 되짚으며 회고적 서술을 시도한 것은 단순한 자기변명이 아니라 여성의 삶을 스스로 언어화하려는 정치적 행위라고 볼 수 있다.

그러나 "그것은 탄실이가 열여덟 살 나던 봄이었다"로 시작되는 신문 연재본 마지막 회(28화)에서 작가는 끝내 '그것'(이응준이 김명순을 성폭행한 사건)에 대해 말하지 못한다. 왜 작가는 여기서 더 나아가지 못했을까. 작가가 트라우마에서 벗어나지 못한 피해자이기 때문에 결국 언어적·문학적 재현의 한계에 부딪히게 된 걸까. 왜 김명순은 성폭행 사건에 대해 말하지 못하는 걸까. 상처가 서사로 전환되기 위해 요구되는 전제는 바로 그 상처가 공동체 내에서 말해질 수 있게 하는 사회언어적 조건이다. 그러나 당시 식민지 조선에는 이러한 여성의 이야기를 전달할 말의 장치가 존재하지 않았다. 따라서 이 침묵은 김명순 개인의 문학적 한계라고 보기 어렵다. 그것은 오히려

---

10.   이상경, 「김명순의 소설 「탄실이와 주영이」 연구 — 텍스트 보완과 작품의 맥락을 중심으로」,
         『현대소설연구』 제80호, 2020, 한국현대소설학회, pp. 401~404 참조.

식민지 조선의 가부장제 질서가 여성의 언어를 근본적으로 봉쇄했던 역사적 조건의 반영이다. 탄실의 실패는 그런 측면에서 바로 그 억압된 시대의 구조적 실패라고 볼 수 있다. 즉 이 실패는 그 당시 사회의 침묵이자 패배였다.

　　나머지는 우리 모두가 짐작했던 대로 흘러간다. 남성 중심적 문단이 김명순을 '문란한 신여성'으로 낙인찍는 동안 그녀의 삶은 도덕적 타락으로 환원되었으며 탄실의 목소리는 문학 안에서조차 검열되고 삭제된다. 그렇게 새로운 존재로 거듭나고자 했던 김명순의 시도는 '○○녀'로 대변되는 여성에 대한 사회적 낙인을 벗어나지 못한 채 끝내 미완으로 남는다.

　　김명순은 자신에게 덧씌워진 '성폭력 피해자=문란한 신여성'이라는 '망가진 정체성'을 벗어나려고 고군분투하지만 이러한 세간의 평가에서 완전히 벗어나지 못했다. 그뿐만이 아니다. 그녀는 1917년 단편소설 「의심의 소녀」부터 1939년 시 「그믐밤」에 이르기까지 소설, 시, 수필, 희곡 등 전 장르에 걸쳐 140여 편 이상의 작품을 발표하고 두 권의 작품집을 낼 만큼 왕성한 작품 활동을 하지만 다른 1세대 여성 작가인 나혜석, 김일엽과 함께 "작품 없는 벙어리 작가"[11]로 평가받으면서 오랫동안 한국문학사에서 배제되었다. 특히 김동인이 김명순에 대한 가짜뉴스를 기반으로 창작한 「김연실전」을 연재하기 시작한 1939년부터 김명순의 창작 활동은 완전히 끊기는데, 이는 명백한 2차 가해다. 김명순에게 벌어진 1915년의 비극적 사건은 남성 작가들에 의해 '성적으로 문란한 신여성'이라는 이미지로 끊임없이 각색되고 소비되면서, 탄실 김명순을 '주영이'라는 정체성 안에 가둬버린다. 그렇게 김명순은 끝내 자신의 문학적 욕망을 펼치지 못한 채 정

11.　　홍구, 「1933년의 여류작가의 군상」, 『삼천리』 1933년 3월호.

신병을 앓다가 아오야마(靑山) 뇌병원에서 사망한다.

　　나혜석의 운명도 다르지 않다. 그녀 또한 자신의 결혼부터 이혼까지의 과정을 회고적·자전적으로 서술한 「이혼 고백장—청구(靑邱) 씨에게」(『삼천리』 1934년 8, 9월호, 총 2회 연재) 연재 이후 뻔뻔한 불륜녀로 비난받다가 알츠하이머 환자가 되어 행려병자로 객사한다. 나혜석의 「이혼 고백장」은 이혼 4년 후 자신의 결혼과 이혼에 대한 회고적이고 자전적인 서술을 통해 식민지 조선이라는 시대적 제약 속에서 '여성으로서의 나'를 새롭게 자각하고 재구성하려는 고백적 자기 서사이다. 초창기 나혜석은 '여성도 사람'이라는 주장을 통해 여성이 여성으로만 특수하게 다뤄지는 존재가 아니라 인간이라는 보편적 존재가 되어야 한다고 주장했다. 특히 「경희」(『여자계』 2호, 1918년 3월)에서 작가는 신여성을 둘러싼 당대의 통념과 고정관념—사치스럽고 문란하며 집안일에 서툰 여성—에 저항하면서 여학생 '경희'의 자각적이고 '미학적'인 가사 노동을 통해 새로운 신여성상, 즉 선구적이고 개혁적인 여성 이미지에 부르주아적 '가정의 천사' 이미지가 결합된 그런 여성상을 제안하고자 했다. 그러나 나혜석은 결혼과 출산, 가정생활을 경험하면서 여성에게 요구되는 삶이 근대적 인간 주체로의 자연스러운 이행을 가로막는 현실과 마주하게 된다. 「이혼 고백장」은 '인간'이 되고자 했던 소설 속 '경희'가 결국 자신에게 허락된 현실은 오직 여성이라는 성차화된 존재로서의 삶뿐이었음을 깨닫는 과정을 다루고 있다.

　　「이혼 고백장」에서 나혜석은 회고적 관점에서 시어머니, 시누이와의 갈등, 가사 노동의 부담, 여성으로서 예술 활동의 제약 등 조선 가정 내에서 여성이 겪는 억압을 상세히 기록한다. 이는 남성 지식인들이 다루는 민족이나 계급 문제와 달리 여성의 일상적 경험이 얼마나 정치적인 것인지를 드러내는 작업에 다름 아니다. 특히 주목할

점은 나혜석이 자신의 불륜과 이혼이라는 '수치스러운' 사건을 공론
장에 폭로함으로써 젠더화된 수치심의 테크놀로지에 저항했다는 사
실이다. 그녀는 남편 김우영의 외도와 경제적 무능력, 최린과의 관계
를 솔직히 서술하며, 남성의 성적 일탈은 용인되지만 여성의 경우 법
적·도덕적 처벌 대상이 되는 이중 잣대를 고발한다. "조선 남성은 자
기는 정조 관념이 없으면서 처에게 정조를 요구한다." 이런 그녀의 비
판은 식민지 법률과 가부장제가 여성의 섹슈얼리티를 통제하는 방식
을 폭로한다.

　　　이후 구미를 여행한 후에 작가는 "나는 여성인 것을 확실히 깨
달았다"[12]고 고백한다. 이는 스스로 보편적 '인간'이 되고자 했지만 '여
성'으로만 제한적으로 이해받을 수밖에 없었다는 존재론적 자각이었
다. 즉 "여자가 천사처럼 행동하지 않으면 괴물이 될 것이라고 경고
받는 사회에서 여자가 된다는 것은 쇠약해지는 것이다".[13] 보편적 인
간이 되고자 했던 선구적 지식인 '경희'는 그렇게 식민지 조선 여성이
라는 한계에 짓눌리고 말았다. 게다가 서구 여성들이 여성 그 자체로
서 인간 대접을 받는 모습을 목격하면서, 그녀는 여성의 몸, 모성, 섹
슈얼리티의 경험이 근대적 주체 형성에서 배제되어서는 안 되는 물
질적 토대임을 인식하게 된다. "정조는 도덕도 법률도 아무것도 아니
요, 오직 취미다"[14]라는 나혜석의 과격한 선언은 그런 맥락에서 읽을
수 있다. 그것은 여성에게만 성적 순결과 정조를 요구하는 당대의 성
차화된 성 인식에 대한 비판이라고 할 수 있다. 그런 점에서 나혜석의
「이혼 고백장」은 단순한 개인적 고백을 넘어, 식민지 조선 여성의 자

12.　　　나혜석, 「아아 자유의 파리가 그리워─구미 만유하고 온 후의 나─」, 『나혜석 전집』, 이상경
　　　편집교열, 태학사, 2000, p. 319.

13.　　　샌드라 길버트·수전 구바, 같은 책, p. 151.

14.　　　나혜석, 「신생활에 들면서」, 같은 책, p. 432.

기 인식이 남성 중심적 근대성과 충돌하며 급진적으로 변화하는 과
정을 보여주는 텍스트다.

3. '광야에서 미친년 되기'의 역설

한국 근대문학 형성기에 활동했던 김명순과 나혜석은 '신여성'이라는
이름 아래 대중적으로는 속물적이고 성적으로 문란한 존재로 낙인찍
히고 문학적으로도 제대로 평가받지 못한 채 그들의 작품 또한 문학
사에서 배제됐다. 문제는 이러한 왜곡된 이미지와 사회적 배제가 이
후 세대 여성 작가들에게 깊은 영향을 미쳤다는 점이다. 1930년대에
주로 등장한 최정희, 모윤숙, 노천명, 장덕조, 이선희 등 2세대 여성
작가들은 선배 세대에게 쏟아진 부정적인 평가로부터 자유롭지 못했
으며, 스스로의 문학적 정체성을 확립하기 위해 이전 세대와의 거리
두기를 시도한다.

이들의 작품에는 여성적·가정적·모성적·정신적 주제에 대한
집중이 두드러지게 나타난다. 이는 한편으로 남성 비평가들의 기대
에 부응하는 것이면서 다른 한편으로는 선배 세대가 겪은 사회적 낙
인을 교훈으로 삼은 그들만의 '생존 전략'이기도 했다. 그 결과 이들
후세대 여성 작가들은 '여류 문단' 혹은 '소녀 문단'이라는 이름으로나
마 문단 안에서 일정한 지분을 차지하게 된다. 그러나 이들 후세대 여
성 작가들의 작품에 지배적인 여성적 토픽은 여성이라는 생물학적
본질에서 기인한 것이라기보다는, 가부장제 사회 속에서 작가로 살
아남기 위해 선택한 방어적이면서 전략적인 창작 원리로 볼 수 있다.
문제는 이러한 문학적 생존 전략을 구사한 2세대 여성 작가들 중 상
당수가 식민지 말기에 전쟁 찬양이나 친일적 행보를 보였다는 사실

이다. 그럼에도 불구하고 이 중에서도 특히 최정희는 한국문학사에서 오늘날까지도 '가장 여류다운 여류 작가'로 평가받고 있다.

　　어쩌면 후세대 여성 작가들은 남성 지배체제에 저항했던 선배 여성 작가들의 비참한 운명을 목격한 뒤, 재현의 구조와 형태를 지배했던 남성 중심적 문학이 유일하게 허락한 방식, 즉 (가부장제적) 여성 토픽과 방법론으로 자신들의 문학을 조정하고 교정하려 했던 것은 아닐까. 이렇듯 후배 여성 작가들에게조차 인정받지 못했던 나혜석과 김명순의 문학적 시도는 끝내 "지배 집단의 경계 바깥"인 "광야 지역"[15]으로 밀려나게 된다. 중요한 것은 여성문학이 그 과정에서 남성적 질서의 안과 바깥에 동시에 존재하는 이중 담론의 문학적 특징을 갖게 되었다는 점이다. "모든 진실을 말하되, 비스듬히 말하라"는 에밀리 디킨슨의 조언이나 "거듭 쓴 양피지"로서의 여성 글쓰기의 특징[16]은 모두, 지배문화의 언어로 지배적 삶 바깥의 진실을 말해야 했던 여성 작가들의 이중 전략, 즉 은폐와 폭로의 공존 전략과 밀접하게 관련된다.

　　후세대 여성 작가들에게 특징적인 자기 분열적 글쓰기는 이처럼 가부장적 사회의 억압을 수용하고자 하는 욕망과 동시에 이를 거부하고자 하는 욕망의 이중 극화에 다름 아니다. 그렇게 볼 때 나혜석과 김명순의 삶과 죽음은 단순한 개인의 비극이 아니라 식민지 가부장제가 여성의 직설적인 자기 인식을 어떻게 구조적으로 봉쇄했는가를 드러내는 역사적 징후라고 볼 수 있다. 그리하여 남성 중심의 언어와 제도에 포섭되지 못한 여성의 욕망과 목소리는 물 밖으로 드러나지 못한 채 숨겨진, 그럼에도 불구하고 "주류 아래를 면면히 흐르는

15.　　일레인 쇼월터, 「페미니스트 비평, 광야에 서다」, 『페미니스트 비평과 여성 문학』, 신경숙·홍한별·변용란 옮김, 이화여자대학교출판부, 2004, p. 341.

16.　　샌드라 길버트·수전 구바, 같은 책, p. 182.

저류undercurrents를 형성"[17]하게 된다. 그리고 이 숨겨졌지만 통제할 수 없는 치명적인 여성문학의 전통은 바로 '광기'라는 이름으로 여성문학의 일부를 차지하게 된다.

가부장제적 사회와 정신의학 기관이 어떻게 역사적으로 여성의 행동과 경험을 병리화했는지를 다양한 사례와 임상을 통해 탐구한 필리스 체슬러는, 여성의 광기를 "감히 여성이 되지 않으려고 시도하거나 그것을 욕망하는 것"[18]으로 정의한다. 즉 여성에게 '미쳤다'는 낙인은 대체로 고정된 성역할 규범을 벗어날 때 사용되는 일종의 사회적 징계 수단이었다. 그런 점에서 여성의 광기는 단순히 정신적 질환이라기보다는 남성 중심의 언어와 제도 속에서 침묵할 수밖에 없었던 여성의 언어, 즉 여성적 욕망과 주체성의 표현이라고 볼 수 있다. 여성 광기가 가부장제적 억압에 대한 침묵과 폭로의 접경지대에서 터져 나올 수밖에 없는 것은 이 때문이다. 예컨대 남편과 가족으로부터 버림받고 광인으로 내쳐진 구여성의 비극을 다룬 백신애의 「광인수기」(1938)는 '미친년 넋두리'를 통해 "하느님"으로 상징되는 가부장적 남성 중심 이데올로기의 해체를 시도한다.

> 내— 이눔 하느님아. 에이 비러먹을 개새끼 가튼 하느님아, 네가 분명 하느님이라면 왜 그 악하고 악한 도둑놈의 연놈을 그대로 둔단 말고. 당장에 벼락 천동을 내려 연놈을 한꺼번에 박살을 시킬 일이지……. 아니올시다. 아이 무서워. 아니올시다. 거짓말이올시다. 일부러 하는 말이올시다. 그 연놈이 죄가 잇슬 리 있는기요. 다— 내 팔자지요. 부대부대 벼락은 치지 말고 잘 살두록 해주시소.[19]

---

17.   일레인 쇼월터, 같은 글, p. 343.
18.   필리스 체슬러, 『여성과 광기』, 임옥희 옮김, 위고, 2021, p. 125.

남편의 외도를 벌주지 않는 하느님을 저주하고 욕하다가도 신적 권위에 대한 두려움으로 용서를 구한다. 이러한 이중 언어적 전략은 표면적으로는 가부장제적 여성상을 따르는 듯하지만, 그 이면에서는 기존의 규범적 질서에 균열을 내는 저항적 언어를 감추는 방식을 취한다. 이때 여성의 언어는 완전히 여성 억압적 현실에 저항하지도 그렇다고 순응만 하지도 못하는, 모순의 공존 속에서 흔들리면서 존재하는, 일종의 경계적 언어의 성격을 띠게 된다. 그리고 그 과정에서 가부장제 사회가 억압하고 배제하는 질서 외부의 존재가 자연스럽게 가시화된다. 그 존재는 대체로 가난한 하층계급 여성이거나 구여성이다. 흥미롭게도 백신애 소설에서 가부장제적 질서와 대결하는 존재는 신여성만이 아니다. 물론 엘리트 신여성으로서의 자의식이 드러난 작품들도 있지만, 백신애 소설에서 좀더 균열적이고 병리적인 상황에 빠지는 인물은 구여성적인 존재가 많다. 왜 그럴까? 어쩌면 이들이야말로 식민지 조선의 근대화 과정에서 여성들이 겪는 정체성의 혼란을 드러내기에 가장 적합한 존재이기 때문이 아닐까?

1세대 여성 작가의 사례에서도 알 수 있는 것처럼, 그 당시 근대 교육을 받은 신여성은 새로운 지식과 자아의식을 갖게 되었지만 여전히 가부장적인 사회구조 속에서 그것을 실현하기란 거의 불가능한 상황이었다. 엘리트 여성을 통해 신여성 이미지를 소비하면서도 여전히 전통적인 여성상을 강요하던 당대의 모순은, 당시 여성에게 신여성이라는 이상과 구여성적 현실 사이의 괴리와 분열을 야기했을 것이다. 특히 식민지적 현실과 가부장제라는 이중적 억압 구조는 여성에게 존재론적 불안을 가중시키고, 그것은 급기야 전통과 근대 어느 곳에도 안착하지 못하는 정체성 위기로 표출된다. 그 점에서

---

19.   백신애, 「광인수기」, 『원본 백신애 전집』, 이중기 엮음, 도서출판 전망, 2015, pp. 225~26.

백신애의 「광인수기」 속 구여성은 구여성적 삶을 강요당하는 신여성의 또 다른 자아인 동시에, 신여성 안에 내재한 소수자적 분신들, 예컨대 구여성에 대한 공감을 체화한 것으로도 볼 수 있다.

이를 위해 「광인수기」의 핵심 장치로 기능하는 것이 바로 수기(手記) 형식이다. 수기는 일상생활에서 느끼는 기분이나 정서의 전달을 주로 하는 수필과 달리, 특정 경험을 생생하게 전달하는 것을 목적으로 한다. 이러한 서사 전략은 여성의 광기를 단순히 외부에서 관찰하는 것이 아니라, 광기를 경험하는 여성의 내면으로 독자를 끌어들이게 한다. 그 과정에서 독자는 무엇이 정상인지, 누가 미친 건지에 대한 근본적인 질문을 던지게 된다. 샌드라 길버트와 수전 구바는 『다락방의 미친 여자』에서 여성 작가들이 '미친 여자'의 이미지를 통해 가부장제하에서 억압된 여성 주체성을 표현한다고 분석했다.[20] 이때 미친 여자는 남성 중심 사회에서 타자로 소외된 여성이 자신의 내적 분열, 분노, 저항을 상징적으로 드러내는 형상이다. 그리고 이는 천사와 마녀의 대립 구도—즉 순종적 여성과 반항적 여성—을 전복하려는 전략적 장치로 작동하기도 한다. 그렇게 볼 때 「광인수기」에서 구여성은 신여성과 대척점에 존재하는 인물이라기보다는 신여성에게 강제된 전통적 여성상의 구현이자 기존의 구여성과 신여성의 대립 구도를 해체하는, 즉 남성 중심적 규범에 저항하는 '불복종 여성' 그 자체라고 할 수 있다.

한국문학의 역사에서 이러한 '불복종 여성'의 문학적 전통은 저류를 흐르며 끊어질 듯 끊어질 듯 하면서도 불연속적으로나마 그 명맥을 이어왔다. 오랜 세월을 건너뛴 뒤 출현한 한강의 『채식주의자』(2007)는 바로 이 저항하는 '미친 여자들'의 희귀한 전통을 잇는

20.　샌드라 길버트·수전 구바, '10장 자아와 영혼의 대화—평범한 제인의 여정', 같은 책 참조.

작품이다. 『채식주의자』는 「채식주의자」「몽고반점」「나무 불꽃」이라는, 서로 느슨하게 연결돼 있지만 일관된 주제선을 따라 전개되는 세 편의 이야기로 이루어진 연작소설이다. 이 소설은 "세상에서 가장 평범한 여자"였던 영혜가 채식주의자로, 그리고 근친상간 금기를 깬 패륜녀로, 그러다가 급기야 스스로를 '나무'라고 상상하는 정신병자로 변화하는 과정을 따라간다. 언뜻 영혜의 이러한 변신 욕망은 단순한 정신병리나 일탈처럼 보인다. 그러나 「채식주의자」에서 확인할 수 있는 것처럼, 영혜의 광기는 사실상 어린 시절 아버지에게 맞아 죽은 개에 대한 기억과 그 개를 먹은 기억으로부터 비롯된 트라우마에서 출발한다. 채식은 바로 그러한 끔찍한 기억으로부터 도피하기 위한 사후적 선택이라고도 해석할 수 있다. 그러나 채식에 대한 영혜의 집착은 그 누구에게도 이해받지 못한 채 또 다른 가부장제적 폭력의 계기가 되고, 급기야 채식에서 비롯된 영혜의 일탈은 거식과 침묵을 거쳐 '나무-되기'와 같은 불가능한 변신 욕망으로 나아간다.

문제는 영혜의 변신 욕망이 한편으로는 가부장제적 폭력성의 결과이자 동시에 그러한 폭력으로부터의 도주라는 점이다. 특히 짐승은 물론 사람에게도 폭력적인 아버지, 아내에게 성적 서비스와 가사 노동만을 요구하는 무심한 남편, 그리고 자신의 예술적·성적 욕망을 위해 처제의 이상 증세를 이용하는 형부는, 가족이라는 이름으로 영혜에게 모종의 여성적 역할(딸, 아내, 그리고 뮤즈)을 강요한다. 특히 형부는 영혜의 '식물적 육체'를 예술적 대상으로 타자화하며, 그의 욕망 안에서 다시 도구화한다. 그 순간 여성의 주체성은 사라지고, 광기는 '타자의 표식'으로 남게 된다. 그러나 소설이 진행될수록 영혜의 광기는 극단을 향해 치닫고, 그러한 광기 속에서 정상성의 논리는 완전히 붕괴하고 여성 현실에 내재된 모순은 가차 없이 폭로된다. 이처럼 『채식주의자』는 여성적 광기가 끝까지 가부장제와 타협하지 않

앞을 때 어떻게 이 세계의 질서와 의미를 붕괴시키는지, 그 붕괴된
자리에서 절대적 타자로서의 여성은 어떻게 현현하는지를 강렬한 착
란적 언어로 보여준다. 아마도 영혜의 광기는 끝내 죽음과 맞닿겠지
만, 그럼에도 불구하고 『채식주의자』의 서사는 거기서 멈추지 않는
다. 왜냐하면 연작의 마지막 소설 「나무 불꽃」에서 인혜는 영혜의 절
망에 감염됨으로써 또 다른 '영혜-되기'의 가능성을 열어 보이기 때
문이다.

> 그후 그녀가 보낸 사개월여의 시간을 어떻게 설명할 수 있을까. 하혈
> 은 이주쯤 더 계속되다가 상처가 아물며 멈췄다. 그러나 그녀는 여전
> 히 자신의 몸에 상처가 뚫려 있다고 느꼈다. 마치 몸뚱이보다 크게 벌
> 어진 상처여서, 그 캄캄한 구멍 속으로 온몸이 빨려들어가고 있는 것
> 같았다. 〔……〕 봄날 오후의 국철 승강장에 서서 죽음이 몇 달 뒤로
> 다가와 있다고 느꼈을 때, 몸에서 끝없이 새어나오는 선혈이 그것을
> 증거한다고 믿었을 때 그녀는 이미 깨달았었다. 자신이 오래전부터
> 죽어 있었다는 것을. 그녀의 고단한 삶은 연극이나 유령 같은 것에 지
> 나지 않았다는 것을. 그녀의 곁에 나란히 선 죽음의 얼굴은 마치 오래
> 전에 잃었다가 돌아온 혈육처럼 낯익었다.[21]

겉보기에는 가부장제 이데올로기가 요구하는 착한 딸과 아내, 어머
니 역할을 충실히 수행했던 인혜는 어느 순간 자기 안에 당연한 것으
로 자리 잡았던 평범하고 정상적인 삶의 영역이 붕괴되는 경험을 한
다. 언제? 바로 동생 영혜의 마음의 심연을 들여다보고 또 언어화되
지 못한 그녀의 외침에 귀 기울이려고 노력하는 순간에 말이다. 사실

---

21.   한강, 『채식주의자』, 창비, 2007, pp. 198~201.

은 인혜 또한 아버지의 폭력과 순종적인 아내 역할에 길들여졌으며, 그런 관성으로 오랫동안 삶의 고통과 치욕마저 지우며 견뎌왔던 것이다. 그녀는 분명 "언제까지나" 성실한 생활인으로 살아갈 것이지만, 때론 자기 "몸뚱이보다 크게 벌어진 상처"의 "구멍 속으로 온몸이 빨려들어가고 있는 것 같"은 강렬한 죽음 충동에 사로잡히기도 한다. 그리고 그 과정에서 인혜는 일시적이나마 영혜에 빙의 혹은 감염된다.

이 감염의 순간이야말로 바로 여성으로서의 자의식이 탄생하는 지점이다. 인혜는 기존의 정상적 여성상(성실한 아내, 엄마)을 무너뜨리고, 영혜의 불가해성 속으로 들어간다. 그 결과 그녀는 더 이상 타자의 고통을 '이해'하려 하지 않고, 이해할 수 없음 자체를 감내하며 타자를 감싸는 윤리적 자아로 변화한다. 즉 소설 속 인혜는 영혜라는 텍스트의 '오독'을 수행하면서도 그 오독의 책임을 스스로 짊어지는 인물이다. 그 결과 "인혜는 해독 불가능한 존재로 남은 영혜를 스스로 책임지면서, 의미의 고통스러운 비결정 상태를 끝까지 버텨낸다".[22] 그 결과 모든 단단한 의미의 경계는 모호해시고 불안정해진다. 그리고 이러한 전복적 에너지는 다른 여성을 감염시키면서 또 다른 의미의 경계를 향해 질주하게 한다. 소설의 결말 부분에서 인혜가 앰뷸런스 밖에서 마주한 풍경은, 여성의 광기가 끝내 우리를 새로운 세계로 이끌고 가는 낯선 "초록빛의 불꽃들"이 될지도 모른다는 사실을 암시한다. 어쩌면 여성적 광기의 끝에서 만난 비결정과 비의미의 황무지에서 새로운 여성은 태어날지도 모른다.

조용히, 그녀는 숨을 들이마신다. 활활 타오르는 도로변의 나무들을, 무수한 짐승들처럼 몸을 일으켜 일렁이는 초록빛의 불꽃들을 쏘아본

22.   박진, 「한강 연작소설 『채식주의자』에 나타난 글쓰기의 자의식과 독서의 알레고리」, 『현대문학이론연구』 제79집, 현대문학이론학회, 2019, p. 124.

다. 대답을 기다리듯, 아니 무엇인가에 항의하듯 그녀의 눈길은 어둡고 끈질기다.[23]

4. 히스테리 주체 되기와 그 기원

앞에서 보았듯이, 백신애의 「광인수기」(1938)와 한강의 『채식주의자』(2007) 사이엔 근 60여 년의 격차가 있다. 그만큼 한국 여성소설에는 광기를 극단으로 밀어붙이는 소설이 드물었다는 뜻이겠다. 다만 그 사이에, 여성 광기를 다룬 소설들이 없었던 것은 아니다. 그것은 바로 오정희의 소설이다. 일찍이 오정희 소설의 여성 인물들은 '광기에 강하게 견인되거나 혹은 그러한 광기에 대한 두려움으로 인한 반작용의 양상'[24]을 보이는 것으로 평가되었고, 특히 이러한 광기의 근저에는 "가부장제의 허구성 및 그것이 여성에게 부과한 성역할 모델에 대한 회의와 환멸"[25]이 깔려 있다고 지적되었다.

오정희 소설에서 그것은 바로 모성적 역할에 대한 거부감에서 비롯된다. 오정희의 「번제」(1970)에서 '나'는 혼전 임신에 대한 공포를 자신의 아이를 신에게 '번제'로 바치는 희생제의를 통해 벗어나고자 한다. 하지만 이러한 희생제의는 '나'에게 죄의식을 불러일으키고 끝내 죽은 아이를 기리는 일종의 진혼제를 연출하게 한다. 소설 말미에 '나'가 인형에게 젖을 물리는 행위 자체가 바로 이런 진혼제였다. 어떻게 아이를 제물로 바치는 희생제의가 죽은 아이의 넋을 위로하는 진혼제로 바뀐 것일까. 중요한 것은 이 진혼제가 미혼 여성의 모성

23.   한강, 같은 책, p. 221.
24.   김경수, 「여성적 광기와 그 심리적 원천」, 『페미니즘 문학비평』, 프레스21, 2000, p. 101.
25.   김경수, 「여성성의 탐구와 그 소설화」, 『문학의 편견』, 세계사, 1994, p. 370.

을 인정하지 않는 가부장제적 모성에 대한 거부감이자 '나'가 스스로 끊었던 탯줄, 즉 아이와의 관계를 다시 잇고자 하는 욕망과 밀접하게 관련된다는 점이다. 그런 점에서 '나'가 처음에는 혼전 임신과 혼전 출산을 금하는 가부장제적 명령에 순응하지만 곧바로 그에 저항하면서 자신만의 모성적 체험을 극화하고자 한다는 사실은 주목할 만하다. 왜냐하면 가부장제에 대한 분열적 의식, 즉 순응과 거부의 공존은 오정희 소설 전체를 관통하는 주제 의식이자 다양한 형태의 이상 행동과 여성 광기를 촉발하는 기원적 동기이기 때문이다.

　　나아가 이는 여성적 욕망과 모성적 의무 사이에서 갈등을 촉발하기도 한다. 오정희의 대표작인 「유년의 뜰」(1980)과 「중국인 거리」(1979)는 6·25전쟁을 배경으로 바로 그러한 가부장제의 접경지대에서 모성 거부와 그에 대한 체념적 순응 사이를 왕복하면서 자신의 욕망에 눈뜨는 여자아이의 성적 성장담을 다룬다.

　　「유년의 뜰」이 전쟁 막바지에 아버지 없이 낯선 피난지에서 생활하면서 '나'가 여성의 성적 일탈과 그에 대한 처벌을 목격하게 되는 공포 서사라면, 「중국인 거리」는 전쟁이 끝난 직후 가족과 함께 인천으로 이주한 '나'가 첫 생리를 하게 되기까지 겪는 여성의 성적 운명에 관한 비극이라고 할 수 있다. 이 두 소설에는 모두 성적 방종으로 인해 처벌받는 여성에 관한 에피소드가 미장아빔mise en abyme의 형태로 삽입된다. 「유년의 뜰」의 '부네'와 「중국인 거리」의 '매기 언니'의 성적 일탈과 죽음에 관한 이야기가 바로 그것이다. 「유년의 뜰」에서 '부네'는 '나'에게 성적인 환상과 자극을 불러일으키는 존재다. 그녀는 읍내 남자와 눈이 맞아 도망을 갔다가 아버지에게 붙들려 와 방에 감금된 후 자살한 여성이다. 「중국인 거리」에서 '매기 언니'는 장애가 있는 백인 혼혈아를 키우면서 흑인 병사와 동거하는 양공주다. 그녀는 동네 사람들에게 "천하의 망종들"[26]로 불리며 업신여김을 당하지

만 전쟁 직후의 우울한 도시에 경제적 활기를 불어넣는 새로운 '풍물'
이기도 하다. 그러나 결국 '매기 언니' 또한 흑인 병사에 의해 살해당
한다. 문제는 소설 속 여자아이들이 스스로를 '부네' '매기 언니'와 동
일시한다는 점이다.

　　「유년의 뜰」에서 '나'는 신지 않은 지 오래된 부네의 하이힐을
"손바닥으로 문질러 반짝 윤을 내고는 가만히 젖은 발을 집어넣"(p. 47)
으면서 자신의 욕망을 포기하지 않고 따라간 부네의 삶에 공감한다.
그러면서 동시에 부네의 비극적 운명에 대한 예감에 슬픔과 공포를
느낀다. 즉 '나'는 자신이 공감하는 관능적 육체에 대한 확신을 갖지 못
한 채, 자신의 여성성의 운명을 예감하고 이에 깊은 연민을 갖게 된 것
이다.

　　나는 방으로 들어와 옷을 벗고 거울 앞에 섰다. 거울 속의 불룩 튀어
　　나온 배와 작고 주름진 가랑이를 물끄러미 보며 나는 흐득흐득 흐느
　　꼈다. (p. 50)

자신의 "작고 주름진 가랑이"에 대한 까닭 모를 슬픔의 감정은 여성
으로서 자기 존재에 대한 깊은 연민에 다름 아니다. 즉 '나'는 쾌락적
육체에 민감하게 반응하고 정서적으로도 그에 공감하지만 결국은 이
에 동조하지 못한 채 '주름진 가랑이'로 대변되는 자신의 여성으로서
의 생물학적 운명을 본질적인 것으로 받아들인다. 결국 '부네'는 죽어
서 목수인 아버지에 의해 나무관에 갇힌 다음에야 비로소 집 밖으로
나갈 수 있게 된다. 여성의 성적 방종은 그렇게 가부장에 의해 처벌되

26.　　오정희, 「중국인 거리」, 『유년의 뜰』(소설 명작선 14), 문학과지성사, 1998, p. 80. 이하 이
　　　책에서의 인용은 본문에 쪽수만 표기함.

고, '나'에게 그것은 피할 수 없는 여성적 운명으로 받아들여지게 된 것이다. 그런 점에서 부네의 이야기는 모성적 육체가 아닌 성적인 육체를 가진 여성에 대한 가부장적 처벌의 한 사례라고 할 수 있다. 그리고 이러한 부네의 서사는 곧바로 피난지에서 아버지 대신 생계를 꾸리다가 바람난 엄마의 운명으로 이어지면서 여성의 성적 운명에 대한 자기 반영적 서사 역할을 하게 된다.

　「중국인 거리」의 '나'도 크게 다르지 않다. '나'는 번쩍거리는 '미제'로 가득한 매기 언니의 방에 매료되어 급기야 '양갈보'가 되기로 결심한다. 그러나 '나'는 '매기 언니'의 죽음을 통해 여성의 성적 일탈이 어쩌면 무의식적으로 스스로를 파괴하고 처벌하는 죽음 충동과 직결되는 것일지도 모른다는 사실을 깨닫는다. 오정희 소설 속 여자아이들이 한편으로는 낯선 성적 욕망에 끊임없이 매혹되면서도, 결국 그러한 욕망에 대해 망설임과 서글픔을 느낄 수밖에 없는 것은 이 때문이다. 그리고 이제 막 사춘기에 진입한 여자아이가 느끼는 이러한 초조함은, 급기야 자신이 그토록 거부했던 모성적 삶이 자신에게 주어진 숙명일지도 모른다는 막막한 깨달음으로 이어진다. 「중국인 거리」의 유명한 마지막 구절을 보자.

　　내가 낮잠에서 깨어났을 때 어머니는 지독한 난산이었지만 여덟번째 아이를 밀어내었다. 어두운 벽장 속에서 나는 이해할 수 없는 절망감과 막막함으로 어머니를 불렀다. 그리고 옷 속에 손을 넣어 거미줄처럼 온몸을 끈끈하게 죄고 있는 후덥덥한 열기를, 그 열기의 정체를 찾아내었다.
　　초조(初潮)였다. (pp. 99~100)

어린아이에서 가임기 여성으로의 변신을 "거미줄처럼 온몸을 끈끈하게 죄"는 여성적 운명으로 묘사하는 장면은 양가적이다. '나'는 어머니의 여덟번째 출산을 여성의 죽음으로 인식하면서 이에 대한 강한 거부감을 느끼지만, 동시에 그러한 죽음과도 같은 출산을 거부할 수 없는 여성적 숙명으로 받아들인다. 자신의 성 정체성을 반모성적인 쾌락적 육체에서 발견하면서도 임신, 출산이 가능한 여성으로서의 삶을 숙명으로 받아들이는 이러한 태도는 모순적으로 느껴진다. 이 순간 '나'는 여성적 쾌락을 감시하고 처벌하는 가부장제적 질서에 의문을 제기함으로써 저도 몰래 "기존의 질서를 재고하도록 촉구하는 '상징계 내의 반역자' 역할"[27]을 맡게 되면서도, 아버지(가부장)의 질서에 대한 순응 바깥으로는 더 나아가지 않는다.

그런 측면에서 오정희 소설의 여성 인물은 '히스테리적 주체'다. 페미니즘적 관점에서 "히스테리는 여성이 죽거나 미치지 않고 가부장제에서 자신을 표현하려는 욕망의 다른 언어적 표현"이자 "가부장제 안팎을 넘나드는 협상의 전략"[28]으로 해석된다. 다시 말해 히스테리란 여성이 부권적 상징 질서 안에서 가부장제적 감시의 시선을 피해 자신의 욕망을 은밀히 드러낼 수 있게 하는 방법이다. 규범을 흉내 내는 퍼포먼스를 통해 규범은 뒤틀리고 그 순간 규범의 폭력성과 인공성은 폭로된다. 따라서 히스테리는 체제의 균열을 비추는 거울처럼 작동한다.

그럴 때 히스테릭한 주체의 자기 인식은 결코 완결되지 못한다. 왜냐하면 히스테릭한 주체의 자기 인식은 (라캉의 지적에 따르면) '타자는 나에게서 무엇을 원하는가'라는 질문을 통해 우회적으로 형성되기 때문이다. 주체는 스스로의 결여를 전면에 내세워 타자——권

---

27.   김소연, 『실재의 죽음』, 도서출판b, 2008, p. 100.

28.   임옥희, 「히스테리——여성의 육체언어/권력/욕망」, 『페미니즘과 정신분석』,
       여성문화이론연구소 정신분석세미나팀 엮음, 도서출판여이연, 2003, p. 109.

위, 규범, 사랑의 대상, 분석가—를 자극하고, 그 타자가 내세우는 이름과 설명(주인의 기표)을 끊임없이 시험한다. 이때 자기 인식은 확정적 정의로 고정되지 않고, 타자의 욕망을 캐묻고 흔드는 운동 속에서 유지된다. 이 구조에서 주체는 흔히 두 자리를 왕복한다. 하나가 타자가 욕망하도록 만드는 대상 a의 자리라면, 다른 하나는 타자의 권위가 감추는 결여를 드러내도록 압박하는 증인의 자리다.[29] 따라서 히스테릭한 자기 인식은 "나는 이런 사람이다"라는 자기 정의를 통해서가 아니라, 타자의 욕망과 지식이 틈을 보이는 순간들에 자신을 위치시키는 방식을 통해 성립한다. 오정희의 여성 인물들이 경험하는 '여성적 쾌락→모성적 삶'이라는 경로는, 쾌락의 초과를 제도화하지 못한 채 상징계의 요구에 봉합되는 히스테리적 주체의 역학을 보여준다. 그러나 그 체념은 완결이 아니라, 타자의 답을 반복하며 동시에 그것을 의심하는 잔존적 질문의 형태로 남는다. 이 남겨진 질문이야말로 오정희 소설이 여성 주체의 정체성과 자아실현을 끝없이 재사유하게 하는 동력인 것이다. 즉 오정희 소설의 여성 인물은 스스로를 '타자 내부의 환원 불가능한 차이'의 자리에 위치 지음으로써 비로소 다른 향유를 누릴 무한한 가능성을 얻게 되는 것이다.[30]

　　오정희 소설의 여성 인물들은 여성의 쾌락적 욕망을 억압하고 여성을 아내와 어머니라는 관습적 여성 역할에만 가두는 집을 떠나 자유로워지기를 선택하지 않는다. 이들은 "종종 무질서 속으로"[31] 빠지고 싶은 유혹을 느끼거나 전업주부로서의 삶에 "배반과 분노와 환멸"(p. 26)을 느끼더라도 결국에는, "친숙하고 익숙한 습관과 사물

29.　　양석원, 「라캉과 히스테리—욕망에서 쥐이쌍스로」, 『비평과 이론』 제19권 제1호, 한국비평이론학회, 2014, pp. 103~11 참고.

30.　　김소연, 『사랑의 내막』, 자음과모음, 2017, p. 241.

31.　　오정희, 「옛우물」, 『불꽃놀이』, 문학과지성사, 1995, p. 12. 이하 이 책에서의 인용은 본문에 쪽수만 표기함.

들"(p. 7)이 자리 잡은 집으로 돌아온다. 그 때문일까. 이 가정 내적 존재들은 가부장제적 질서와 완전히 단절하기 위해 집을 떠난 19세기의 '노라'만큼도 주체적이지 않은 것처럼 보인다. 심지어 가부장제와 타협한 여성처럼 보이기도 한다. 그러나 앞서 이야기한 것처럼 히스테리적 주체는 법적, 규범적 질서 너머로 나아가는 것을 거부한다. 왜냐하면 이러한 상징적 질서를 초월하고자 하는 욕망은 결국 상징적 현실에 결박될 수밖에 없기 때문이다. 라캉의 성 구분sexuation 공식에 따르면, 그것은 남성의 방식이다. "남성은 차이를 보편성에 대립하거나 보편성을 보완하는 '예외'로 응결시킴으로써 세계를 '전체화'한다. 반면, 여성은 차이를 보편성으로부터 배제하지 않고 보편성 안에 포함시킴으로써 세계를 '무한화'한다."[32] 그런 맥락에서 가부장적 상징질서 안에 머물기를 선택하는 오정희 소설의 여성 인물은 정신분석적 의미에서 여성의 방식을 따른다. 즉 오정희 소설의 히스테리적 주체는 가부장제적 질서라는 보편성 안에 스스로를 묶어두면서 그 안에서 내부의 예외로 존재하기를 선택한다.

오정희 소설에서 이러한 보편 속 예외는 대체로 '그'라는 모호하고 불투명한 존재로 현현한다. 마침 작가는 자기 소설 곳곳에 출몰하는 '그'에 대해 다음과 같이 말한다.

제 소설 안에는 무수한 '그'가 있습니다. 처음 소설을 쓰던 무렵부터 모호하게 드러나던 '그'는 근 30년 후 「얼굴」이라는 짧은 단편 속에도 얼음 속에 갇힌 얼굴로서의 '그'로 존재를 주장합니다. 「중국인 거리」에서 "코허리가 낮으며 얼굴빛이 누런"이라고 묘사되었던 용모는 세월이 지날수록 점점 현실적 면모와 구체성을 잃고 멀고 모호하게 흐

---

32.   김소연, 『사랑의 내막』, p. 239.

려지며 죽음과 불길함의 색채가 강해집니다. 비인칭대명사로 되어가
지요. '그'는 충족되지 못하는 욕망이거나 엄중한 금기에 짓눌린 자아,
또는 현실을 견뎌내기 위해 불러온 곡두이거나 어쩌면 근원적 그리
움일지도 모르며 내 의식에 투영된 나 자신일 수 있습니다.[33]

이에 따르면, '그'는 현재 '나'의 관습적 일상 아래 감춰진 탈일상의 욕
망이거나 억압된 무의식, 현실과 길항하는 반현실anti/counter-reality
혹은 '나'의 분신double이다. 어떨 때 '그'는 경험적 존재로 등장하지만,
간혹 의식적 실재로 포착되기도 한다. '그'는 구체이면서 추상이다. '그'
는 '나'의 불륜의 대상일 수도 있지만, 막연한 기다림의 대상이기도
하다. 현재의 '그'에 과거의 '그'가 포개지기도 하고, 일상적이고 현실
적인 '그'에게서 탈일상적이고 비현실적인 '그'가 스며 나오기도 한다.
그렇게 '그'는 하나이면서 여럿이다. '그'는 안온한 현실에 안주하려는
'나'를 일으켜 세우는 자의식의 채찍질이자, 정체되고 고여 있는 서사
의 시간을 흐르게 하는 욕망의 힘이다.[34] '그'는 때로는 일종의 기미(機
微)나 전조(前兆), 모호한 소리나 느낌 등과 같은 조짐들로 포착되기
도 한다. 결국 '그'는 '나'가 상실한 또 다른 자아이자 '나'가 결코 포기
할 수 없는 금지된 욕망 그 자체라고 볼 수 있다. 그렇게 '나'가 포기한
것처럼 보이는 여성적 쾌락은 일종의 실패이자 오점으로, 혹은 회고
적 결여의 형태로 가부장제 안에 잔존하게 된다. 히스테리적 주체에
게 금지된 쾌락은 결코 포기되지 않는다. 오히려 여성적 욕망은 모성
적 의무를 통해서만 그 동력을 얻고 지속 가능해질 수 있는 것이다.

---

33. 오정희·우찬제, 「대담: 한없이 내성적인, 한없이 다성적인」, 『오정희 깊이 읽기』, 우찬제
     엮음, 문학과지성사, 2007, p. 38.
34. 심진경, 「오정희의 「옛우물」 다시 읽기」, 『시학과 언어학』 제29호, 시학과언어학회, 2015,
     pp. 160~61.

그런데 모성적 의무를 통해 여성적 쾌락을 잔존시키는 이러한 히스테리적 서사 전략은 오정희의 것만은 아니다. 이 이전에 먼저, 오래전 최정희의 소설이 있었다. 최정희의 「맥」 3부작인 「지맥」(1939), 「인맥」(1940), 「천맥」(1940)은 두 겹의 서사로 전개된다. 한편에서는 애욕과 모성 사이에서 갈등하는 여성이 모성을 선택함으로써 타자의 요구(가부장제, 법, 도덕)를 충족시킨다면, 다른 한편으로는 그렇게 자신의 욕망을 불가능하게 만듦으로써 역설적이게도 그 욕망을 지속시킨다. 이때 욕망의 실현을 불가능하게 만드는 서사적 장치는 두 가지다. 하나가 남성을 불가능한 사랑의 대상으로 만드는 것이라면, 다른 하나는 여성 인물을 결함 많은 존재로 내세우는 것이다. 그래서 이들 소설 속 남성 인물들이 모두 불가능한 사랑의 대상이거나 지나치게 완벽한 존재로 그려지는 데 반해, 여성 인물들은 모두 '죄 많은 여자'다. 심지어 이 여성들은 없는 결함도 만들어내고 분명 법적, 경제적, 도덕적으로 아무 문제가 없음에도 불구하고 남성과의 사랑 혹은 결혼을 포기한다. 이는 외부에 장애를 만들어 욕망을 결코 충족시키지 않으려는 히스테리의 고전적 전략이다.

그런 점에서 이 3부작 속 모성은 윤리적 귀결이라기보다는 충족 불가능한 욕망을 유지하기 위해 여성 주체가 만들어내는 일종의 증상적 타협물[35]이다. 이때 여성적 욕망은 억압되어 소멸되는 것이 아니라, 죄책감, 자기 처벌, 숭고화라는 형식으로 전치되어 모성의 윤리 속에서 살아남는다. 「지맥」의 마지막 구절을 보자.

35. 정신분석에서 '증상적 타협물compromise formation'은 억압된 욕망(충동)과 그것을 막는 금지·도덕·자아 방어 사이의 충돌이 정면충돌 대신 우회적으로 '타협'되어 드러난 결과물을 뜻한다. 직접적으로 욕망을 충족하면 불안이나 죄책감이 커지기 때문에, 주체는 욕망을 왜곡·전치·응축해 부분적으로만 만족시키면서도 겉으로는 금지에 순응하는 형태를 만든다.

달리는 창턱에 턱을 괴고 검은 세상을—아니 깊은 밤 하늘에 반짝이는 별을 오래 쳐다보는 사이에 나는 내가 가진 슬픔, 내가 가진 번뇌, 이것은 나만이 가진 것이 아니고, 또 그것이 이 지상에만 있는 것도 아니고 온 우주에 태양과 별과 달과 그 모든 것에까지 있을 것 같은 생각이 들었다. 그러고 보니 별은 정말 하늘에서 모진 슬픔 속에 오열하는 것 같기도 했다. 잃어버린 무엇을 찾고자 헤매는 것 같기도 했다. 그러나 별들은 그 무수한 별 중에 어느 하나도 땅에 떨어지거나 몸부림을 치거나 하지 않고 오직 제 몸을 불사르며, 아픔을 견뎌가며, 눈물을 삼켜 가며, 캄캄한 밤 하늘의 궤도를 지키고 있는 것같이도 보였다. 나는 그러한 별들을 보는 사이에 엄숙해져야 할 것 같은 충동을 받았다. 별이 하늘의 궤도를 벗어나지 않듯이 나는 지상의 궤도를 벗어나지 않을 인내와 극기와 성실과 용기를 준비해야 되겠다는 생각을 가졌다.[36]

이 대목에서 가장 주목할 부분은 "내가 가진 슬픔, 내가 가진 번뇌"가 나만의 것이 아니며 심지어 지상을 넘어 온 우주에까지 확산된다는 상상력이다. 그것은 내가 겪는 고통이 나만의 것이 아니라 우주의 섭리라는 것, 따라서 내가 고통스러울수록 우주의 섭리는 완성될 것이라는 자학의 논리에 근거하고 있다. 그럴 때 '슬픔, 번뇌, 아픔, 눈물'로 표상되는 고통은 '나'의 구원을 위해 필수적으로 요구되는 것이 된다. 그리고 그러한 고통을 담보로 '나'는 이상훈이라는 불가능한 사랑의 대상을 영원히 그리워할 수 있는 것이다.[37] 이렇듯 전통적으로 여성적 미덕으로 알려진 고통, 인내, 극기는 "지상의 궤도"에 빗대져 윤

36.　　최정희, 「지맥」, 『최정희 선집』(신한국문학전집 12), 어문각, 1978, p. 246.

37.　　심진경, 「'모성'의 탄생─최정희의 「지맥」, 「인맥」, 「천맥」을 중심으로」, 『한국학연구』 제36집, 인하대학교 한국학연구소, 2015, pp. 427~28.

리로 승격되고, 그 순간 주체는 이러한 여성적 미덕을 통해 자신이
도덕적 존재임을 증명한다. 이때 사랑은 포기되는 대신, 영원한 결핍
의 형태로 주체 안에 보존된다. 그리고 모성은 바로 그러한 욕망의 불
가능성을 유지하기 위한 히스테리적 해결책으로 제시된다. 즉 최정
희 소설 속 여성 인물은 욕망을 포기함으로써 모성에 이르는 것이 아
니라, 욕망을 불가능한 상태로 보존함으로써 비로소 모성이라는 증
상을 생산할 수 있는 것이다. 이때의 모성은 바로 그 모순과 결핍을
내장한 것이기에, 표면적으로는 가부장제와 공모하지만 물밑에서는
가부장제를 교란할 수밖에 없는 것이다.

5. 여성 정체성을 넘어 다자성의 윤리로

한국 근대문학 형성기부터 여성 작가들은 사회가 부여한 '여성'이라
는 이름과 싸우며 문학 속에서 자신을 찾아 나서는 여정을 이어왔다.
이 과정은 단순히 억압에 대한 저항을 넘어, 그 억압을 견디고 교묘
히 비틀고 때로는 숨기면서 드러내는 '감춤과 드러냄의 전략'이자 '순
응과 저항의 이중 운동'이었다. 이러한 전략은 최근 여성문학에 이르
기까지 오랫동안 변주되었다. 그러나 "여성 작가의 '저자성'과 여성문
학의 '문학성'은 언제나 의심받으며 주류 문학사에서 배제되거나 주
변화되어 왔"[38]다. 그와 더불어 '여성'이라는 이름이 자명하지 않을 뿐
만 아니라 심지어 다양하다는 사실 또한 종종 간과되었다. 근대문학
초창기에 여성 작가들이 '여성'이라는 이름에 덧씌워진 특수 구속복

---

38.   『여성문학의 탄생—1898년~1920년대 중반』(한국 여성문학 선집 1), 여성문학사연구모임
        엮음, 민음사, 2024, p. 5.

을 벗고 '인간'이라는 이름의 보편이 되고자 했던 것은 이 때문이다.

　　그런데 앞선 사례에서 확인할 수 있는 것처럼, 이 시도는 실패한다. 왜 실패했을까? 왜냐하면 여성문학에서 '여성'과 '인간'의 관계는 특수와 보편의 대립이 아니라, 특수가 보편을 갱신하는 운동으로 읽어야 하기 때문이다. 역사적으로 보편은 남성적 경험을 중심으로 규정되어왔고, 그 틀에서 '여성'은 종종 결여와 한계의 이름으로 낙인찍혔다. 그러나 여성 작가들이 자신의 구체적이고 특수한 경험을 말하기 시작했을 때, 그 특수성은 남성 중심적으로 구조화된 보편의 빈틈을 드러내며 보편 자체를 다시 쓰는 동력이 되었다. 따라서 '여성으로서의 나'를 찾는 문학적 순례는 어쩔 수 없이 '보편'이라는 이름으로 구축해온 기존 문학의 위계적 질서를 근본적으로 재구성하려는 시도일 수밖에 없다. '여성문학사'란 그 시도 자체를 일컫는 이름이다. 그런 맥락에서 여성문학사를 수놓은 여성 작가들의 문학적 갱신의 시도를 대강이나마 상기해보면 다음과 같다.

　　1970년대는 해방 이후 한국 여성문학의 양대 산맥이라고 할 수 있는 박완서, 오정희가 본격적인 문학 활동을 시작한 때다. 박완서는 40세의 나이에 1970년 『여성동아』 장편소설 공모전에 『나목』이 당선된 이후 2011년 별세 직전까지 40여 년간 정력적인 집필 활동을 통해 끊임없이 대중들과 지적·정서적 공감대를 형성해온 작가다. 전쟁과 분단 체험을 다룬 소설은 물론, 1970년대부터 본격화된 한국 사회의 속물 의식과 중산층의 허위의식, 물질만능주의 등 한국 사회 전반의 의식 변화를 추적하는 소설, 가부장적 현실 속에서 소외될 수밖에 없는 여성의 현실을 다룬 소설, 노년 세대의 아집과 소외를 다룬 소설, 자전적인 경험을 녹여낸 소설에 이르기까지 박완서 문학의 스펙트럼은 넓고도 깊다.

　　1980년대에는 남성 작가들이 주류를 이룬 민중문학과 노동

문학의 다른 한편에 '여공문학'이 있었다.[39] 송효순의 『서울로 가는 길』(1982), 석정남의 『공장의 불빛』(1984), 장남수의 『빼앗긴 일터』(1984) 등의 여성 노동자 수기는 여공에 대한 상투적 인식의 함정, 즉 산업화의 역군이자 불쌍한 민중의 누이라는 수사학에 빠지지 않은 채 스스로를 노동의 주체로 설정한다는 점에서 지금까지 한국문학에서 다루지 않았던 새로운 여성 인물을 등장시켰다. 그것은 바로 자신들을 구속하는 계급과 젠더라는 지배 이데올로기에서 벗어나 자기 정체성 획득을 시도하는 하층계급 여성이다.

    1980년대 여공들 옆에는 변혁운동에 헌신하고자 중산층 가정을 뛰쳐나온 '학출 여성 노동자'도 있었다. 이러한 중산층 가정의 데모하는 딸의 형상은 1980년대 베스트셀러였던 강석경의 『숲속의 방』(1986)이나 공지영의 『더 이상 아름다운 방황은 없다』(1989)에서 대중적으로 잘 드러난다. 이들 캐릭터는 민중주의적인 동시에 페미니즘적이었는데, 문제는 당시 민중운동과 여성운동의 관계가 갈등적이고 복합적이었다는 것이다. 왜냐하면 여성·계급·민족 해방운동이 밀접하게 관련되는 과정에서 여성해방은 언제나 계급과 민족의 해방을 이룬 뒤에야 도달할 수 있는 부차적인 과제로 의미화되었기 때문이다. 1980년대 여성문학은 바로 이러한 여성 정체성의 복합성에 기반한, 여성 노동운동의 문학적 실천의 결과로 대두되었다.

    1990년대 여성문학의 대폭발은 1980년대에 마련된 이러한 페미니즘적 토대 위에서 가능했다. 한국에서 1990년대는 단절과 이행의 시기였다. 군사정권이 종식되고 대량소비 사회로 진입하면서 개인의 욕망은 의무와 억압의 감옥으로부터 풀려났다. 현실사회주의 붕괴, 집단적 이념에 대한 환멸은 1990년대의 분위기를 집단에서 개

---

39.   루스 배러클러프, 『여공문학』, 김원·노지승 옮김, 후마니타스, 2017.

인으로, 금욕에서 쾌락으로, 엄숙함에서 가벼움으로 변화시켰다. 그 결과 1990년대 문학은 집단, 역사, 정치, 이념 등으로 요약되는 80년 대적인 가치와 결별하는 대신 개인, 일상, 내면, 욕망, 사소함 등의 가 치를 전면에 내세웠다. 다양한 여성문학의 부상은 바로 이러한 시대 적 맥락 속에서 이루어진 것이기도 하다.

신경숙의 『외딴방』(1995)과 공지영의 『고등어』(1994)처럼 1980년대 노동 현장과 노동운동을 실감 나는 풍속화로 재구성하면 서도 총체적으로 형상화한 후일담 소설, 전혜성의 『마요네즈』(1997), 김연의 『나도 한때는 자작나무를 탔다』(1997)와 같이 모성의 신화를 해체하면서 어머니 – 딸의 플롯을 다시 쓰기 하는 소설들, 여성의 일 상과 내면을 파편화하고 정밀하게 묘사함으로써 고독한 현대 여성 의 초상을 제시하는 조경란과 하성란의 단편소설들, 가부장제적 결 혼제도 바깥에서 성이 다른 아이들을 키우는 술 먹고 담배 피우는 엄 마를 소설 주인공으로 내세운 공선옥의 소설들, 최윤의 「하나코는 없 다」(1994)에서처럼 여성에 대한 관습화되고 스캔들화된 '허구'에 저항 하는 실체적 여성의 서사, 그리고 결혼제도 중심의 가부장제적 성 규 범으로부터 자발적으로 일탈함으로써 여성이 능동적이고 적극적인 성적 주체임을 증명하고자 했던 전경린, 은희경, 서하진 등의 일련의 불륜소설들. 분명 1990년대 여성소설이 다양해진 만큼 여성 인물들 은 더 다채로워졌으며 더 복잡해졌다.

그러나 여성문학 전성시대는 그리 오래가지 않았다. 여성문학 은 단지 '여성'이라는 생물학적 성에 근거하여 판단되는 데서 더 나아 가지 못한 채 제한된 성격의 여성성만을 강조함으로써 '그들만의 문 학'으로 게토화되고 만다. 게다가 1990년대 주류 문단을 이끌던 여성 작가 대부분이 거둔 상업적 성공은 여성문학을 그저 여성의 성, 사랑, 결혼을 자극적이고 상업적으로 다루는 통속문학과 다르지 않은 것으

로 오해하게 함으로써 경박한 유행 담론으로 만들고 만다. 그 결과 새
로운 밀레니엄 시대에 여성문학은 더 이상 주목받지 못했고 신진 여
성 작가들은 아무도 여성주의 문학을 표방하지 않게 된다. 정말 잔치
는 끝난 걸까? 그러나 지금 돌이켜보면 어쩌면 문제는, 언제나 남성
과의 대타적 관계 속에서만 여성과 여성성에 대해 사유하는 이분법
적인 젠더 프레임에 갇혀 아이러니하게도 여성에 대한 이분법적 관
습과 통념에 얽매이게 만들고 남성의 욕망과 시장의 각본에 포섭하
게 만든 당대의 한계가 아니었을까? 그렇다면 이 질문에 대한 답변은
어쩌면 미투 이후의 새로운 여성문학이 해줄 수 있는 것은 아닐까?

지금까지 다소 개괄적으로 여성문학의 역사적 전개 과정을 살펴보았
다. 이러한 개괄을 통해서도 확인할 수 있는 것은 여성문학사가 '여성
문학'이라는 범주를 고정시키는 대신, 여성이 자신을 정의해온 방식,
그리고 그러한 정의가 다시 재해석되고 전복되어온 과정을 탐구하
는, 과정 중의 작업이라는 사실이다. 그럴 때 여성문학사란 단일한 여
성의 역사를 쓰는 일이 아니라, 여성문학이 자기 자신과 맺어온 관계
와 그것이 변화해온 궤적을 기록하는 일일 것이다.

         그리고 이러한 서술의 시도는 당연히 여성의 '자기 발견'이라
는 문제와도 깊이 연결된다. 물론 이러한 자기 발견은 여성이라는 성
으로 동질화하는 시도와는 다르다. 왜냐하면 일련의 상징적, 물리적
폭력을 경유함으로써 형성되는 동질화가 허구인 것처럼, 여성이라는
정체성 또한 어떤 면에서 상당 부분 허구일 수 있기 때문이다. 잘 알
려져 있다시피, 이제 정체성은 개인의 확고한 자기동일성이 아니라
늘 자기 안에 타자를 품은 양가적이고 미결정적인 것으로 정의된다.
따라서 이제 중요한 것은 자기동일성이나 보편성 그 자체가 아니라,
그 동일성의 '실패'와 보편성이 놓인 '역사적 맥락'이다. 여성 정체성도

마찬가지다. 그것은 이제 단일한 내부만으로 이루어지는 것이 아니라, 외부의 관점이 부분적으로 들어오면서 형성되는 것일 수밖에 없다. 이를 '인지 오염'이라고 불러도 좋으리라. 이때 "인지 오염이란 타인과의 지속적인 상호 작용 속에서 자기 자신의 세계관을 상대화하고 확신을 무력하게 만들며, 당연함을 잠식하는 것을 뜻한다".[40] 이제 더 이상 순수 여성은 없다. '여성'이라는 말 자체가 이미 오염됐기 때문이다. 따라서 여성으로서의 나를 찾는 문학은 아무것에도 오염되지 않은 순수 여성을 발견하는 것이 아니라, 여성이라는 정체성이 습득되어온 역사적 산물이라는 사실을 확인하고 자기 자신과 관계 맺는 방식의 변화를 추적하는 일이어야 한다. 왜냐하면 우리 모두는 '나'와는 완전히 다른 무수한 정체성에 연결되어 있기 때문이다.

40.　　이졸데 카림, 『나와 타자들』, 이승희 옮김, 민음사, 2019, pp. 38~39.

내가 누구인지 말할 수 없는 나를 위하여

—탈존의 주름

우찬제

* 이 글은 이전에 쓴 「내가 누구인지 말할 수 있는 자는 누구인가」(우찬제, 『프로테우스의 탈주』, 문학과지성사, 2010, pp. 183~204)를 전면 개정 한 것임을 밝힌다.

1. "내가 누구인지 말하게 하라"

"내게 주어진 시간이 다 가기 전에/내가 누구인지 말하게 하라." 마왕은 그렇게 절규했었다. 2014년 10월 서둘러 지상에서 육신을 거두고 떠난 가수 신해철이 작사·작곡한 노래 「껍질의 파괴」는 시대를 거스르는 산문정신의 한 극점을 보여준 사례였다. "부모가 정해 놓은 길을 선생이 가르치는 대로/친구들과 경쟁하며 걷는다." 이렇게 시작하는 노래에서 그는 우리네 일그러진 처지를 일목요연하게 추문화했다. 내가 없는 나의 삶을, 각본대로 뻔하게 살아가는 삶을, 생각할 필요도 없이 모든 것이 정해져 있고 다른 선택의 기회가 주어지지 않는 삶을, 무엇보다 창의적인 가능성이 봉인된 상황을, 그는 철저하게 회의했다. 끊임없이 나를 길들이려 하는 세상에 속절없이 이끌린 채, 껍질 속에 나를 숨기고 살 수는 없다고 했다. 껍질을 파괴하고 자기를 찾아 나서는 진정한 마음의 혁명, 자기 혁명을 격렬하게 제안했다. 「재즈카페」 「그대에게」 「해에게서 소년에게」 「Here, I stand for you」 등 여러 노래에서 그의 존재론적 혁명 의지는 다채롭게 발산된다. 그러면서 "사는 대로 사니 가는 대로 사니 그냥 되는대로 사니 사는 대로 사니 가는 대로 사니"(「니가 진짜로 원하는 게 머야」)라며 거듭 따진다. 진짜 원하는 게 뭐냐고, 그 나이에 이르러도 그걸 모르느냐고 다그쳤다. 확실히 그는 내가 누구인지 말할 수 있는 삶을 살기를 바라는 사람들에게 한없는 자존감의 노래를 당당하게 바친 가수였다.

이와 같은 신해철의 절실한 주문에도 불구하고, "내가 누구인지 말하"는 것은 결코 쉬운 일이 아니다. 굳이 신해철의 노래를 듣지 않더라도 우리는 늘 질문한다. 과연 나는 누구인가? 그럴 때마다 우리는 늘 막막하고 아득한 느낌에 젖게 마련이다. 일찍이 셰익스피어는 『리어 왕』을 통해 절규한 바 있다. "내가 누구인지를 말해줄 수 있는 사람"[1]은 그 누구인가,라고 말이다. 리어는 왕권으로 포장된 자기가 아니라 진정한 자기가 무엇인지, 바로 그걸 알고 싶어 했다. 동서고금을 막론하고 현자에서 범부에 이르기까지 수많은 이가 이 질문에 도전했다. 여전히 이 질문은 현재진행형이다. 계속 묻고 또 물어도 채워지지 않을 갈증 나는 샘물이나 한가지다. 어쩌면 탐문의 과정만이 돌올할 뿐 그 결과는 온통 희뿌연 안개의 도돌이표 형상인지도 모른다. 그런 면에서 이 질문은 인간 삶의 고통에서 희망에 이르기까지 수많은 가능 세계를 함축하는 어떤 것이다. 내가 누구인지 말하는 것은 분명히 어려운 일이지만, 만약 그것에 최종적으로 대답했다고 하면, 이는 어쩌면 죽음의 세계로 입사하는 형국일지도 모른다. "너 자신을 알라"고 설파했던 소크라테스가 독배를 마시고 죽어가면서 자신에 대한 앎, 자신의 삶, 자신의 질문을 완성하려고 했던 것처럼 말이다. 그만큼 '나'를 묻는 것은 근원적이고 위험할 뿐만 아니라 존재 그 자체의 험난함을 그대로 간직한 그 어떤 것이다.

예로부터 '참나(眞我)'를 찾으려는 이들이 '참 나!'라는 어이없는 탄식에 빠지는 경우가 많았다. 내 몸 안의 감옥 혹은 나의 자아 안에 갇히면 나는 나를 바라보거나 발견할 수 없게 된다. 하이데거식으

---

1.   윌리엄 셰익스피어, 『리어 왕』, 최종철 옮김, 민음사, 2005, p. 49.

로 말하자면 나는 내 안의 감옥 혹은 나 중심의 사고에서 벗어나 탈중심적인 관계를 맺기 위해 존재의 밝음 안에로의 탈존(Ek-sistenz, ek-sistence, 脫存)을 수행해야 한다. 존재의 밝은 터를 향해 열려야 하고 그 터전에 처하여 역동적 관계를 맺어 상호 존재의 가능성을 궁리할 필요가 있다.

　　그래서 사람들은 내 안의 감옥을 넘어서 상호 존재로 탈존하려 한다. 홀로 내가 누구인지 말하려는 길을 유보하고, '너'를 통해 '나'를 '서로' 만나려 한다. 그런 까닭에 '나와 너는 어떻게 만날 수 있는 것일까'라는 질문은 '나는 누구인가'라는 질문에 못지않게 중요한 의미망을 획득한다. 철학자 마르틴 부버에 따르면 인간관계는 두 개의 근원어Grundwort, 즉 '나─너Ich-Du'의 관계와 '나─그것Ich-Es'의 관계로 규정된다. 그 두 근원어를 떠나서는 존재할 수 없다. '너'나 '그것'과의 관계에서만 '나'는 존재한다. 이때 '나'가 온 존재를 기울여 말할 수 있는 것은 '나─너'이다. '나─그것'의 관계는 인간의 객관적인 경험이거나 인격의 세계를 나타낸다고 부버는 지석한다. 그는 이렇게 말한다. "근원어 '나─너'는 오직 온 존재를 기울여서만 말해질 수 있다. 온 존재에로 모아지고 녹아지는 것은 결코 나의 힘으로 되는 것이 아니다. 그러나 나 없이는 결코 이루어질 수 없다. '나'는 너로 인하여 '나'가 된다. '나'가 되면서 '나'는 '너'라고 말한다./모든 참된 삶은 만남이다."[2]

　　'너'를 부름으로써 '나'를 호명할 수 있다는 생각은 사실상 우리에게 그다지 낯설지 않다. "너는 나에게 나는 너에게/잊혀지지 않는 하나의 눈짓이 되고 싶다"라고 했던 「꽃」(김춘수)의 전언도 그렇거니와, 시인 황지우도 "나는 너다"라고 했고, 작가 이인성은 "그는 나였다"라고 적었다. 그들만이 아니다. 그런 용례는 얼마든지 많다. 무릇

2.　　마르틴 부버, 『나와 너』, 표재명 옮김, 문예출판사, 1996(2판), p. 19.

문학은 '너'나 '그'를 "온 존재를 기울여서" 부르면서 '나'를 찾아가는 상상 여행일 터이기 때문이다. '너'를 찾고, '그'를 찾고, '너 – 나' '그 – 나' '너 – 그 – 나'의 복잡한 관계망 속에서 '나'를 어렵사리 찾아보려는 탐색담이 바로 문학이다. 오랫동안 문학과 예술은 예의 관계망들을 예리하게 인식하면서, 나는 누구인가 혹은 나와 너는 어떻게 만날 수 있는 것일까, 골몰하고 탐사하는 다채로운 여정을 보였다. 다시 말해 근원 관계망 속에서 역동적 상상력으로 빚어지고 발산하는 나의 발현, 그런 가능성으로서 나의 탐색 도정이었던 셈이다. 현대문학사에서 나는 혼돈 속에서 주름으로 접혀 있다가 탈존의 구체적 계기에 따라 새로운 가능 주체로 거듭나는 경향을 보인다. 그것은 단일한 방향으로 전개되거나 일회적으로 발현되는 게 아니다. 다방면으로 역동적으로 흐른다. 변화하고 재구성된다. 주름에 접혀 있던 무한한 가능성이 다채롭게 발산하는 계기들도 탄력적이다. 굳이 라이프니츠나 들뢰즈를 들먹이지 않는다고 하더라도, 복합성의 수사학을 견인하는 역동적 상관물로 주름을 주목할 수 있겠다. 다양한 발현과 창조적인 발산의 계기와 계열들이 잠재적으로 얽히고설켜 있는 기제가 주름인 까닭이다. 나를 탐사하는 문학사는 잃어버린 나를 찾으려는 기획이 아니다. 오히려 왜 나를 찾을 수 없는지, 왜 내가 누구인지 말할 수 없는지, 그에 대한 변명에 가까울 수도 있다. 그렇긴 하되, 내가 누구인지 말할 수 없다는 사실을 수긍하면서도 끊임없이 새로운 가능성으로 빛나는 크고 작은 나의 고원들을 탐사하는 것은 의미 있는 여로가 될 수 있다. 그 탈존의 주름들 사이의 차이와 반복을 더듬어보는 역동적 성찰의 여정이길 바란다.

2. 그리운 나와 그리워하는 나, 크고 작은 '나'의 고원들

우선 '나'를 성찰하기 위한 방법적 기제로 많은 화가가 자화상을 그렸고, 여러 시인이 자화상 시편을 썼다는 사실을 떠올려보자. 그중 누구라도 다 알고 있을 윤동주의 「자화상」부터 시작하면 어떨까.

산모퉁이를 돌아 논가 외딴 우물을 홀로 찾아가선 가만히 들여다봅니다.

우물 속에는 달이 밝고 구름이 흐르고 하늘이 펼치고 파아란 바람이 불고 가을이 있습니다.

그리고 한 사나이가 있습니다.
어쩐지 그 사나이가 미워져 돌아갑니다.

돌아가다 생각하니 그 사나이가 가엾어집니다. 도로 가 들여다보니 사나이는 그대로 있습니다.

다시 그 사나이가 미워져 돌아갑니다.
돌아가다 생각하니 그 사나이가 그리워집니다.

우물 속에는 달이 밝고 구름이 흐르고 하늘이 펼치고 파아란 바람이 불고 가을이 있고 추억처럼 사나이가 있습니다.

— 「자화상」 전문[3]

---

3. 『문학과지성사 한국문학선집 1900~2000_시』, 최동호·신범순·정과리·이광호 엮음, 문학과지성사, 2007, p. 327.

한 사나이가 있다. "산모퉁이를 돌아 논가 외딴 우물을 홀로 찾아가
선" 가만히 들여다본다. 우물은 집 안이나 동네에도 있는데 하필이면
외딴 우물이다. 다중이 모인 공간을 피해 외딴 우물을 찾은 것은 일단
자기 성찰의 자세를 보인 것으로 헤아릴 수 있다. 우물에 비친 자연
현상은 아름다운 가을 풍경이다. 이와 대조적으로 자기 형상은 미운
모습이다. 부끄럽고 미워 돌아가다 생각해보니 가여워서 다시 돌아
와 보니 여전히 밉기만 하다. 다시 돌아가다 생각하니 "사나이가 그리
워"진다고 했다. 그리고 아름다운 자연 풍경과 더불어 "추억처럼 사나
이가 있"다고 했다. 여기서 그리움의 대상인 추억 속의 사나이는 누
구인가. 아마도 부끄럽고 밉게 된 현재의 자기가 아니라 예전의 이상
적 자기가 아니었을까. 단순히 과거의 어떤 모습이 아니라 이상적 자
기라는 일종의 환영이다. 그리운 사나이와 그리워하는 사나이 사이
의 대조가 이 시의 긴장을 형성한다.

    거울을 보면서 스스로 황홀해하거나 만족하는 경우는 극히 드
물다. 뭔가 부족하고 뭔가 아쉬워 보인다. 소망하는 나의 모습이 아닌
것 같은 느낌을 받기 일쑤다. 특히 유리 거울보다 물거울인 경우 더
그렇다. 물결의 잔주름을 따라 '나'의 모습이 접히는 경우가 많기 때
문이다. 그 잔주름이 나르키소스의 환영에서 벗어나게 하는 것이기
도 하지만, 종종 '나'를 주눅 들게 한다. 유리 거울을 보더라도 그렇다.
1930년대 모더니스트 이상은 유리 거울 앞에서 무수한 '나' 사이의 분
열적 대화를 시도했다. 이상적 자아와 현실적 자아 사이의 대결은 누
구에게나 있다. 이 대결에서 이상적 자아를 의식적으로 더 추구할 수
도 있고, 현실적 자아를 수긍하고 움츠러들기도 한다. 문학에서 전자
의 경우는 계몽적 주체에 의한 '큰 나'로 형상화되었고, 후자는 '작은
나'의 파편들을 보여주었다.

　　이광수의『무정』에서 이형식을 비롯한 계몽적 주체들은 '큰 나'
를 지향한다. 결여가 큰 민족의 현실과 이념적 대타자가 큰 욕망을 자
극하고, '큰 나'를 유도한다. 주름 잡힌 접면을 의식적으로 크게 펼쳐
큰 욕망의 대상을 추앙하는 탈존의 형식이다. 이형식이 다소 감상적
이고 관념적으로 큰 나를 좇았다면, 조명희의「낙동강」에서 박성운
이나 로사는 나름대로 현실의 구체적인 계기를 따라 존재의 밝음 안
에로의 탈존을 추구한다. 소시민적인 존재였던 성운이 3·1운동을 계
기로 민족주의자를 거쳐 사회주의자로 거듭나는 과정, 즉 혁명가로
서의 성장 과정과 그를 잇는 로사의 역정은 큰 결여에서 기인한 큰
나의 형성 과정이다. 이기영의『고향』에서도 사정은 비슷하다. 긍정
적 인물인 김희준은 결핍된 식민지 농촌 상황에서 농민해방을 지향
하는 큰 나의 모습으로 형상화된다. 한설야의「과도기」『황혼』, 강경
애의『인간문제』, 이광수의『흙』, 심훈의『상록수』등을 거쳐 1970년
대 황석영의「객지」, 1980년대 정화진의「쇳물처럼」, 방현석의「내
일을 여는 집」「새벽출정」등 일련의 노동소설들에서도 그렇다. 이런
소설들에 등장하는 '큰 나' 지향의 인물들은 대개 결여된 상황에 대한
인식을 바탕으로, 결여를 지양하기 위한 이데올로기적 욕망이나 이
념적 신념을 보이며, 그에 따른 대자적 실천을 수행한다. 현실의 질곡
과 대결하려는 고양된 인식을 보이고 행동을 펼친다는 장점에도 불
구하고, 많은 경우 개인의 고유한 자기 탐색보다는 집단적이고 공적
인 인간형을 추구하는 경향이 강하다. 현실의 문제가 서사적 상황 속
에서 인간의 길을 상당 부분 지시하는 이른바 '현실 침범형' 소설들에
서 보이는 양상들인데, 이 경우 '큰 나'이긴 하되, 오히려 거기서 진정
한 개인으로서의 '나'는 소외되는 역설이 형성된다. '나'의 구체적 경
험이나 인식보다는 집단의 선험을 따르는 경향이 많기 때문이다. 현
실이나 사회의 대타자를 추앙하려는 '큰 나' 지향의 의식들이 계속 발

현된 것은 아마도 문학적 공공성 담론과 관련되지 않을까 짐작한다.
'선공후사(先公後私)' 계열의 공동체 지향 집단의식의 그림자가 반복
적으로 발현된 형상일 터이다. 다른 측면에서는 현실의 어려움에 굴
하지 않고 인간의 위의(威儀)와 문학적 정의를 추구하려는 산문정신
의 효과로 볼 수도 있겠다.

　　그런가 하면 '작은 나'들 혹은 '작아지는 나'의 형상들도 뚜렷한
궤적을 형성해왔다. 염상섭의 「만세전」에서 이인화는 식민지 조선 현
실에서 '나'를 발견하고 '나'의 신생을 모색하려는 노력을 보인다. 아내
의 죽음 사건을 계기로 '묘지'와도 같은 조선의 현실을 여실하게 체험
한 그는 이전의 '나'는 '나'가 아니었음을 인식한다. 그러면서 새로운
'나'는 개인의 구체적인 성찰에서 출발해야 함을 감지한다. 공적이고
관념적인 선험을 개인의 구체적 정황과 매개 없이 그대로 받아들이
거나, 구체적 현실을 도외시한 채 낭만적으로 도피한다면, 신생의 지
평이 열리기 어려울 것이라는 성찰의 세목을 보인다. 정자에게 보낸
편지에서 주인공은 "현실을 정확히 통찰하며 스스로의 길을 힘 있게
밟고 굳세게 살아나가야 할 자각"에 이르렀음을 밝히고, "신생이라는
영광스런 사실은 개인에게서 출발하여 개인에 종결하는 것"[4]임을 강
조한다. 이 지점에서 우리 소설 최초의 근대적 개인, 근대적 '나'의 면
모를 보이는 이인화의 초상을 여실하게 확인하게 된다. 1930년대 모
더니스트 박태원은 「소설가 구보씨의 일일」에서 생활 감각을 지닌
창작자로서의 자기 존재를 다짐하는 이야기를 한다. 그가 쓴 세태소
설 『천변풍경』은 1930년대 작은 인간들의 욕망의 풍경첩이다. 다양
한 개인의 욕망으로 들끓는 모습이 발현되고 있기 때문이다. 작아지
는 '나'의 모습은 이상의 소설들에서 그 구체적인 형상을 얻는다. 평

4.　　염상섭, 「만세전」, 『염상섭 전집 1 — 만세전 외』, 민음사, 1987, pp. 105~106.

판작 「날개」에서 보이는 "박제가 된 천재"는 신화적 정체성 혹은 인간 고유의 진정한 정체성을 상실한 작은 인간이다. 매춘부의 남편으로 서식하는 그는 고유의 정체성을 상실한 채 한없이 작은 삶을 살다가 자신의 원향(原鄕)을 향해 비상하려는 신화적 의지를 보인다. 그럼에도 추락하는 것에는 날개가 없는 법이어서일까. 이상이 점묘한 작은 인간의 비상은 현실에서 차갑게 추락될 따름이며, 그러기에 「지주회시」 등에서 나타나는 것처럼 동물화되거나 사물화되는 경향을 보인다. 「화랑의 후예」 「바위」 「무녀도」 『을화』 등 김동리의 소설에 등장하는 인물들은 시대착오적인 비루한 개인이거나 운명 앞에 선 왜소한 작은 개인의 초상이다.

　　　전후의 소설에서도 '작은 나'들의 행렬은 이어진다. 특히 손창섭이 그린 작은 인간들이 인상적이다. 「인간동물원초」 「피해자」 「생활적」 등에 나오는 여러 인물은 동물적인 식욕이나 성욕에만 이끌리는 수성적(獸性的) '작은 나'들이다. 「공휴일」 「미해결의 장」 「비 오는 날」 「혈서」 등 여러 소설에는 인간적 가치에 절망하여 멜랑콜리의 늪에서 허우적거리는 작은 인간들이 존재의 연민을 자아내게 한다. 현실과 인간에 대해 철저하게 절망하기는 장용학도 마찬가지였다. 현대 문명의 메커니즘이 가져온 비극성을 날카롭게 간파한 그는 「비인탄생」에서 '비인'을 선언하기도 했다. 4·19혁명으로 인한 잠시의 희망과 5·16쿠데타로 인한 깊은 환멸로 시작한 1960년대 소설에서 작은 인간의 초상은 좀더 세련된 방식으로 구체성을 획득한다. '감수성의 혁명'[5]을 가져온 작가로 상찬된 김승옥의 「무진기행」에서 윤희중은 무진 여로에서 잃어버린 자기 정체성의 회복 가능성을 암시받음에도 불구하고 세속적인 교환가치와 다시 타협함으로써 '작은 나'에 머물

5.　　　유종호, 「감수성의 혁명 — 김승옥」, 『현실주의 상상력』, 나남, 1991, pp. 85~90.

고 만다. 서정인의 「강」은 인생이란 강물에서 '작은 나'의 형성 과정을 인상적으로 다룬 작품이다. "그의 머릿속에는 몽롱한 가운데에 하나의 천재가 열등생으로 변모해가는 과정들이 하나씩 떠오른다. 너는 아마도 너희 학교의 천재일 테지. 중학교에 가선 수재가 되고, 고등학교에 가선 우등생이 된다. 대학에 가선 보통이다가 차츰 열등생이 되어서 세상으로 나온다. 결국 이 열등생이 되기 위해서 꾸준히 고생해 온 셈이다"[6] 같은 부분에서도 명료하거니와, "처음 출발할 때에 도달하게 되리라고 생각했던 곳으로부터 사뭇 멀리 떨어져 있는 곳에 와 있음을" 깨달으며, "아—, 되찾을 수 없는 것의 상실"[7]감에 젖어드는 장면에서 '작은 나'의 형성과 그 비감을 가늠하게 된다. 「강」에서 이 대목은 윤동주의 「자화상」에서 그리운 나와 그리워하는 나의 대조 양상과 비슷하다. 「병신과 머저리」라는 표제가 이미 환기하는 것처럼, 이청준 역시 '병신'이거나 '머저리' 같은 '작은 인간'에 주목했다. 이청준의 '작은 나'들은 인간적 진정성으로부터 멀어진 삶의 생태들을 깊고 넓게 환기한다.

　　1970년대에는 산업화 현실에서 소외된 작은 인간들이 나타난다. 최인호의 「타인의 방」의 주인공은 아내에게 배신당하고 사물로부터 기습을 당하는 등 전형적으로 소외된 '작은 나'이다. 1988년 서울 올림픽이 끝나고 동구 사회주의의 몰락과 옛 소련의 해체 등 세계 체제의 지각변동이 일어난 후에 '작은 나'들은 소설의 주종으로 등장하기에 이른다. 장정일의 「아담이 눈뜰 때」의 재수생 주인공은 타자기, 턴테이블, 뭉크 화집 등을 마련하기 위해 메피스토펠레스에게 휘둘리는 파우스트를 닮은 거래도 서슴지 않는다. 현실과 욕망 사이에서

6.　　『문학과지성사 한국문학선집 1900~2000_소설』 2, 우찬제·김미현 엮음, 문학과지성사, 2007, p. 165.

7.　　같은 책, p. 166.

의 위악적 몸부림과 가짜 낙원에의 입사에 대한 지독한 환멸을 보인
다. 아버지의 '큰' 질서를 거부하고 아버지의 '큰' 법을 거세하려는 '작
은' 아들이 펼치는 탈존의 주름이 아닐 수 없다. 박상우의 「샤갈의 마
을에 내리는 눈」은 정치적 현실과 정치적 인간에 환멸을 느낀 허무주
의적 작은 인간의 무의식을 담고 있으며, 「청산유감」『돌아서지 않는
사람들』 등 하창수의 여러 소설도 허무주의와 환멸에 사로잡힌 작은
인간의 초상을 그린 경우다. 이순원의 「얼굴」「수색, 그 물빛 무늬를
찾아서」「은비령」, 은희경의 『새의 선물』『마이너리그』 등 여러 소설
에서도 마이너리그의 작은 사람들의 리듬을 확인할 수 있다. 밀레니
엄 시기를 거친 후 '작은 나'들의 소설적 흐름은 더욱 미세한 잔주름
으로 차이를 보이며 반복되는 경향을 보인다.

3. 인생 비용, '고통하는' 인간, 고립의 주름

누군들 초장부터 '작은 나'이기를 바랐겠는가. 서정인의 「강」에서 보
여준 삽화처럼 처음엔 누구나 '천재'에서 시작한다. 그러다 수재, 우등
생, 보통의 단계를 거쳐 열등생으로 전락하기도 한다. 작가이자 시인
인 한강은 「자화상. 2000. 겨울」에서 초나라의 한 사나이 이야기를 들
려준다. 고즈넉한 어조이지만 삶의 실상에 근접하는 성찰을 보인다.
그는 "서안으로 가려고 말과 마부와 마차를" 공들여 준비하고 여비도
넉넉하게 마련했다. 서안 가는 길을 걱정하는 이웃에게 "걱정 마시오"
라며 자신감을 보였다. 그렇게 길을 떠났다. 오랜 세월이 흘렀다. 사정
이 달라졌다. 음식도 노자도 떨어졌다. 마부도 도망치고 말들도 병들
고 죽었다. 사나이 홀로 모래밭에 발이 묶였다.

마른 목구멍에
서걱이는 모래흙,
되짚어갈 발자국들은
길 위의 바람이 쓸어간 지 오래
집념도 오기도 투지도
어떤 치열함과 처연한
인내도
사나이를 서안으로 데려다주지 못한다

초나라의 사나이,
먼 눈
병든 몸으로 영원히
서안으로 가지 못한다

—「자화상. 2000. 겨울」부분[8]

이 얼마나 가혹한 상황인가. 왜 초나라 사나이는 서안으로 가려 했는
지, 서안이 그에게 어떤 의미인지는 분명치 않다. 목적지이자 욕망의
대상인 것은 틀림없다. 욕망의 대상은 도달할 수 없기에 정녕 비애극
의 대상이 된다. 한용운의 '님' 또한 그러했다. 대상에 이를 수 없는 가
운데 병든 몸으로 고통스러운 수행자가 된다. 보들레르의「알바트로
스」를 닮았는지도 모른다. 조류 중에서 가장 높이, 가장 멀리, 가장 오
래 나는 새로 알려진 알바트로스는 흔히 '창천(蒼天)의 왕자'로 불린
다. 그렇게 창천을 비상해야 할 알바트로스가 뱃전에 추락해 있다. 서
안으로 출발할 때의 초나라 사나이와 사막 속에 갇힌 사나이의 대조

---

8.   한강, 『서랍에 저녁을 넣어 두었다』, 문학과지성사, 2013.

처럼, 「알바트로스」에서도 창천의 왕자 알바트로스와 추락한 알바
트로스의 대조는 분명하다. 물론 보들레르의 시에서 '지상으로 유배
된' '창천의 왕자' 알바트로스를 두고 저주받은 시인의 운명으로 상징
화한 것은 잘 알려진 이야기이다. 이는 곧 '소외된 예술가 의식'의 일
환인 셈인데, 그런 소외 상태일 때 그 어떤 가능성도 현실에서는 차
단될 수밖에 없다. 그래서 한강은 "집념도 오기도 투지도/어떤 치열
함과 처연한/인내도/사나이를 서안으로 데려다주지 못한다"라고 적
은 것이다. 게다가 초나라 사나이는 몸도 병든 상황이다. 이 초나라의
사나이는 누구인가? 이 시에 한강은 "자화상. 2000. 겨울"이란 제목
을 붙였다. 한강이 발현한 '고통하는 인간'의 어떤 초상이 아닐까 싶다.
한강이 20세기 후반기에 직간접으로 경험한 고통의 총량과 그 심연
의 상처로 인해 21세기를 활기차게 출발할 에너지를 많이 소진한 작
은 인간의 모습이다. 작가 스스로 고통 3부작이라고 불렀던 『채식주
의자』 연작뿐 아니라, 『소년이 온다』 『작별하지 않는다』는 물론, 초
기작 『여수의 사랑』 시절부터 한강의 인물들은 고통을 피동적으로
겪지 않는다. 스스로 고통을 수행하며, 고통의 리듬으로 살고, 고통의
주름 속에서 삶과 죽음의 다른 맥락을 탐사한다. 그런 가운데 탈존의
계기를 마련하고 서사의 긴장감을 더한다. '고통하는 인간'은 고통의
터에 처해 있다. 때로는 고통의 둥근 적막 속에서, 때로는 고통의 격
한 파동 속에서, 주름진 상상력의 심연은 깊어진다.

　　　김애란의 여러 소설에도 한강이 그린 초나라 사나이 같은 인
물들이 많이 나온다. "힘든 건 불행이 아니라…… 행복을 기다리는 게
지겨운 거였어."[9] 「호텔 니약 따」에 그렇게 말한 젊은이가 있다. 한강
이 그린 초나라의 사나이는 서안으로 가기 위한 노자가 충분했었는

9.　　　김애란, 「호텔 니약 따」, 『비행운』, 문학과지성사, 2012, p. 277.

데, 머잖아 노자가 다 떨어지고 병들어 목적지로 가지 못하는 경우였
다. 그런데 김애란의 인물들은 애초에 그런 노자를 마련하지 못한 사
례가 많다. 물론 한강의 「여수의 사랑」 등 여러 소설에서도 그랬다. 버
려진 아이라는 의미의 기아(棄兒) 모티프가 전경화될 때 그들은 노자,
그 인생 비용을 마련하기 버거워, 육체적·심리적 기아(飢餓) 상태를
벗어나기 힘들다.[10] 김애란의 「호텔 니약 따」의 젊은이들은 한강이 파
고든 기아 모티프는 아니지만 그에 준하는 버림받은 사회경제적 터
로 인해 고통받는다. 그들은 여전히 행복을 욕망해야 하는, 혹은 준비
해야 하는 상황에 놓여 있다. 그 행복에의 욕망은 늘 미끄러지다 못해
오히려 악화일로의 상황으로 치닫는다. 젊은 청춘의 사랑 하나 제대
로 품을 가슴조차 지니지 못한 신산한 상태이다. 두번째 소설집 『침
이 고인다』(문학과지성사, 2007)에 수록된 「자오선을 지나갈 때」 「도
도한 생활」 이후 많은 인물이 그런 초상이다. 한없이 막막하고 아득
한 상황에서 그보다 더 나쁜 상황으로 치닫는 악화일로 플롯으로부
터 그들은 결코 자유롭지 못하다. 대학을 졸업하고도 변변한 일자리

---

10. 한국 현대문학사에서 초나라의 사나이처럼 노자가 충분했던 사례는 그리 많지 않은 것
같다. 대개 그 반례에 해당하지 않을까 싶다. 앞에서 언급한 서정인의 「강」에서 천재에서
열등생으로 추락하는 인생 강등 행로 또한 인생의 노자가 턱없이 모자랐기 때문인 것으로
서사화된다. 시골에서 상경하여 대학 다니던 때의 불우한 처지를 떠올리는 대목을 보면
그렇다. 비슷한 시기에 김승옥의 「무진기행」에서도 그런 조짐은 뚜렷하다. 윤희중이 존재
지향과 소유 지향 사이에서 갈등하다가 결국 존재 지향의 탈존을 수행하지 않는 것은 인생
비용에 억압된 결과처럼 보인다. 이청준의 「눈길」에서도 노자는 전혀 마련되지 않았다.
주인공이 노모에게 빚이 없다고 반복하는 것은, 어린 나이에 고향을 떠나올 때 노자를 제대로
받을 수 없는 형편이었기 때문이다. 이에 광주와 서울에서 무척 고생했다. 물론 이 소설에서
어머니에게 빚이 없다는 아들의 말은 결국 아이러니 효과를 빚어내지만, 그 또한 이중적이다.
어머니에게 빚이 '있다/없다'라는 이중의식이 이청준 소설의 두 성격을 빚어낸다. 어머니에게
빚이 없다는 의식은 최인훈의 독고 의식처럼 자유 지향의 관념적이고 문화적인 도시 서사를
형성하고, 빚이 있다는 부채 의식은 한 속으로 깊어져 한을 넘어서려는 남도 시골 서사로
발현된다. 황석영의 「객지」나 「삼포 가는 길」처럼 이촌향도(離村向都) 시절의 소설에서도
당연히 준비된 노자는 거의 없다.

를 얻지 못하거나(「호텔 니약 따」 「너의 여름은 어떠니」), 취업했다 하
더라도 만족할 수 없는 수준이다(「큐티클」 「서른」). 중년 하층민의 고
단한 처지를 다룬 「그곳에 밤 여기에 노래」나 「하루의 축」에서는 그
핍절함이 더욱 곡진하다. 사정이 딱하다 보니 이야기 속의 인간관계
는 더욱 나빠지기 일쑤이다. 「호텔 니약 따」에서 두 친구 사이는 매
우 소원해지고, 「너의 여름은 어떠니」나 「서른」에서는 기대했던 옛
남자친구로부터 어이없이 배신당한다. 나아가 「서른」에서는 남자친
구에게 배신당했던 여주인공이 자기 제자를 배신하는 것으로 그려
져 충격을 더한다. 「물속 골리앗」은 악화일로 플롯의 한 절정을 보인
소설이다. 한강이 압축적으로 형상화했던 사막 여행자 초나라 사나
이의 초상을 다각적으로 구체화한 사례로 보아도 큰 무리가 없을 것
이다.

　　한강의 시에서 사막에 홀로 고립된 사나이처럼, 김애란의 많
은 인물도 종종 심한 고립감과 그 막막함의 심연에 빠져든다. 혼자 남
는 경우는 물론이려니와 「호텔 니약 따」처럼 둘이 여행하더라도 각
각 따로 고립감에 사로잡힌다. 그 고립감의 절정을 보인 인상적인 소
설이 바로 「물속 골리앗」이다. 20년 전부터 살아온 아파트의 주택담
보 대출을 다 갚았을 즈음 재건축을 위한 철거 명령이 내려진다. 그
때 느닷없이 진짜 집주인을 자처하는 사람이 나타난다. 이 어처구니
없는 문제를 해결하려고 애쓰던 와중에 아버지는 40미터 높이의 타
워크레인에서 추락해 사망한다. 사건은 실족사로 처리되었지만, 이
사고는 썩 의심스러운 구석이 많다. 다른 주민들은 모두 이주를 마치
고, 갈 곳 없는 주인공네만 홀로 남겨졌다. 예정대로 단전, 단수 조치
가 취해진다. 그리고 엄청난 큰물이 진다. 길이 끊기고 학교도 갈 수
없다. 아파트 소유권을 사기당한 사회경제적 인재(人災)로 고립되었
던 주인공네는 설상가상 홍수라는 수재(水災)로 고립이 가중된다. 그

와중에 당뇨를 앓던 어머니가 약이 다 떨어져 그만 절명하고 만다. 아버지를 죽음으로 이르게 한 사태의 진실을 알아주는 사람들이 아무도 없었는데, 이제 어머니의 죽음을 아는 이 아무도 없는 고립무원의 상황에서, 어린 주인공이 홀로 두 죽음을 감당해야 하는 처지에 놓인 것이다. 어쨌든 여길 빠져나가야 한다고 다짐하지만 막막하기 그지없다. 불안의 늪은 깊어만 간다. 할 수 없이 나무 문짝으로 간이 배를 만들고 어머니 시신을 거기에 태워 탈출을 시도하지만, 물 위에서 허기를 때우려고 먹을거리와 사투를 벌이다가 그만 어머니 시신을 놓치게 된다. 날이 저물자 주인공은 무시무시한 어둠 속에서 물 위로 솟아 있는 타워크레인에 매달린다. 살려달라는 그의 외침은 공허한 메아리에 불과하다. "나는 우주의 고아처럼 어둠 속에 홀로 버려져 있었다."[11] 다음 날 다시 막막한 고립의 항해를 계속하던 그는 해 질 무렵 타워크레인의 꼭대기에 아버지를 닮은 사람이 앉아 있는 환각을 느끼며, 그리로 기어 올라간다. 텅 빈 고요만이 오롯한 꼭대기에서 주인공은 다시 한번 혼자 남겨졌음을, 무섭고 서럽게 절감한다. 거기서 아버지의 죽음을 추체험하면서 파랗게 질린다. 앞으로 어떻게 될지 알수 없는 막막한 고립의 절정에서, 그럼에도 그는 누군가가 올 것이라고 중얼거리며 고공의 칼바람을 견딘다.

　　이렇게 김애란의 「물속 골리앗」은 생태 문제와 함께 실존의 심층을 건드리고 있으며, 근원적으로 인간이 어떻게 살아남을 수 있을 것인가, 살아남는다는 것은 무엇인가와 관련된 깊고 넓은 문제의식을 보인다. 자연재해와 인재를 중첩적으로 경험하면서 졸지에 부모를 모두 여의고 우주의 고아가 된 어린 영혼이, 고공의 물속 골리앗 꼭대기에서, 그 고립감의 절정에서, 아찔한 고소공포를 느끼면서

11.　　　김애란, 「물속 골리앗」, 같은 책, p. 117.

고뇌한 살아남는다는 것의 문제이기에 주목된다. '나는 우주 고아다'
라고 선언하는 문학사적 장면이라고 해도 좋겠다.

　　4·19혁명 직전인 1950년대 후반을 시대적 배경으로 한 『회색
인』에서, 작가 최인훈은 그런 고립 상태, '독고(獨孤)' 상태에 대한 역
설적 인식을 보인 바 있다. 여기서 주인공 독고준은 그 성이 환기하는
것처럼 '독고 의식' 혹은 '고아' 의식의 절정을 보인다. 이런 처지와 의
식은 그로 하여금 나름의 자유의 지평으로 나아가게 한다. "혼자라는
생각이 이상한 감동을 주었다. 혼자다. 가족이 없는 나는 자유다. 신은
죽었다. 그러므로 인간은 자유다,라고 예민한 서양의 선각자들은 느
꼈다. 그들에게는 그 말이 옳다. 우리는 이렇다. 가족이 없다, 그러므
로 자유다. 이것이 우리들의 근대 선언이다."¹² 독고의 자유 상태에서
진정한 '나'를 성찰할 수 있다는 생각이다. 『광장』에서 이명준이 남한
에서 고통받았던 것도, 북한에서 절망했던 것도 기본적으로 아버지
와 관련 있었다. 자전적 소설인 『화두』를 보면 최인훈은 월남한 집안
의 장자로서 그 책임감도 컸던 것 같다. 그러나 적어도 최인훈은 『회
색인』에서 철저한 독고 의식을 통해 자유 의지를 피력한다. 『광장』을
쓸 수 있도록 새로운 공화국의 분위기를 가져온 4월혁명의 심층 이
념형에 대한 작가 나름의 탐색이기도 하지만, 부계 중심의 가족 서사
로부터 훌쩍 비켜나려는 서사 의지도 확인할 수 있다. '아비는 종이
었다'(서정주), '아비는 남로당이었다'(이문열), '아비는 개흘레꾼이었
다'(김소진) 계열이 아비를 통한 '나'의 존재에 대한 계보학적 성찰의
상상력이었다면, 『회색인』에서 최인훈은 아비와의 관계를 차단하고,
아비의 부성(父性)을 거세하고, 아비의 법으로부터 벗어난 고립의 상
태에서 '나'의 탈존의 터를 새롭게 마련하려고 했던 것처럼 보인다.

12.　최인훈, 『회색인』(최인훈 전집 2), 문학과지성사, 2008(3판), p. 139.

4. 자기 거울에 갇힌 나, 그 수인의 딜레마

김애란의 「물속 골리앗」에서 어린 '나'는 천재(天災)와 인재(人災)가 중첩된 상황으로 인해 철저하게 고립된 상황에 빠질 수밖에 없었다. 상황 속의 인간을 성찰하기 위한 기제이고, 더 나아가서 그런 상황에 대한 비판의 담론으로 고쳐 읽을 수 있다. 그런데 어떤 경우에는 주체가 스스로 자기 감옥을 형성할 수도 있다. 시인 채호기는 「자화상」에서 자기 거울에 갇힌 존재의 초상을 심원하게 발현한다.

> 너는 갇혀 있다.
> 너만 바라볼 수 있는 너의 거울 안에, 너는 갇혀 있다.
> 네가 잠드는 집과 출근하는 회사, 네가 말하는 언어의 벽들이 너를 감금하고 있다.
> 무엇보다 그 감옥 안에서 너는 안락함을 느끼기 때문에 도저히 탈출할 수 없다.
> 아무도 너를 갇혀 있다고 생각하지 않고, 너조차도 네가 자유롭다고 생각하기 때문에 너는 거의 포박되어 있다. — 자기 자신의 감옥, 모국어의 감옥, 자각할 수조차 없는 거울의 감옥!
> 〔……〕
> 언어로부터 추방된 사람들의, 부랑자들의, 불쌍한 사람들의, 포기하는 사람들의 언어. 네게서 자라나는 언어들은 얼기설기 얽힌 가시철조망, 강철프레스 같은 세계가 골통을 압박하듯 너의 생활 반경을 옥죈다. 〔……〕
> 어떤 언어도 한숨으로 번역되는 물결도 깊이도 없는 거울 표면이여!
> 얕은 미궁의 착란이여!
>
> — 「자화상」 부분[13]

"너만 바라볼 수 있는 너의 거울 안에, 너는 갇혀 있"는 상태, "자기 자신의 감옥, 모국어의 감옥, 자각할 수조차 없는 거울의 감옥!"에 갇힌 자화상을 시인은 예리하게 성찰한다. "네 주위에는 너를 발견하는 눈이 없고, 너 또한 너를 바라보는 시선의 독방에 잠겨 근심과 피로를 녹여 없앤다"면 정당한 자기 인식의 지평을 마련하기 어렵다. 왜 그런가? 그가 바라보는 거울이 "물결도 깊이도 없는", 그러니까 주름도 주름의 펼침도 없는 단순한 "표면"이기 때문이다. 그 "거울 표면"으로는 자기를 볼 수 없다. 현존재로 나갈 수 없다. 탈존의 지평을 알지 못한다. 게임이론에서 말하는 수인(囚人)의 딜레마prisoner's dilemma와는 다른 맥락에서 자기 거울 속에 갇힌 수인의 딜레마를 숙고하게 하는 대목이다. 게임이론에서 딜레마는 따로 갇힌 동료와 소통할 수 없는 상태에서 그 타인의 마음을 읽어낼 수도 믿을 수도 없는 상황에서 비롯된다. 타인에 대한 신뢰와 '나'의 이기적 욕망 사이에서 겪는 곤혹스러움이다. 반면 채호기의 「자화상」에서는 타인/타자라는 작인(作因)이 괄호 안으로 휘발된 상태이다. '나'의 '나' 됨을 확인할 '너'라는 거울이 없을 때, 오로지 '나'만을 비추는 거울 표면은 '나'도 제대로 재현할 수 없음을 신랄하게 성찰한다. 이때 수인의 딜레마라고 하는 것은 '갇혀 있음'과 그런 정황을 '헤아리지 못함' 사이의 곤혹이다. 그럴 때 개인은 더욱 저만의 감옥 안에 깊이 갇히게 된다.

　　문학에서는 이런 인식의 고립 상태, 인식의 거울 감옥에 갇힌 수인의 딜레마를 새롭게 성찰하기 위해 종종 '광장'과 '밀실'이라는 공간적 대립소를 활용하기도 한다. 현실을 살면서 인간은 광장과 밀실 사이, 그 어딘가에 처해 있기 때문이다. 그 어디쯤에서 '나'를 재성찰하기 위해서다. 탈존을 위한 터를 확보하기 위해서이다. 이 지점에서

13.　　채호기, 『손가락이 뜨겁다』, 문학과지성사, 2009.

최인훈의 『광장』을 떠올리는 것은 매우 자연스럽다. '광장'과 '밀실'로 상징되는 대립의 해소를 통해, 다시 말해 '광장 – 밀실'의 변증법적 지양을 통해, 제3의 길을 발견하고자 한 희망의 원리와 그 현실적 좌절이 기본 골격을 이룬다. 많은 논자가 지적했다시피, 이 작품에서 '광장'이 집단적 삶, 사회적 삶을 상징한다면, 그 반대편에서 개인적 삶, 실존적 삶을 상징하는 것이 '밀실'이다. 타락한 밀실 위주의 남한 사회와 타락한 광장 위주의 북한 사회에서 모두 실망하고 절망한 이명준이 제3국으로 가는 배 위에서 바다로 투신자살한다는 이야기가 이 소설의 중심이다. 여기서 우리의 관심에 값하는 것은 물론 광장의 존재론과 밀실의 존재론이다. 소망스럽기는 광장과 밀실 양쪽에서 두루 행복한 삶이다. 사회적인 삶과 개인적인 삶이 적절한 조화를 이루는 가운데, 세계의 이데아에 걸맞게 개인이 성장하고, 개인의 진실이 모여 집단의 꿈을 형성한다면 더할 나위 없이 좋을 것이다. 그러나 『광장』에서 이명준이 혹독하게 경험했듯이, 현실의 삶에서 그런 소망은 종종, 아니 자주 배반당하기 일쑤이다. "사는 것처럼 사는 법이 좀 없을까요?" 혹은 "갈빗대가 버그러지도록 뿌듯한 보람을 품고 살고 싶다는 거예요"[14]라는 이명준의 소망이 현실에서 철저하게 좌절로 귀결되는 것도 그런 까닭이다. 이런 삶의 배리 때문에 문학적 도전의 형식이 끊임없이 창출되는 것이기도 하다. 사정이 이러하기에 문학에서 '나'들은 광장과 밀실 그 어느 지점에 편재한 채 겨우, 그야말로 가까스로 혹은 '한없이 낮은 숨결'(이인성)로 존재하는 경우가 많다.

특히 '작은 나'들의 문학사에서 '광장'의 불안은 현저하다. 하여 밀실로 퇴행하지만 그곳 역시 편안한 모태 공간일 수만은 없다. 가령 이청준의 「퇴원」 「겨울 광장」 「조만득 씨」 「황홀한 실종」 등 일련의

---

14.   최인훈, 『광장/구운몽』(소설 명작선 1), 문학과지성사, 1996, p. 54.

소설에 등장하는 '작은 나'들은 대체로 광장의 불안으로 인해 밀실로
퇴행하려는 흐름을 형성한다. 소학교 시절 시골집 광 속에서 모태 공
간 같은 안락함을 느꼈던 「퇴원」의 주인공은 밖(광장)으로부터 비추
어진 아버지의 전짓불 공포를 당한 이후에 좀처럼 광장으로 나아가
지 못하고 사회에서 적응하지 못한 채 밀실로 퇴행하려는 존재의 시
위를 보인다. 광장 불안의 신경증적인 모습을 보이는데, 「겨울 광장」
에서는 광장 불안의 정신증 차원이 발현된다. 「겨울 광장」의 여주인
공 완행댁은 역설적이게도 광장에 있으면서 광장에 없는 존재이다.
있는 광장에서 잃어버린 혹은 없는 자아를 찾아 나서는 형국이기 때
문이다. 「조만득 씨」는 사회적 광장으로 나아가기 싫어하는 주인공
을 임상적으로 치유하여 내보냈다가 비극적인 결말을 보는 이야기다.
조만득 씨는 철저하게 밀실의 존재였고, 밀실 속의 광기 속에서만 반
어적 의미에서 '큰 나'일 수 있었다. 「황홀한 실종」의 윤일섭도 조만득
씨처럼 정신과 치료를 받는다. 가학성 유희 욕망이 노골화되어 치료
를 받는 과정에서 그는 도착 증세를 보인다. 안과 밖, 혹은 시선과 응
시의 전도가 그것이다. 가령 대학 시절에 데모한 이야기를 하면서, 그
는 "교문을 뛰쳐나가고 싶어 시위를 벌인 것이 아니라, 학교를 다시
들어가려고 시위를 벌였노라는 주장"[15]을 한다. 사실과 상반되는 이
런 기표는 현실에서 동물원의 사자 우리 안으로 들어가고자 하는 이
상(異狀) 행동으로 연결된다. 소설의 말미에서 실종된 그가 동물원의
사자 우리 안에서 발견되는 것은 그 때문이다. 흔히 '요나 콤플렉스'라
고 부르는 이런 증세를 주인공이 보이는 사정을 짐작하는 것은 그리
어렵지 않다. 일차적으로는 자기 실존의 근거인 직장으로부터 쫓겨
날지 모른다는 불안감을 지목할 수 있겠거니와, 더 근원적으로는 자

---

15.   이청준, 「황홀한 실종」, 『소문의 벽』, 열림원, 1998, p. 185.

기 존재의 심층적 바탕을 상실할지 모른다는 작은 인간의 불안 심리를 떠올릴 수 있는 것이다. "완벽한 유폐를 위한 자기 실종의 환상"[16]은 대타자의 향락으로부터의 도피라는 의미를 지닌다. 이 판타지는 현실의 광장에서 상실한, 그래서 쉽사리 가닿을 수 없는 존재의 심연을 동경케 한다. 동물원의 사자 우리 안을 윤일섭이 마치 원무(圓舞)처럼 계속 맴도는 것도 이런 판타지 때문이다. 이런 행동에서 윤일섭의 직장 동료 사내는, "과거에서 비롯한 도착의 결과에서가 아니라 우리 현실 가운데서 누구나가 가질 수 있는 가장 정직한 자기 소망의 한 표현"[17]임을 읽어낸다. 흔히 제도 관리 사회의 정도가 더해갈수록 개인의 진정한 자아는 억압되게 마련이다. 현상 추수 양상이 심화되면 개인적 내면의 공동화(空洞化) 현상은 더욱 심해진다. 이럴 때일수록 "시대적 어울림의 삶을 위해서도 이따금 자신을 되돌아보고 새로운 자아와 개성적 생명력의 계발·축적을 위한 자기 모색의 깊은 공간, 자신만의 조용한 밀실이 필요"[18]하다는 작가 이청준의 생각이, 작은 인간 윤일섭의 자기 실종 욕망으로 형상화된 것으로 볼 수 있다.

그렇다고 밀실에서라도 '작은 나'들이 행복할 수 있는가. 최인호의 「타인의 방」의 주인공은 밀실에서조차 혹독하게 자신의 행복을 소거당한다. 아내의 배신을 확인해가면서 주인공은 점차로 자기 밀실이 '나'의 것이 아닌 '남'의 밀실임을 절감한다. 이뿐만 아니라 온통 반란하는 밀실의 사물에 갇힌 주인공은 더욱 심한 환각 속에서 고통스러운 소외 체험을 한다. "방 안 어두운 구석구석에서 수군거리는 소리가 들려온다. 어둠과 어둠이 결탁하고 역적 모의를 논의한다.

---

16.   같은 책, p. 214.
17.   같은 책, p. 224.
18.   이청준, 「밀실을 찾아서」, 같은 책, p. 235.

〔……〕벽면을 기는 다족류 벌레의 발소리가 들려온다"[19]는 부분에서 보이는 것처럼, 그는 어둠 속에 완전히 포획된다. 어둠에 갇힌 그는 순간적으로 황홀한 우주를 떠올려보기도 하지만, 이내 황홀한 우주가 아닌 검은 우주, 블랙홀에 빠지고 만다.

   2008년 『한국일보』 신춘문예 당선작인 진연주의 「방」에서 대상인 방이 커질수록 '나'의 의식은 줄어든다. 반비례 관계이다. "방은 그렇게 조금씩, 그림자 지듯 소리 없이 자리를 넓혀갔다./그리고 개미가 몰려들기 시작했다." 방이 자리를 넓혀가고 개미가 몰려들면서 '나'의 자리는 점점 줄어든다. 그에 따라 나는 점점 더 작아진다. 논술 답안지 첨삭 지도 아르바이트를 하는 주인공은 현실에서 자기 삶의 정당한 근거를 찾지 못한다. 타인에게 말도 건네지 못한다. 혹은 건네지 않는다. "말을 나눈다는 건 관계를 시작하겠다는 의지이고, 시작은 그게 무엇이든 변화라는 대가를 요구한다"고 생각하기 때문이다. 말뿐만 아니라 시선의 교환도 제대로 수행하지 않는다. 소통은 차단되거나 치언된다. "당신은 왜 늘 쭈뼛거리고, 망설이고, 서성이고, 생각하나요? 당신을 빨아들이는 것들에 대한 두려움 때문인가요?"란 질문에 답을 할 수 없는 존재다. 그러는 동안에 "방은 계속 자라나고, 그러나 그것을 확인해 줄 사람은, 내가 꿈꾸고 있거나 미친 게 아니라는 걸 확인해 줄 사람은 아무도 없다". 그녀가 첨삭 지도 하는 원고 내용의 일부인 '수인의 딜레마'와 비슷하면서도 다른 맥락까지 포괄하여 엄혹한 '수인의 딜레마'를 겪고 있다. 동시대의 삶에 대한 불안과 두려움에 갇힌 '작은 나'의 모습을, 수인의 딜레마로 형상화한 것이다.

   『광장』에서 『화두』에 이르기까지 작가 최인훈이 서사의 으뜸 과제로 다루었던 주제 중 하나는 '자기 운명의 주인'이 되는 삶이었다.

---

19.   최인호, 「타인의 방」, 『타인의 방』, 문학동네, 2002, p. 195.

다시 말해, 최인훈의 문학적 고집 중의 하나가 자기 운명에의 의지였다. 코기토 철학 시대의 상상적 의지에 값한다. 그런 면에서 최인훈은 남북조 시대의 현실에서는 작은 유형인(流刑人)이었지만, 문학적 의식 면에서는 큰 세계인(世界人)이고자 했던 작가다. 『화두』에는 작가 조명희의 이야기가 주요하게 등장한다. 조명희는 1930년대 소련의 당내 투쟁 와중에 반역자로 몰려 희생되었다. 인간다운 이성의 기획이 좌절된 상황에서, 비이성적 먹이사슬의 농간으로 희생된 조명희는 환상 속에서 이렇게 말한다. "자기를 빼앗기면 이 도시처럼 이렇게 된다네" "너 자신의 주인이 돼라" "빛이 있을 때 빛 속을 걸어라".[20] 또 최인훈은 뇌일혈로 쓰러져 자신의 기억을 망실한 상태였던 레닌의 최후 나날들에 대한 기록을 접하면서, 레닌처럼 망실되기 전에, 조명희의 화두처럼 자기 자신의 주인일 수 있을 때 세계의 '옳은 맥락'을 찾아내서 기록해둬야겠다는 결심을 한다. "나 자신의 주인일 수 있을 때 써둬야지. 아니 주인이 되기 위해 써야 한다. 기억의 밀림 속에 옳은 맥락을 찾아내어 그 맥락이 기억들 사이에 옳은 연대를 만들어내게 함으로써만 나는 나 자신의 주인이 될 수 있겠다. 그 맥락, 그것이 '나'다. 주인이 된 나다."[21]

그러나 접속 시대의 소설가 김영하는 '자기 운명의 주인' 담론에 대해, 그 허무의 정체를 일찌감치 간파하고 미리 냉소를 보낸다. 이에 그는 자기 운명의 주인으로 살지 못하는 소비 자본주의 사회의 일상을, 그 파편들을, 놀이 충동으로 서사화한다. 『빛의 제국』에서 그가 "생각한 대로 살지 않으면 사는 대로 생각하게 될 것"이라는 폴 발레리의 시구를 원용하면서, 사는 대로 생각하는 사람의 이야기, 혹은

20.   최인훈, 『화두 2』(최인훈 전집 15), 문학과지성사, 2008, pp. 564~65.
21.   같은 책, p. 586.

그 존재론을 그리게 된 것은 그런 까닭이다. 이 소설의 주인공은 장기남파 간첩이다. 북한에서 남한으로 이식된 그는 아내에게조차 자신의 정체를 숨겨야 할 정도로 분열된 존재 조건 속에서 산다. 모든 것은 거짓이고, 주위 사람들과는 다른 시간과 공간에 갇혀 산다. 있으면서도 없고, 없으면서도 있는 유령의 존재론에 가깝다. 접속의 그물을 떠도는 이러한 유령의 존재론은 어떤 경우에도 자기 존재를 전면적으로 긍정할 수 없는 미분화되고 분열된 '작은 나' 혹은 작은 유형인들의 불안하고 불우한 실존의 풍경, 바로 그것을 환기한다.

5. 생명 성찰의 '나'와 여성적 탐문의 '나'

현실의 속절없는 배리로부터 자유로울 수 없는 '작은 나'들은 종종 한(恨) 맺힌 인물로 형상화된다. 운명적 삶의 형식으로부터 지녀 가지게 되는 김동리나 하승원의 한, 여성이기에 고스란히 감당해야 하는 최정희의 한, 현기영의 「순이 삼촌」에서 『제주도우다』에 이르는 여러 소설에 깊이 옹이진 제주 4·3의 한, 전쟁과 이데올로기로 인해 아들을 잃은 참혹한 고통의 승화를 그린 「장마」의 작가 윤흥길의 한, 역사적·계급적 진실의 위반으로 인해 형성된 조세희의 한, '아비는 남로당이었다'는 태생적 숙명 때문에 곤혹스러웠던 김원일·김성동·이문열의 한, 『봄날』의 임철우, 『소년이 온다』의 한강 등이 그린 광주항쟁의 한 등등 이루 헤아릴 수 없을 정도로 많은 한 맺힌 '나'가 20세기 한국 소설사를 가로지른다.

　　박경리의 대하소설 『토지』에는 다양한 한의 수맥들이 이리저리 얽히고설켜 있다. 그 같은 한의 물빛과 뿌리들로 하여 『토지』는 다채로운 '나'들을 성격화하면서 매우 중층적이고 입체적인 방식으로 삶의 의미를 탐문하는 크나큰 터전이 된다. 소설에 등장하는 거의 모든 인물을 한의 인간 군상이라 불러도 좋을 정도로, 그들은 한과 관련된 담론으로 삶의 의미론을 풀어가고 있으며, 한에 대한 숙명적인 이끌림과 의지적 버팀 사이에서 고행하고 있다. 하고 보면 『토지』의 인물치고 한의 인물이 아닌 자 어디 있을까마는, 그중에서 우선 김환이 주목될 만하다. 전설적인 동학군의 장수 김개주가 최참판댁 윤씨부인을 겁탈한 결과 태어난 그는 '구천이'로 변성명하여 최참판댁에 종으로 들어갔다가 아버지가 다른 형인 최치수의 부인 별당아씨와 통정하여 도망치지만 그녀마저 일찌감치 병사하는 바람에 한이 깊어지는 인물이다. "생명의 배태와 더불어 그의 상실은 예정된 것"이라고 진술되거니와, 그는 대체로 이렇게 표현된다. "김환은 세상에 나오자마자 모친을, 이십 전후하여 부친과 별당아씨를 잃었다. 어느 누구보다 철저하게, 대치(代置)가 불가능하였기에 그토록 철저하게 잃은 것이었다. 내세에다 가냘픈 희망의 거미줄을 걸면서, 한 마리 도요새가 되기를 꿈꾸며. 아비 도요새, 어미 도요새, 아아 별당아씨, 그 여자 도요새와 더불어 만경창파 구만리 장천을 나는 것을 꿈꾸며 진달래빛 눈보라, 진달래빛 빗속에서의 처절한 통곡을 거치며 그의 절망적 정열은 그의 불행과 행복과는 상관없이 생동하는 생명의 지속이었던 것이다."[22] 이처럼 '절망적 정열' 속에서 한과 맞씨름해야 했던 그였으나, 그는 결국 신비스러운 해한(解恨)의 방식으로 '대자대비'한 생명의 바다에 이른다. 인생의 길 끝에서 혹은 벼랑 끝에서 발견한 한과 삶에 대한 근원적 통찰의 결과이다. 막다른 곳까지 인식을 밀고 나가보지 않은 이로서는 얻을 수 없는 성질이어서, 김환의 대자대비 사상에는 상당한 무게중심이 실린다. 인생의 끝 혹은 허무의 벼랑에서

---

22.   박경리, 『토지』 11(4부 2권), 솔, 1994, pp. 40~41.

신비체험처럼 인식의 벼리로서 해한의 사상과 생명의 심연을 성찰하고 있다는 점에서는 소지감도 같은 경우에 속한다. 최참판댁 종이었다가 주인집 아씨 서희와 결혼하는 길상 역시 한에서 생명 사상에로 이르는 구체적인 경로를 보여준다. 존재 "내부에 숨은 청랑(淸朗)한 오성(悟性)"[23]을 직관할 수 있는 투시안으로 "온통 환희"와 "생명의 부활"[24]을 발견할 수 있었던 길상은 "창조의 능력이 없다는 것은 사랑이 없다는 얘길 거"[25]라고 말한다. 길상의 아들 환국은 이를 이어 "창조는 생명"[26]이라고 정리한다. 이처럼 존재하는 모든 것들에 대한 연민의 정조를 바탕으로 진정한 생명을 성찰하는 '나'들에 의해 새로운 창조의 궤적이 형성되었음을 짐작해볼 수 있다.

그러나 한 많은 현실에서는 "청랑한 오성"을 억압하고 "생명의 부활"을 가로막아 속절없는 작은 인간들의 비극적 삶을 연출하는 경우가 더 많다. 그럴 때 잃어버린 '나'를, '나'는 어떻게 찾아갈 수 있는가. 오정희의 「바람의 넋」은 이런 문제의식을 보여준다. 오정희의 여러 소설에서 여성 인물은 집 안에서 거부당한 기아(棄兒) 의식을 지닌다. 이 때문에 종종 집 밖으로 탈출을 감행하여 몽중보행을 하면서 비극적인 자기 정체성을 확인한다. 「바람의 넋」에서 은수도 그런 '작은 나'이다. 그녀는 전쟁고아 출신으로 "얻어온 애"였다. 전쟁통에 부모와 쌍둥이 여동생이 도둑들에게 살해되고 만 것이다. 어렸을 적 사촌 아이를 통해 이 사실을 알게 된 은수는 줄곧 "이 집은 내 집이 아니다"라는 강박에 빠진다. 이 강박의식은 '세계 박탈감'이기도 하다. 그래서 더더욱 박탈되기 이전의 '나'의 세계, 즉 '나'의 집은 어디인가, 내

23.   박경리, 『토지』 3(1부 3권), 솔, 1994, p. 222.

24.   박경리, 『토지』 4(2부 1권), 솔, 1994, p. 161.

25.   박경리, 『토지』 10(4부 1권), 솔, 1994, p. 363.

26.   박경리, 『토지』 13(5부 1권), 솔, 1994, p. 325.

지 "나는 누구인가, 나를 낳고 또 버린 사람들은 누구인가"[27]라는 집요한 의식에 빠져든다. 그녀는 결혼하면서 "임시로 머무는 듯한 지긋지긋한 헤매임"을 접고 "새로운 뿌리내림"[28]이 되기를 간절히 열망하지만, 사태는 달라지지 않는다. 여전히 자기 넋은 집 안에 있지 못하고 언제나 집 밖의 바람에 실려 떠돌 뿐이다. '바람의 넋'을 따라 집 밖의 몽중보행을 계속하던 은수는 어느 날 자신도 모르게 이끌리게 된 산에서 치한들로부터 윤간을 당하게 되고, 이 사건을 계기로 집 안으로의 귀환을 포기한다. 그러면서 자신의 비극적인 자기 정체성을 확인하게 된다. 데려다 키운 친정어머니로부터 "두 짝의 작은 검정 고무신"에 관한 사연을 듣게 된 것이다. 최초의 기억이 현재의 의식 및 존재와 연결되자 자기 정체성을 확인하게 되었으나, 그것은 너무나도 참혹하고 비극적인 것이었다. 그녀 자신의 넋은 제자리를 알지 못하고 안타깝게 바람 되어 떠돌고 있었던 것이다. "오라, 나의 어린 넋이여, 바람되어 떠도는 넋이여, 하염없는 그리움 잠재우고 이제는 돌아오라"[29]는 결구가 그 비극적 참상을 웅숭깊게 환기한다. 거칠고 황량한 세계상 내지 폭력적인 남성들에 의해 철저하게 '뿌리 뽑힌' 여성적 존재의 근원적 우수와 비극성의 심연을 다룬 소설 「바람의 넋」에서 은수는 물론 한없이 작아지는 인물이다. 그러나 '작은 나'에 의한 여성적 진실 탐문의 도정은 매우 간절하고 깊다.

　　최윤은 '너는 더 이상 너가 아니다'라고 과감하게 비판한다. 진실의 자리에 기초하지 않은 '너'와 '나'의 삶을 근본적으로 반성하고 해체하면서 새로운 '나'를 찾아나가야 함을 여성적 탐문의 시선으로 역설한다. 장편 『너는 더 이상 너가 아니다』에서 최윤의 핵심 메시지

27.　　오정희, 「바람의 넋」, 『바람의 넋』, 문학과지성사, 1986, p. 211.
28.　　같은 책, p. 213.
29.　　같은 책, p. 275.

는 '아비는 고옥(전통가옥) 수리자였고, 욕망의 사시(斜視)인 자식은 물질 속으로 사라져갔다'로 집약된다. 박철수의 부친은 고옥 수리자였다. 근거 없는 민족주의를 내세웠던 부친은 집 자체에 대한 본질적인 인식을 하지 못한 채 그저 복원, 수리에만 몰입하다 죽어갔다. 늘 부실했고, 한 번도 온전한 집을 만들 수 없었다. 아들은 아비의 행적을 쫓다가 그 아비가 남긴 것이 어처구니없게도 빚밖에 없음을 알게 된다. 아비의 역사는 늘 뒤틀렸고, 질곡이었고, 그래서 진정성에 이르지 못했다. 그리고 아비의 불행했던 역사를 올곧게 새로 쓰고자 한다. 이는 아비 세대에 대한 철저한 부정을 의미한다. 아비의 의식과 행동으로는 삶의 실체를 동반할 수 없다는 인식이다. 이것이 우리 현대사 1세대 '나들'에 대한, 그 질곡에 대한 전면적인 비판에 해당된다. 2세대인 자식은 어떠한가? 아들 박철수의 거울 인물인 나영희는 육체적으로나 정신적으로나 욕망의 사시다. 그녀는 현대 일상성의 늪에서 표적 없는 물질의 항해를 하고 있다. 그저 흔들리는 인물이다. 사시인 그녀가 보는 세상이 마구 흔들리듯이, 그녀의 내면 또한 무수히 흔들릴 뿐이다. 흔들림의 끝은 어디인가? 그것은 사라짐이다. 무수한 그리고 의미 없는 분열 속에서 흔들리다 다만 무화되어갈 뿐이다. 소설의 대미를 장식하고 있는 그녀의 자살 장면은 분열과 소진의 절정을 보여준다. 이렇듯 아비는 부질없는 이데올로기에 의해 상징적인 불구였고, 자식은 반이데올로기적 물질 탐닉에 의해 역시 상징적인 불구의 삶을 살다가 스스로 소진되고 만다는 이야기를 통해서 작가 최윤은 엄정한 비판과 반성 위에서 새로운 '나'를 형성해나갈 것을 제안한다.

　　신경숙에 의한 식물성의 '나'에 관한 탐문도 우리의 관심을 끈다. 『바이올렛』에서 오산이는 세상에서 겨우 존재하는 희미한 '작은 나'이다. 화원에서 같이 근무했던 수애와는 달리 자신의 의지를 제대로 언표화하지 못한다. 식물들이 그러하듯 그저 세상의 물결에 혹은 타인의 요구에 이끌리며 휩쓸리는 인물이다. 말하자면 부성적 의미화 영역의 안정성과 지배적 경향에 휘둘리는 존재이다. 그러기에 억압된 채 희미하게 살아간다. 희미하되 결코 단순한 인물은 아니다. 탈중심화되고 중층적인 주체다. 여러 그림자와 숨결을 지니고 있는 그녀는 자기 안의 코라를 일깨우면서 상징적이고 원형적인 귀환에의 열망에 들려 있다. 정서적인 측면에서는 분명치 않은 대상을 향한 아련한 그리움이 전경화된다. 특히 인상적인 것은 오산이가 육신의 고통의 절정에서 혹은 폭력적 억압의 절정에서 기호적 코라의 언어를 길어 올리고자 하는 14장의 마지막 대목이다. 마치 「새야새야」에서 무척 인상 깊었던 장면인 "밑으로 밑으로 한없이 아늑한 웅덩이" 부분을 연상케 하는 '포크레인 무덤' 이미지가 특히 그렇다. "포크레인 무덤 속에서 그녀가 마지막으로 한 일은, 으깨진 팔꿈치를 감싸며 옆구리에 붙어 있는 가방을 열고 꾸물꾸물 노트를 꺼내 아무 장이나 펼치고서 뭔가 꾹꾹 적어넣을 양"[30]을 하는 모습, 바로 그 순간이야말로 기호적 코라에서 언어적 에너지를 끌어내는 순간이다. 크리스테바식으로라면 '말하는 주체'가 탄생하는 순간이겠고, 신경숙식으로라면 '작가'가 숨죽인 채 탄생하는 순간일 터이다. 그 말하는 주체의 탄생을 가능케 하는 심층 에너지는 식물성의 영혼에서 비롯된다. 신경숙에게 있어서 여성성을 환기하는 식물성은 양가적이다. 식물성의 성정 때문에 세상에서 상처받기도 하면서, 역설적으로 그것 때문에 폭력적인 현실을 견딜 수 있다.

---

30.   신경숙, 『바이올렛』, 문학동네, 2001, p. 274.

6. 20세기 한국인의 상호주관성

현실에서 상처받는 것도, 그것을 이런저런 방식으로 견디는 것도 '나'
홀로 가능한 게 아니다. '나'와 '너' 사이의 상호주관성의 지평에서 가
능하다. 이 지점에서 '나'와 '너'의 윤리가 개입하기도 한다. 이청준의
『당신들의 천국』에서 조백헌 원장은 선한 의지로 환자들을 위한 천
국을 건설하려 했다. 그러나 '너'와 '나'의 상호 발견에 의한 일반의사
에 기반하지 않은 천국 건설은 무의미함을 깨닫고 반성한다. 황 장로
를 비롯한 '너'들과 허심탄회하고 진실한 대화를 나누면서 '작은 너'들
에게 다가간다. 이에 황 장로를 비롯한 '작은 나'들이 화답한다. 자유
를 넘어 사랑의 구현 가능성에 대해 함께 고뇌한다. '나'와 '너' 사이에
진실한 상호주관성의 지평이 형성된다. 깨어진 영혼의 상처와 부끄
러움이거나 배반이나 가해 혹은 폭력의 허물, 내지 삶과 역사의 한을
위무하고 씻어내기 위한 부단한 헤맴의 역정이었던 이청준의 소설은
대부분 이런 인식론적 상상 여로의 소산이다. 이청준에게 있어서 소
망스러운 상호주관성의 지평은 우선 자기반성에서 비롯된다. 역사와
현실의 격랑에서 많은 이가 피해자 의식을 가지고 '너'를 대할 때 보
복의 악순환만 되풀이될 뿐임을 그는 일찍이 간파한 바 있다. 「가해
자의 얼굴」에서 명료하듯 나름의 가해자 의식을 바탕으로 반성할 때
'나 – 너'의 관계는 진정성을 지평을 알게 된다. 심한 피해자라 하더라
도 '너'의 허물을 덮어주고 용서하는 마음이 중요함을 후기 소설에서
이청준은 강조한다. 「지하실」「이상한 선물」 등에서 묻어주고, 덮어
주고, 잊어주고, 속아주고, 감싸주는 마음의 생태는 '작지만 큰' 인간
됨이다. 진정한 반성과 용서, 그 바탕 위에서 현묘한 대긍정의 세계를
응시하고 실천할 수 있을 때, 존재를 속절없는 역사적 격랑에서 구하
고 진정한 의미를 탐문할 수 있다는 생각을 내비친다. 반성하는 '나',

감싸주는 '나', 용서하는 '나'의 초상은 이청준 문학의 위의를 알게 하는 대목이며, '나'와 '너'의 소망스러운 상호주관성을 위한 실천 윤리이기도 하다. 이런 이청준의 성찰은, 물론 20세기 한국인의 존재론과 고단한 현대사를 깊게 숙고한 결과이다. 『당신들의 천국』의 황 장로도, 「가해자의 얼굴」의 김사일 씨도 식민지와 전쟁, 보릿고개와 군부독재 등 20세기 한반도의 역사적 굴곡을 그대로 경험한 이들이다. 그 경험의 주름들을 넘어 새로운 탈존의 가능성을 모색하기 위해 제안하는 것이 소망스러운 상호주관성의 지평이다.

김원일의 「나는 누구인가」와 임철우의 『이별하는 골짜기』 역시 20세기 한국인의 복합 상처를 응시한 결과이다. 분단 주제를 중심으로 한국인의 20세기 삶과 운명을 선이 굵은 서사로 성찰한 김원일은 노년소설 연작인 『슬픈 시간의 기억』에서 20세기 역사를 어렵게 살아온 노인들의 마지막 나날에 미시적 서사 렌즈를 집중했다. 단속(斷續)적인 과거 기억과 현재의 고난을 넘나들면서 그런 20세기를 살아온 한국인으로서 '나'는 누구인가, 질문한다. 그러니까 20세기 한국인이라는 역사적 맥락과 존재론적 근원을 동시에 파고들어, 그 서사의 깊이가 웅숭깊다. 그중 「나는 누구인가」는 치매 걸린 한 여사의 기억과 재현, 의식과 무의식을 넘나들며 개인의 미시적 존재론과 그녀가 관통해온 고통스러운 20세기 시대사를 중첩해놓은 소설이다. 여기서 한 여사는 결코 돌아가고 싶지 않은 슬픈 시간의 기억을 많이 지닌 인물이다. 그녀의 이름이 한점아가, 게이코, 한안나, 한경자 등으로 바뀌었다는 사실이 우선 주목된다. 이렇다 할 이름을 지닐 수 없었던 비루한 어린 시절, 종군 위안부로 전전했던 일제강점기 시절, 전쟁 후 양공주 생활을 했던 시절, 그 고단한 나날마다 이름이 바뀌었다. 미국인 장교 사이에서 낳았던 아기는 미국에 입양시켜 자식마저 없다. 척박하고 신산한 여성의 고통스러운 삶을 한 여사는 대변한

다. 그녀만이 아니다. 그녀의 아버지는 홋카이도 탄광으로 돈 벌러 떠
난 뒤 소식이 없고, 어머니는 물난리에 돌아가셨고, 남동생은 해방 직
후 호열자로 죽고, 둘째는 보도연맹에 연루되어 전쟁 난 해 총살당하
고, 그에 놀라 자원입대한 셋째는 석 달 만에 전사했다. 그야말로 비
운의 가족사가 아닐 수 없다. 이런 인물의 성격을 드러내고 20세기 시
대사를 함축한 개인사를 구축하기 위해 김원일은 역동적 미시 묘사를
복합적으로 수행한다. 여기서 나는 누구인가, 라는 질문은 치매 걸린
한 여사 개인에 국한되지 않는다. 20세기를 함께 살아낸 혹은 그 깊은
고통을 더불어 겪어낸 많은 한국인이 함께 던지는 물음에 가깝다.

　『이별하는 골짜기』에서 임철우는 20세기 한국인의 자화상을
곡진한 어조로 그린다. 사계절의 뮈토스를 각각 담당하는 네 인물은
20세기 한국 역사의 비극적 단층을 환기한다. 일제강점기, 분단과 전
후 보릿고개 시절, 냉전 시대 상황, 그리고 1990년대 포스트모더니즘
시기 등의 특성을 전순례, 신태묵, 양순지, 정동수는 각각 표상한다.
그중 일제 말 열여섯의 나이에 정신대로 끌려가 모진 고통을 겪었고
해방 이후에도 상처의 '순례'를 거듭해야 했던 전순례 할머니를 초점
화한 '겨울' 이야기가 가장 시리게 다가온다. 그녀는 묵중한 보퉁이를
들고 매일 별어곡 역사에 나와 "출발지도 목적지도 없는 빈 승차권"[31]
을 받는다. 그녀의 보퉁이 속은 고향의 가족들에게 전할 선물로 가득
차 있다. 그러나 그녀는 결코 기차를 타지 않는다. 아니, 타지 못한다.
고향으로 돌아가는 '귀로'에 오를 수 없는 운명이기 때문이다. 그럼에
도 매일 역사에 나와 빈 승차권을 받는 그녀에게 젊은 역무원 정동수
는 이렇게 묻고 싶어 하지만 결코 묻지 못한다. "할머니. 대체 어딜 가
시려고요? 그곳이 어디입니까!"[32] 고향에 돌아가지 못하고 간이역사

31.　　임철우, 『이별하는 골짜기』, 문학과지성사, 2010, p. 249.

를 떠돌기는 다른 인물들도 마찬가지다. 전쟁 때 아버지와 동생을 잃고 어렵게 독신으로 살아오다가 비극과도 같이 짧은 결혼 생활을 한 적이 있는 늙은 역무원 신태묵의 사연 역시 매우 곡진하다. 업무상의 작은 과실로 한 사내가 사망하게 된다. 그로 인해 신태묵은 중징계를 받은 처지였는데, 어느 날 역사에서 다 죽게 된 그 사내의 아내와 딸을 보게 된다. 우선 목숨을 구하고 보자는 생각에 그들을 자기 집으로 데려가 간호한다. 눈앞의 남자가 자기 남편의 죽음과 관련 있는 사람인 줄은 꿈에도 모르던 여자는 남자의 호의에 이끌려 결혼하기에 이른다. 그러나 결혼 생활의 행복감이 늘어날수록 신태묵은 죄책감으로 인해 극도의 불면증에 시달린다. 결국 이 불안한 결혼 생활은 옛 사연을 알게 된 아내가 자신을 저주하면서 자살함으로써 비극적인 종말을 맞는다. 아내가 자살한 다음 아내의 딸마저 저주를 퍼부으면서 떠난다. 이런 상처 속에서 신태묵은 평생 이별하는 골짜기를 배회한다. 이처럼 20세기의 역사적·현실적 상처로 인해 평생 곤혹스러울 수밖에 없는 인물의 고통을 그 심연에서 길어 올린다. 이런 네 인물의 상처와 비극은 예외적인 개인들의 예외적인 경험과 상처일 수 없다. 20세기 한국사에 깊은 상처로 각인된 인물군들을 각각 표상하고 있어 역사철학적인 함의를 보인다고 말할 수 있다. 마치 동심원의 파장처럼 각 인물의 내면의 상처들은 그 시대에 비슷하게 고통받고 상처받았던 사람들의 내면으로 확산되면서, 그 상처의 동심원들이 서로 만나고 스미면서, 지난 세기에 대한 인문학적 숙고의 절실한 계기를 제공하게 된다. 20세기 한국인은 고통의 지도를 그리며 가까스로 존재할 수밖에 없었다고, 『이별하는 골짜기』의 인물들은 상호주관적 지평에서 서정적으로 호소한다.

---

32.   같은 책, p. 125.

7. 나의 이름으로 서명할 수 있을까?

1960년대에 작가 최인훈은 '나'를 발견하기 위해 '나'의 이름으로 서
명하는 작업을 하라고 권했다. 누구의 자식, 아무개의 친구, 어느 대
학 출신이 아니라 자기 고유의 이름으로 서명할 수 있는 일을 할 때
자기를 탐문할 수 있다는 것이다. 특히 『회색인』에서 독고준의 자기
선언은 매우 도저하다. 요컨대 "특별한 에고란" 없어졌다는 것, "신과
영웅, 여신과 왕녀들의 시대는 갔다"는 것, "우리는 지금 저마다 신
인 시대에 살고 있다"는 것, 하여 "나는 신이고 당신은 여신이"고, "나
는 아폴로이고 당신은 비너스"인 시대를 살고 있다는 것, "모든 사람
이 왕위王位 계승권繼承權을 가지고 있"[33]는 시대를 살고 있다고 강조
한다.

> 그렇다. 내가 신神이 되는 것. 그 길이 있을 뿐이다. 그러나. 그것은 번
> 역극이 아닌가? 거짓말이다. 유다나 드라큘라의 이름이 아니고 너의
> 이름으로 하라. 파우스트를 끌어대지 말고 너 독고준의 이름으로 서
> 명하라. 너의 이름을 회피하고 가명을 쓰려는 것, 그것이 네가 겁보인
> 증거다. 남의 이름으로는 계약하지 않겠다는 깨끗한 체하는 수작은
> 모험을 회피하자는 심보다.[34]

다른 사람, 다른 존재가 아닌 자신의 이름으로 하겠다는 것, 자신의
이름으로 서명하겠다는 것. 바로 이것이야말로 독고준의 근대(인) 선
언이자, 근대 작가 선언인 셈이다. 그리고 그것은 곧 작가 최인훈의

---

33.   최인훈, 『회색인』, p. 295.

34.   같은 책, p. 382.

준열한 자기 선언이기도 하다. 최인훈의 문학은 이와 같은 자기 인식, 자기 서명 의식, 관념적·예술적 모험 의식과 자기 실험 정신의 소산 이다.

그런데 자기 이름으로 서명한다는 것은 그리 녹록한 일이 아 니다. 자기 이름의 의미를 살리며 살기도 쉽지 않다. 21세기 작가 원 종국은 이름 때문에 극심하게 정체성 혼란을 겪는 사람 이야기를 다 룬 「믹스언매치Mix-and-Match」 연작[35]을 통해, 휴먼과 포스트휴먼의 경계를 탈주하며 '나'의 의미론을 재성찰한다. 이 연작의 기본 구도는 「믹스언매치」에 상당 부분 담겨 있다. 그 단초는 스페인 카탈루냐의 피게레스Figueres 출신 초현실주의 화가 살바도르 달리의 운명에서 비롯된다. '살바도르'는 달리가 태어나기 한 해 전에 죽은 형의 이름이 자 아버지의 이름이었다. 달리의 부모는 달리가 형의 환생이라고 믿 으며 같은 이름을 붙여주었다는 설이 전해진다. 예전에는 유아 사망 이 흔했기에 사망신고와 출생신고의 번거로움을 덜기 위해 그런 경 우도 없지 않았다. 어쨌거나 달리의 아버지는 자기 이름이기도 한 '살 바도르'를 포기하고 싶지 않았던 것 같다. 짐작할 수 있는 그 어떤 경 우든 이름을 재활용한 것, 살바도르라는 이름을 지속시킨 것만큼은 분명한 사실이다. 이 가족 사건은 달리 개인에게도 커다란 심리적 사 건이었다. 나 고유의 삶이라는 기원의 해체, 그 주체의 뿌리가 뽑히는 그런 사건이 아니었을까. 「여섯 개의 거울에서 일시적으로 포착된 여 섯 개의 허상 속에서 영원화되고 있는 갈라를 뒤에서 그리고 있는 달 리」(1972~1973)나 「나르시스의 변모」(1936~1937) 등에서 보이는 자 아 해체 양상은, 그런 심리적 사건을 예술적으로 표현한 실험의 일환

35. 　총 8편(「믹스언매치」 「욕망의 수수께끼, 어머니, 어머니, 어머니」 「슬픈 아열대」 「두 사람이 보이는 자화상」 「나는 달리다」 「다시, 살아가는 일」 「2049, 미도와 오 비서의 관점」 「뫼비우스의 띠」)으로 이루어져 있다.

이었을 것으로 짐작된다.

작가 원종국 역시 달리처럼, 달리를 닮은 운명적 인물을 형상화한다. 원종국의 이야기에서 달리의 부모는 10년이 넘도록 자식을 얻지 못하다 체외수정으로 아이큐 200이 넘는 천재 아들 명주를 얻는다. 월반을 거듭하던 천재는 불세출의 물리학자를 꿈꾸며 일찌감치 미국으로 가 유학한 지 얼마 안 되어 총기 사고로 사망한다. 그의 부모는 이 참척의 고통을 받아들일 수 없어 하다가, 원본-명주를 복제하여 천재 물리학자의 재현을 기원한다. 그러나 복제-명주는 천재가 아니었다. 물리학에는 관심조차 없었다. 유치원 선생님으로부터 살바도르 달리의 이야기를 들은 다음부터 '나는 달리다'라는 강력한 자의식 속에서 달리처럼 그림 그리기를 욕망한다. 즉 부모로부터 각인처럼 호명되는 이름은 '명주'고, 스스로 환기하는 이름은 '달리'다. 명주와 달리가 호환될 수 없는 이름이듯이, 부모와 복제 아들 달리 사이의 욕망은 소통되기 어렵다. 부모는 천재적 물리학도였던 원본-아들 명주처럼 복제-아들도 천재 물리학사가 되기를 욕망한다. 그러나 복제-아들 달리는 살바도르 달리를 모방하여 화가로 살기를 욕망한다. 이렇듯 욕망들이 상충하는 가운데 그의 현실 직업은 복제사이다. 그것도 단순 업무를 반복하는 평범한 인물일 따름이다. 자신을 일컬어 스스로 천재라 불렀던 살바도르 달리와 달리 원종국의 달리는 천재성과는 거리가 멀다. 원본-아들과 멀어진 복제-아들로 인해 부모는 매우 불안하다. 처음엔 근심하고 걱정하다가 당황하고 이내 불안에 빠져 더는 어렵겠다는 생각이 들었을 때, 그들은 새로운 복제를 욕망한다. 1차 복제의 실패를 수긍하고, 자식을 결혼시켜 손자 대에서 다시 한번 영광을 보려 하는 부모에게 달리는 결혼을 안 할 것이고 하더라도 아이를 낳지 않을 것이라 말한다. 그러면 체세포를 떼어내 복제를 하겠다고 실랑이를 벌이다가 아버지가 계단에서

굴러떨어져 사망하는 불상사가 발생한다. 이 사건으로 달리는 파렴치한 패륜범죄자가 된다.

「욕망의 수수께끼, 어머니, 어머니, 어머니」에서 이야기되는 것처럼 달리에게는 어머니가 셋이다. 가족법상의 어머니 외에 난자를 제공한 어머니, 복제 태아를 열 달 동안 키워 출산한 대리모, 이렇게 어머니가 셋이라는 점을 비롯해 복제 인간으로서 달리의 정체성은 모호하기만 하다. 달리는 자기가 누구인지 알면 알수록 다른 존재로 더욱 타자화된다. "차라리 고아였더라면 좋았을 텐데, 생각한 적이 있어요. 아버지 어머니가 누구인지, 내가 어떻게 태어나게 되었는지 몰랐더라면 좋았을 텐데, 꿈꿔왔어요. 이제 부질없게 되었지만. 아버지 어머니가 빨리 죽어줬으면 좋겠다고 늘 생각했어요. 그래서, 내가 왜 태어나게 됐는지, 내 존재의 의미를 스스로 밝혀가며 살아갈 수 있기를, 아니, 하루라도 빨리 내 존재의 의미가 완전히 사라져주기를 간절히 기도했었어요."[36] 부모를 부정하고 자신을 부정하는 극적 의식의 단면을 보여준다. 자기 '존재의 의미' 밝히기와 지우기가 함부로 착종되는 가운데 부정의 탈주는 가속화된다. 「두 사람이 보이는 자화상」에서 달리는 그저 하염없이 달리기만 하는 인물로 그려진다. 그런데 이미 표제가 환기하는 것처럼 여기서 달리는 종종 둘이거나 그 이상으로 분열된다. 달리는 달리와 그걸 보는 달리, 자화상 그림에도 그림 속의 자신을 바라보는 달리와 그걸 다시 뒤에서 보는 달리로 분열되는 형식이다. 이렇게 복제 – 인간의 이야기를 통해 작가는, 몸과 기억의 지속과 단절 문제를 통해 인간 존재론의 심연을 유전공학적 상상력 너머에서 탐색한다. 유전공학적 시뮬라르크 속에서, 도무지 찾을 수 없는 '나'의 문제와 맞씨름하며 고뇌하는 모양새다.

---

36.   원종국, 「두 사람이 보이는 자화상」, 『그래도』, 문학과지성사, 2013, p. 9.

원종국의 소설에서 복제-명주는 그래도 원본 이름을 복제해 물려받기라도 했지만, 김희선의『247의 모든 것』에서 김홍섭은 247이라는 숫자로 기호화되며 자기 이름을 잃게 된다. 어처구니없는 방식으로 희생양을 만들고, 그 희생양을 속절없이 타자화하면서, 희생양을 만든 자기들의 생각과 의식에 대한 반성도 없이, 오직 자신들의 생존을 위해서만 연연해하는 팬데믹 시대의 집단적 바보들을 풍자한다. 그러니까 인간 김홍섭이 있었다. 인간중심주의를 넘어서 생명 다양성에 대한 존중의 감각을 지녔던 그는 치명적인 인수(人獸) 공통 감염병인 변종 니파바이러스에 감염된 247번째 확진자이자 이 병의 자연 숙주로 의심받게 된다. 그로부터 그는 김홍섭이 아닌 '247'로 불리며 철저하게 격리되다가 마침내 지구에서 추방되기에 이른다. 우주 미아로 고독하게 존재하던 그는 결국 비극적 최후를 맞이한다. 이 과정에서 공중보건과 방역을 위한 집단 통제는 과학적이기보다 이데올로기적으로 작동한다. 그런 상황에서 사람들은 오로지 247을 인류의 공적(公敵)으로 놓아 희생양을 만들며 불확실한 불안의 늪을 견디려 한다. 의학적인 진단이나 과학적인 추론에 의한 정보라기보다 소문에 가까운 이야기들이 부풀어 오르며 집단 환상을 넘어 집단 최면 상태로 치닫는다. 바이러스에 걸린 타인은 지옥보다 더한 끔찍한 괴물처럼 취급된다. 지옥을 천국에서 봉쇄하기 위해 바이러스에 감염된 지옥 같은 타인을 영원히 격리하려 한다. 그런 집단 광기가 247로 타자화된 김홍섭을 희생양으로 삼은 것이다.

　　이 소설에서 김홍섭은 인류의 희생양이 되어 우주선에서 최후를 맞이하지만, 그의 삶과 죽음은 팬데믹 시대의 신화가 된다. 그는 지구에서 살 때 아우성치는 땅속의 비명 때문에 잠을 제대로 자지 못했던 인물이다. 지구 행성에서 인류의 잘못으로 인해 많은 생명이 죽어가고 있었기 때문이다. 변종 니파바이러스도 그런 인류의 잘못으로 인한 환경 재난의 일종인데, 광기에 사로잡힌 집단은 그것을 깨닫지 못한다. 그런데 어린 시절부터 남달리 생명 다양성에 대한 속 깊은 감각을 지녔던 그는 고통받는 지구의 신음을 듣는다. 바이러스와 대화한다. 그래서 지구에서 그의 삶은 너무 힘들었다. 이에 차라리 지구를 떠나는 것이 좋겠다고 생각하며, 지구를 떠나라는 WCDC(세계질병통제센터) 수장의 제안을 받아들인다. 우주선에서 고독하게 죽은 후 그는 모호한 모스부호를 통해 신화화된다. "당신들은 안전할 줄 알아? 꿈 깨라고. 영원한 격리는 있을 수 없으니까"에서 "사랑합니다. 서로 사랑하고 아끼세요. 오직 사랑만이 인류를 구원할 겁니다"[37]에 이르기까지 다양한 모스부호들이 그를 희생양으로 삼은 이들에게 단속(斷續)적으로 전달된다. 그 다채로운 모스부호들이 집단 광기에 사로잡힌 이들에게 반성의 지평을 형성한다.

바이러스는 편재한다. 모든 게 연결되고 어디에나 통한다. 이 소설이 여럿의 목소리를 생생하게 병치하고 연결하려 한 것도, 그런 바이러스의 상상력 덕분이다. 이런 바이러스의 시대에도 여전히 영토화된 '나'의 이데올로기에 갇힌 채 폭력적으로 희생양을 제조하는 양상을 비판하면서, 팬데믹 이전으로 단순 회귀가 어렵다는 것, 전혀 다른 삶의 방식으로 '대전환'이 요긴하다는 것을, 김홍섭의 신화화는 상징적으로 환기한다. 타인이라는 지옥을 넘어서, 타인과 함께하는 '우리들의 천국'에, 어떻게 함께 갈 수 있을까, 고뇌하며 함께–따로 자기/이름을 찾아 서명할 가능성을 모색한 소설이다.

참, 나! 앞에서 우리의 여정이 '참나(眞我)'를 찾으려는 기획이 아니라고 했다. 왜 '나'를 찾을 수 없는지, 왜 '나'가 '나'임을 입증하거나 말할

37.   김희선, 『247의 모든 것』, 은행나무, 2024, pp. 13~14.

수 없는지, 변명할 어떤 심미적 실마리를 마련했으면 좋겠다는 생각이었다. 그 단서를 확보하기 위해 20세기 한국 현대문학사는 다양한 거울로 현실의 외면 풍경과 '나'의 내면 정경을 중층적으로, 다채롭게 비추려 한 것 같다. 이상의 유리 거울, 윤동주의 물거울과 구리 거울, 김동리와 오정희의 구리 거울 등, 거울은 실로 만화경처럼 다양했고, 때로는 살바도르 달리처럼 일그러져 있거나 혹은 깨져 있는 경우도 있었다. 특히 내면 정경을 비추는 거울이 일그러져 있거나 깨져 있을 때, '나'를 성찰하거나 '나'에 대해 말할 수 있는 발화 주권을 제한당하는 사례가 많았다. 그럼에도 한국의 현대 작가들은 온 존재를 기울여 말하려 했다. 존재의 주름에 갇혀 내가 누구인지 말할 수 없는 사람들을 대신해 입이 되고, 눈이 되어 탈존의 계기를 모색하려는 산문적 수고를 아끼지 않았다. 현실과 대결하려는 의지와 이데올로기가 강한 '큰 나'들의 고원과, 비루한 존재의 잔주름을 파고드는 '작은 나'들의 협곡이, 서로 스미고 짜이는 가운데, 그 차이와 반복으로 현대문학사의 어떤 농력을 형성했던 것이 아닐까 싶다. 인생 비용과 시대 비용을 지불하느라, 혹은 제대로 지불할 수 없어서 고통받는 '나'들은 때로 고립의 주름 속에서 역설적 향락을 누리기도 한다. 그러다 자기 거울에 갇히기도 하고, 갇힌 거울 속에서 새로운 탈존의 터를 마련하고자 궁리하기도 했다. 생명의 벼리를 성찰하는 '나'들과 여성의 탈존 지평을 숙고한 '나'들의 초상 또한 인상적이었다. 또 20세기 한국 역사와 현실, 공동체와 대화하면서 상호주관성의 지평에서 탈존의 심미적 터전을 마련하려는 모색 역시 20세기 한국인에 대한 심층적인 질문들을 함축하고 있는 상상력이었다. 많은 작가/시인이 자기 이름으로 서명할 수 있는 존재를 상상했지만, 그 또한 쉬운 일이 아니었다. 그토록 어려울 수밖에 없는 함수 관계를 온 존재를 기울여 숙고하는 문학적 진실을 추구했다. 그러면서 '나'가 누구인지 말할 수 있는 여

지를 조금이나마 넓히고 깊게 하려는 상상력의 프리즘을 펼쳤다. 이
광수의 계몽주의에서 원종국의 포스트휴머니즘에 이르기까지, '나'와
'나'의 말을 위한 혹은 '나'가 누구인지 말할 수 없는 '너'를 위한 상상
력이 탄력적으로 전개되었다. 그 탈존의 주름은 20세기 한국문학사
의 심층 흐름이었으며, 동시대에도 여전히 조용한 듯 안으로 들끓는
소용돌이다.